Liebe Leserinnen, liebe Leser!

Endlich. Allmählich können wir daran denken, nach langen Wochen wieder mehr zu sehen als nur unsere eigenen vier Wände, die eigene Straße oder die eigene Stadt. Der Wunsch, hinauszugehen und Abstand zu gewinnen von weniger erfreulichen Tagen, wird Wirklichkeit – mit aller gebotenen Vorsicht.

Berge und Seen

Dazu müssen wir gar nicht weit weg. Deutschland hat eine Menge zu bieten. Dieser Sonderband des DuMont Bildatlas stellt Ihnen den deutschen Süden vor. Wie ein großes U zieht sich hier eine Kette von Bergen und Seen vom Schwarzwald über den Bodensee hinüber ins Allgäu, weiter zu den Bayerischen Alpen und dem Alpenvorland und wieder hinauf in den Bayerischen Wald.

Naturerlebnis

„Berge und Seen" bedeutet vor allem Naturerlebnis, und wie könnte das besser gelingen, als mit Wanderstiefeln an den Füßen? Ob eher moderate Strecken im Schwarzwald oder Touren mit alpinem Anspruch in Oberbayern – der Süden hat alles. Paddeln, Segeln, Schwimmen auf und in den Seen Süddeutschlands verschafft eine ganz andere Naturperspektive. Zu anstrengend? Zu ungemütlich? Dann eben in ein Thermalbad, am Bodensee vielleicht oder in Bad Reichenhall oder einfach nur Wassertreten in Bad Wörishofen.

Kunstgenuss

Ihnen steht der Sinn mehr nach Kunstgenuss? Die Palette reicht vom opulenten süddeutschen Barock, etwa in der Birnau am Bodensee und der Wieskirche im Pfaffenwinkel, über die Maler der Blauen Reiter in Murnau bis zur Gegenwartskunst im Maximum in Traunreut. Und immer wieder diese hübschen Städtchen! Machen Sie es wie ich: Setzen Sie sich in Wasserburg am Inn zum „Bohnenröster" unter die Arkaden und lassen die Stunden vergehen ...
Deutschlands Süden hält so viele Überraschungen und Inspirationen bereit – das ist schon einen Jubeljodler wert. Den kann man übrigens lernen: beim Ecker Sepp auf dem Hochfelln (s. S. 152).

Herzlich
Rainer Eisenschmid
Verantwortlicher Redakteur

164 Grandiose Aussicht vom Jenner auf Watzmann und Königssee

36 Schwarzwaldidyll im Freilichtmuseum Vogtsbauernhof – doch das Leben war meist hart.

116 Die Wieskirche beeindruckt Menschen aus aller Welt.

58 Fast wie am Mittelmeer: Überlingens Palmenpracht an der Seepromenade

Tiefe Wälder, stille Seen und muntere Dörfer

Die Mühle am rauschenden Bach – Symbol einer vergangenen Zeit, in der es ein bisschen ruhiger zuging als heute. In den ausgedehnten Wäldern und an den stillen Seen des Schwarzwaldes kann man dieses Gefühl noch erspüren. Unablässig klappern immer noch Mühlen wie diese in Ottenhöfen. Sieben funktionstüchtige Mühlen liegen an einem zwölf Kilometer langen Wanderweg rund um das malerische Schwarzwalddorf.

Höhenflüge

Aus dem legendären Zeppelin genießt man atemberaubende Ausblicke auf den Bodensee, die Berge und Städte wie Lindau. Fast täglich hebt das Luftschiff der neuen Generation in Friedrichshafen ab zu Fahrten über den Obersee bis hinüber zum Unter- und Überlinger See.

Weiter Ausblick, tolle Perspektiven

Tief unten schimmert der Seealpsee. Man erreicht ihn nur zu Fuß. Wandern kann zur Lieblingsbeschäftigung im Allgäu werden – wären da nicht noch die Badeseen, die Kirchen, Klöster, Residenzen und natürlich Neuschwanstein, das Märchenschloss Ludwigs II.

Willkommen im Freizeitparadies

Eiszeitliche Schmelzwasser bildeten einst die großen Seen Oberbayerns, die heute begeistert genutzte Freizeitparadiese sind, etwa wie hier für den feierabendlichen Sprung in den Starnberger See noch kurz vor dem Sonnenuntergang. Neben dem Starnberger und dem Ammersee gehören zum Fünf-Seen-Land auch viele kleinere Gewässer, von denen einige heute teilweise oder sogar zur Gänze verlandet sind.

Abgehoben: Berge und Meer

Im Selbstverständnis der Einheimischen ist der Chiemsee schon seit jeher das Bayerische Meer. Erst aus der Vogelperspektive lässt sich das wirkliche Ausmaß von Bayerns größtem See ermessen. Hier will jeder gerne mal in die Luft gehen, um die Landschaft alsbald zu einem großartigen Panorama aus Wasser, Inseln und Bergen verschmelzen zu sehen. Es geht hinweg über Breitbrunn und Herrenchiemsee in Richtung Süden, wo sich in der Ferne bereits die Felswände der Kampenwand erheben.

Heimkehr: Almabtrieb am Königssee

Anfang Oktober wird es für die Almkühe im Berchtesgadener Land Zeit, vor dem nahenden Winter in die Ställe zurückzukehren. Sogar eine Bootsfahrt über den Königssee haben diese Kühe von der Saletalm schon hinter sich, wenn sie zu Hause im Rennerlehen ankommen. Ist der Sommer auf der Alm für Mensch und Tier glücklich verlaufen, werden die Kühe aufwendig mit „Fuikln" geschmückt. Bis diese Blumenkunstwerke aus bunten Holzspänen fertig sind, muss so manche Sennerin Nachtschichten einlegen.

Rauschend durch das dichte Grün

Zwischen Viechtach und Teisnach, in der Mitte des Bayerischen Waldes, geht es kilometerweit auf dem Schwarzen Regen durch „Bayerisch Kanada“ (oder Klein-Kanada). Der Name erschließt sich auf den ersten Blick – wildromantisch reichen die dichten Wälder bis an den dahinströmenden Fluss heran.

Rau und wild

So zeigt sich vielerorts der Nordschwarzwald. Von den Aussichtstürmen auf den Höhen blickt man auf ein nicht enden wollendes grün-schwarzes Meer aus Bäumen. Abseits der Touristenmagneten wie Mummelsee oder Hornisgrinde kann man stundenlang unterwegs sein, ohne einem Menschen zu begegnen.

Eiszeitliche Karseen prägen den Nordschwarzwald. Der Mummelsee an der Schwarzwaldhochstraße ist der bekannteste unter ihnen.

Auf der Höhe liegt Zavelstein mit seiner auf das 12./13. Jahrhundert zurückgehenden Burgruine (links). Höfen an der Enz gibt es seit dem 14. Jahrhundert (rechts).

Calw ist bekannt für seine eindrucksvolle Fachwerkaltstadt – hier am Marktplatz.

Alljährlich im zeitigen Frühjahr eine besondere Augenweide: die Zavelsteiner Krokuswiesen

Gleich drei Fernwanderwege führen von der Schmuckstadt Pforzheim in den Nordschwarzwald. Am Zusammenfluss von Nagold und Würm, an der Goldenen Pforte am Kupferhammer, beginnen sie: der legendäre Westweg nach Basel, der Mittelweg nach Waldshut und der Ostweg nach Schaffhausen. Letzterer führt von Pforzheim aus über die Höhen östlich und westlich des Nagoldtals, das wie das Enztal vor allem von Wald und Wasser geprägt ist, aber auch von malerischen Städtchen.

Eines davon ist Calw, wo 1877 ein Literatur-Nobelpreisträger geboren wurde: Hermann Hesse. In den „Gerbersau"-Erzählungen hat der Dichter seine Heimatstadt literarisch verewigt. Die Gerber waren einst eine wichtige Zunft für Calw, weshalb Hesse diesen Namen wählte, mit dem er zugleich an die in der Nähe gelegene Klosterruine Hirsau erinnerte. Hirsau war zeitweise eines der bedeutendsten Klöster in Deutschland; allerdings brannte die Anlage im Pfälzischen Erbfolgekrieg 1692 völlig aus und verfiel dann weitgehend. Heute dient sie als romantische Kulisse für den Calwer Klostersommer.

Sobald man die Städtchen verlässt, taucht man in weitläufige Wälder ein. Der Holzhandel und die Flößerei auf der Nagold sind seit bald 700 Jahren bekannt. Die Flößerzunft Oberes Nagoldtal

Zum Hochmoorgebiet von Kaltenbronn gehört auch der Hohlohsee (oben). Über Stock und Stein durch den Wald von Baiersbronn (unten links). Rafting statt Flößerei: im Murgtal bei Forbach (unten rechts).

Auch vor der Trinkhalle in Baden-Baden lässt sich gemütlich die Zeit verplaudern.

In längst vergangen geglaubte Zeiten taucht man in Bad Wildbad im Großen Herrenbad des „Palais Thermal" ein, das sich mit einer Venus des norwegischen Bildhauers Bertel Thorvaldsen schmückt.

pflegt dieses Gewerbe seit 1987 wieder und zeigt an der Monhardter Wasserstube und bei Veranstaltungen, wie hart und gefährlich die Arbeit der rauen Gesellen auf den Flößen war.

Baden wie die Könige

Rund 100 Kilometer braucht die Nagold von der Quelle im Nordschwarzwald, bis sie in Pforzheim in die Enz mündet. Von einem Radweg aus kann man verfolgen, wie aus einem Bächlein der kleine Fluss wird. Im Nachbartal streben Große und Kleine Enz ab Calmbach zusammen Richtung Goldstadt. Schon die württembergischen Könige hatte es immer wieder ins Enztal gezogen, vor allem nach Bad Wildbad, wo sie sich im Thermalwasser entspannten. Heute träumen vor allem Nicht-Adelige in den maurisch anmutenden Hallen des „Palais Thermal".

Wasser ist eben ein weiterer Reichtum der Region, sei es als Thermalwasser wie in Bad Liebenzell, Bad Teinach oder in Bad Wildbad oder als Mineralquelle, abgefüllt in Bad Liebenzell und Bad Teinach. Von dort kommt sogar ein Heilwasser, das mit dem Hirsch auf dem Etikett.

Flair vergangener Zeiten

Weltberühmt ist aber ein anderes Bad geworden: Das kleine Baden-Baden lockt seit der Römerzeit Menschen aus der ganzen Welt an. Sie suchen Erholung in den heißen Quellen, Nervenkitzel im Casino oder auf der Rennbahn, Kunstgenuss in den Museen und im Festspielhaus, Luxus in den Hotels. Oder die Urwüchsigkeit des Schwarzwalds und die ländliche Idylle der Ortenau. Im Bäderviertel fließen täglich 800 000 Liter mineralreiches Wasser aus zwölf Thermalquellen. Ihre wohltuende Wirkung verbreiten sie in der Caracalla-Therme und im im irisch-römischen Friedrichsbad. 17 Stationen durchläuft dort der Gast von der Dusche unter riesigen Brausetellern über Luft- und Wasserbäder bis zum Ruheraum, wo er in warme Tücher gehüllt die Gedanken des Alltags ziehen lassen kann.

Heuhütten prägen bis heute die Hänge des Murgtals bei Forbach. Sie zeugen von der alten Wiesenwirtschaft an Hängen, die für die Beweidung nicht geeignet waren.

Der „Türkenlouis" wollte seinen französischen Nachbarn nicht nachstehen: südliches Treppenhaus im Residenzschloss (links). Nicht weniger prunkvoll: Spiegelkabinett im Schloss Favorite (rechts)

Eine beliebte Tour: von Baiersbronn zum Sankenbachsee und weiter über den Gruberkopf zur bewirtschafteten Glasmännlehütte – zu Fuß oder mit dem Pedelec kein Problem

Weltgewandt, erfolgreich und dank einer lukrativen Heirat mit den notwendigen Mitteln versehen, ließ Markgraf Ludwig Wilhelm in Rastatt ein badisches Versailles entstehen.

Holz für Holland

Nahe der Murg-Mündung in den Rhein liegt Rastatt, das im Pfälzischen Erbfolgekrieg fast komplett zerstört wurde. Markgraf Ludwig Wilhelm ließ eine Residenz zu bauen und verließ den wohl ungeliebten burgähnlichen Familiensitz im engen Baden-Baden. Damit ist Rastatt die älteste Barockanlage am Oberrhein und hervorragend erhalten.

Bis die Murg im Rheintal ankommt, hat sie sich über 80 Kilometer durch ein teilweise enges Tal geschlängelt. 80 Prozent des mittleren und oberen Murgtals sind bewaldet. Dieser Reichtum an Holz war ausschlaggebend dafür, dass sich in der unwirtlichen Gegend Menschen niederließen. Holzarbeiter fällten ab dem späten Mittelalter Bäume für den stark gestiegenen Holzbedarf. Vor allem die Tannen waren sehr begehrt. Die besten Stämme gingen, zu Flößen zusammengebunden, als Holländertannen auf die Reise in die Niederlande, wo sie zu Schiffsmasten verarbeitet wurden, aber auch, in den Schlick gerammt, Fundamente für Grachtenhäuser abgaben.

Holz brachte Wohlstand ins Murgtal. Holzhändler, Sägewerksbesitzer und Waldeigentümer schlossen sich zur Murgschifferschaft zusammen, vermutlich der ältesten deutschen Holzhandelsgesellschaft, die noch heute besteht. Einer der Murgschiffer war Jakob Kast

Weinlese ist unverändert Handarbeit: Durbacher Weingut von Andreas Laible.

Ortenauer Farbenpracht: Der Weinort Durbach ist umgeben von Rebhängen. Der Klingelberger, wie der Riesling hier genannt wird, zählt zu den besonderen Spezialitäten.

Steht die Weinlese an, ist zügiges Arbeiten Gebot der Stunde.

Frank Blechschmidt von der Kappelrodecker Brennerei Scheibel kontrolliert im Fasslager den Reifeprozess der Edelbrände.

Winzer Andreas Laible vom gleichnamigen Weingut

Maulbronn

Special

Abgeschieden

Mitten im Ort und doch eine Welt für sich: die Klosteranlage der Zisterzienser in Maulbronn. Die Gründung im Jahr 1147 fiel in eine Zeit der Rückbesinnung auf ein streng spirituelles Mönchsdasein in möglichst großer Weltabgeschiedenheit. Die zwölf Gründermönche waren Spezialisten für die Kultivierung abgelegener Waldtäler. Und so entwickelte sich auch der Konvent im Tal der kleinen Salzach zu einem wirtschaftlichen, gesellschaftlichen und politischen Zentrum. Den darauf gründenden Wohlstand spiegelt die romanisch-gotische Anlage. Seit der Reformation werden in der nunmehr evangelischen Klosterschule junge Menschen unterrichtet. Der wohl berühmteste Schüler war Hermann Hesse.

Seit 1993 ist die besterhaltene Klosteranlage nördlich der Alpen Weltkulturerbe.

aus Hörden, heute ein Stadtteil von Gaggenau. Sein Sohn Johann Jakob baute sich 1617/1618 am Marktplatz in Gernsbach ein palastartiges Domizil im Stil der Spätrenaissance. Heute ist es als Altes Rathaus eines der Wahrzeichen des Städtchens, das mit kleinen kopfsteingepflasterten Gassen, alten Fachwerkhäusern, Resten der mittelalterlichen Stadtmauer und dem barocken Katz'schen Garten die Besucher anzieht.

Das letzte Floß trieb vermutlich 1896 über die Murg zum Rhein. Das letzte? Nicht ganz. Beim Gernsbacher Altstadtfest am dritten Septemberwochenende wird auf der Murg geflößt, allerdings nicht mehr bis zum Rhein und schon gar nicht bis nach Holland.

Fruchtbare Ortenau

Beim Wandern entlang der Schwarzwaldhochstraße kommt man immer wieder an alten Grenzsteinen mit dem markanten Schrägbalken des badischen Wappens auf der einen Seite und den drei Hirschstangen des württembergischen auf der anderen Seite vorbei. Die alte Landesgrenze ist zugleich die Trennlinie zwischen den Schwarzwaldhöhen und dem Rheintal.

Imposante Wasserfälle stürzen hier in die Tiefe, die blockartigen Fachwerkhäuser des Schwarzwaldes vermischen sich mit den fein ziselierten Fachwerkbauten der Ebene. Das Klima wird merklich milder, je näher man dem Rheintal kommt. Ein idealer Ort für den Wein- und Obstanbau. Besonders im Frühling wird dieses fruchtbare Klima weithin sichtbar. Dann werden die malerischen Städte und Dörfer der Ortenau in ein pastellfarbenes Blütenmeer getaucht.

Von Offenburg führt die Badische Weinstraße über Durbach, Oberkirch, Kappelrodeck, Sasbachwalden bis nach Baden-Baden und darüber hinaus. In diesen wunderschönen Fachwerk- und Blumenorten gibt es eine Menge Möglichkeiten, die dunklen Rotweine oder spritzigen Rieslinge, hier Klingelberger genannt, zu verkosten. Sie tragen Namen wie „Hex vom Dasenstein“ in Kappelrodeck, „Alde Gott“ in Sasbachwalden oder „Stich den Buben“ in Umweg. Die Rieslinge im Norden der Ortenau sind eher elegant und fein, während jene des Südens aromatischer und gehaltvoller schmecken; meist verbreitest aber ist die Spätburgundertraube. Am besten schmeckt der Wein natürlich immer vor Ort. Bei Wanderungen in den Weinbergen entlang der Badischen Weinstraße kann man sich durch Lagen und Sorten probieren. Der Fernwanderweg „Ortenauer Weinpfad“ führt über 120 Kilometer von Gernsbach bis Offenburg.

Kurzwanderungen im Nordschwarzwald

Kurze Wege – lange Erholung

Um die entschleunigende Ruhe des Schwarzwaldes zu genießen, muss man nicht gleich tagelang auf den Westweg oder einen der anderen Fernwanderwege gehen. Auf kleineren Touren, vielleicht zwischen zwei Städtetage eingeschoben, lässt sich die Kraft der Natur ebenfalls intensiv erleben.

1 Zwischen Wipfeln

Normalerweise braucht man für 1,2 km zu Fuß keine Stunde. Für den Baumwipfelpfad auf dem Sommerberg bei Bad Wildbad braucht man eindeutig mehr Zeit. In 20 m Höhe führt der Pfad barrierefrei zwischen alten Bäumen hindurch und lenkt immer wieder nach rechts und links zu Stationen ab, an denen es etwas auszuprobieren gibt. Am Ende zieht sich der Weg spiralig hinauf auf 40 m Höhe. Vom Turm reicht der Blick weit über den Schwarzwald hinaus.

www.baumwipfelbad-schwarzwald.de

2 Über Bohlen

Mit knapp 1000 m üNN gilt der Hohloh bei Gernsbach als höchstes naturbelassenes Hochmoor Deutschlands. Bohlenwege führen Wanderer sicher über den schwankenden Boden. Seit 2017 spaziert man am benachbarten Wildsee über Wege aus heimischem Lärchenholz auf 2,7 km barrierefrei durch das Naturschauspiel. Vom nahen Kaiser-Wilhelm-Turm bietet sich ein Blick auf die Alpen, klares Wetter vorausgesetzt.

www.infozentrum-kaltenbronn.de

3 Auf nackten Füßen

Auch ohne festes Schuhwerk kann man im Schwarzwald von seinen Füßen guten Gebrauch machen, etwa auf dem 2,4 km langen Rundweg im Barfußpark Dornstetten. Dort geht man über Gras und Lehm, Holz und sogar über Glas. Keine Sorge, die Scherben sind abgerundet.

Barfußpark Dornstetten-Hallwangen
72280 Dornstetten
www.barfusspark.de
Mai–Mitte Oktober
tgl. 9.00–20.00 Uhr

4 Über große Steine

Sobald das Hochwasser im Frühjahr die Murg überschwemmt hat, liegt kein Stein mehr neben dem anderen – abgesehen von den ganz dicken Exemplaren mit drei Metern Durchmesser. Wer will, kann bei einer Wanderung im Flussbett zwischen Raumünzach und Forbach eine Bestandsaufnahme machen und im nächsten Jahr schauen, wo die Steine hingekommen sind. Feste Schuhe und Ersatzkleidung sind für die zweistündige Tour auf alle Fälle zu empfehlen.

Tourismus Zweckverband „Im Tal der Murg"
An der B 462
76571 Gaggenau
Tel. 07225 9 81 31 21
www.murgtal.org
Murgtal-Arena
Schwimmbadstraße 29
76332 Bad Herrenalb
Tel. 07083 9 32 47 99
www.murgtal-arena.de

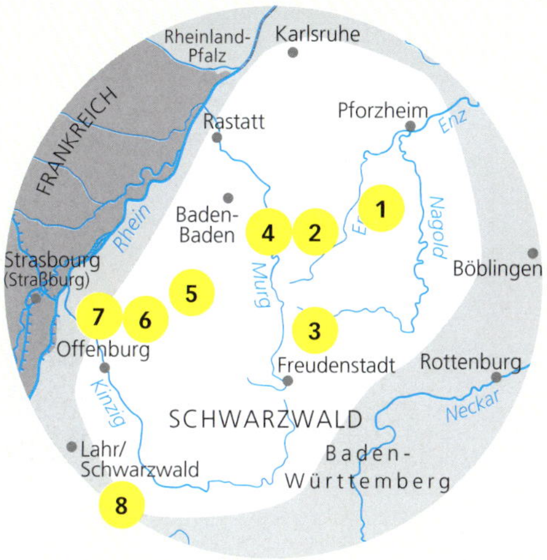

5 Spurensuche

Drei bis vier Stunden Zeit sollte man für den 4 km langen Luchspfad an der Schwarzwaldhochstraße einrechnen, vor allem, wenn Kinder dabei sind. Da gibt es so viel rund um die Wildkatze zu entdecken, die nach Jahrzehnten der Abwesenheit hin und wieder im Schwarzwald gesichtet wurde. Da es auf schmalen Pfaden ständig bergauf und bergab geht, braucht man feste Schuhe. Ausgangspunkt ist der Parkplatz Plättig, wo auch der Wildnispfad startet.

Nationalparkzentrum Ruhestein, Schwarzwaldhochstraße 2, 77889 Seebach
Tel. 07449 92 99 84 44
www.nationalpark-schwarzwald.de

6 Zwischen Reben

Der Blick reicht Richtung Baden-Baden ins Rebland, Richtung Straßburg über den Oberrheingraben hinweg und ins Kinzigtal hinein. Immer wieder bleibt man auf dem rund 8 km langen Weinwanderweg zwischen Rammersweier und Schloss Ortenberg bei Offenburg stehen, um die grandiose Aussicht zu genießen. Am ersten Septembersonntag aber auch, um Weine und Leckereien zu genießen, die von den Winzern am Weg angeboten werden.

Tourist-Information
Fischmarkt 2, 77652 Offenburg, Tel. 0781 82 28 00
www.offenburg.de/html/weinlehrpfade.html

7 Bei den Brennern

Rund um Oberkirch, mit mehr als 890 Hausbrennereien die Brennhauptstadt Europas, führt der 14 Kilometer lange Brennersteig. Zur Blütezeit ist es dort besonders schön, aber auch wenn die Schnapsfrüchte reifen oder nach der Ernte im Herbst, lässt sich der Qualitätsweg gut gehen. Für Kostproben der Brennergebnisse sorgen die Schnapsbrenner, die am Wegesrand liegen.

www.brennersteig.renchtal.de

8 Durch Wald und Wiesen

Durch das Naturschutzgebiet Taubergießen kann man sich nicht nur im Stocherkahn hindurch gleiten lassen (s. S. 113), sondern auch auf festem Untergrund nach Eisvögeln, Sumpfbibern, Orchideen, Libellen und vielen anderen Tieren und Pflanzen Ausschau halten. 3–13 km lang sind die Strecken, die teilweise auch an den Rhein heranführen. Wer nicht genug gesehen hat, findet im Naturzentrum Rheinauen eine eindrucksvolle Ausstellung zu Flora und Fauna.

Naturzentrum Rheinauen
Allmendweg 5
77977 Rust
Tel. 07822 86 45 36
www.naturzentrum-rheinauen.eu

Maßstab 1:700.000
KARLSRUHE
PFORZHEIM
STRASBOURG
FRANCE
Baden-Baden
Rastatt
Gaggenau
Gernsbach
Haguenau
Saverne
Offenburg
Kehl
Achern
Bühl
Freudenstadt
Calw
Sindelfingen
Böblingen
Tübingen
Herrenberg
Nagold
Rottenburg a.N.
Hechingen
Balingen
Rottweil
Oberndorf a.N.
Schramberg
St. Georgen i.Schw.
Villingen-Schwenningen
Donaueschingen
Tuttlingen
Lahr/Schw.
Emmendingen
FREIBURG i.Breisgau
Colmar
Sélestat
Mulhouse
BASEL
Lörrach
Bad Säckingen
Waldshut-Tiengen
Schaffhausen
Singen (H.)
Winterthur
ZÜRICH
Baden
Aarau
Delémont
Kaiserstuhl
Schwarzwald
Südschwarzwald
Hotzenwald
SCHWEIZ
1
2
3
4
5
6
7
8
9

Stille Wälder, sonnige Weinhänge

Wanderer oder Biker wissen die stillen Wälder und Moore des Nordschwarzwalds zu schätzen. Die andere Seite der Region zeigt sich in der lieblichen Ortenau mit ihren Weinhängen und der fruchtbaren Rheinebene. Und schließlich wird Genuss groß geschrieben, vor allem in den Städten, allen voran Baden-Baden.

1 Pforzheim

Seit dem 18. Jh. ist Pforzheim durch Schmuckherstellung bekannt. Nach fast vollständiger Zerstörung im Zweiten Weltkrieg bauten die Pforzheimer ihre Stadt komplett neu auf.

SEHENSWERT
Rund 2000 Exponate veranschaulichen im **Schmuckmuseum** im Reuchlinhaus (Jahnstr. 42, www.schmuckmuseum.de; Di.–So. und Fei. 10.00–17.00 Uhr) 5000 Jahre Schmuckgeschichte, dazu außereuropäische Schmuckformen und kunstvolle Taschenuhren (17.–19. Jh.). Das **Technische Museum der Schmuck- und Uhrenindustrie** ist der industriellen Schmuckherstellung gewidmet (Bleichstr. 81, www.technisches-museum.de; Mi.–Sa. 14.00–17.00, So. ab 10.00 Uhr). Die **Schmuckwelten** bieten vielfältige Einkaufsmöglichkeiten. Im Untergeschoss sind in der **Mineralienwelt** mehr als 5000 Mineralien, Edelsteine und Halbedelsteine zu betrachten (Westliche Karl-Friedrich-Str. 56, Eingang Leopoldplatz, www.schmuckwelten.de; Mo.–Sa. 10.00–19.00, Mineralienwelt: Mo.–Sa. 11.00 bis 18.00 Uhr).

2 Bad Wildbad

Wildbads Quellen (11 000 Einw.) waren schon im Mittelalter bekannt. Sie waren im 19. Jh. das württembergische Pendant zu Baden-Baden.

SEHENSWERT
Über 300 Jahre alt ist der **Kurpark**. Von Mitte Dez. bis Okt. spielt an fünf Tagen das Kurorchester auf.

AKTIVITÄTEN
Die **Sommerbergbahn** bringt Ausflügler auf den 750 m hohen Berg, von wo aus zahlreiche Wandermöglichkeiten bestehen (Sommerbergbahn Betriebszeit: Mo.–Fr. 7.45–20.45, Sa., So., Fei. 8.45–21.45 Uhr). Auf dem **Baumwipfelpfad** gibt es Info- und Erlebnisstationen und einen Aussichtsturm (Peter-Liebig-Weg 16www.baumwipfelpfade.de/schwarzwald). Nervenkitzel bietet die 300 m lange Hängebrücke (www.wildline.de; März–Okt. 9.00–18.30). Ruhig und gelassen wird man im **Palais Thermal** (Kernerstr. 5, www.palais-thermal.de; Mo. bis Fr. 11.00–22.00, Sa., So. und Fei. 10.00 bis 22.00 Uhr).

INFORMATION
Tourist-Information
König-Karl-Str. 5, 75323 Bad Wildbad
Tel. 07081 10 28 0
www.bad-wildbad.de

3 Calw

Im engen Nagoldtal liegt das 1075 erstmals erwähnte Fachwerkstädtchen (23 500 Einw.), Geburtsstadt des Dichters und Nobelpreisträgers Hermann Hesse (1877–1962).

SEHENSWERT
Fast die gesamte **Altstadt** steht unter Denkmalschutz. Ein Bummel durch die Gassen zeigt die schönsten Fachwerkgebäude.

MUSEUM
Das **Hermann-Hesse-Museum** zeigt Erstausgaben, Manuskripte, Zeichnungen und Aquarelle des bekanntesten Sohnes der Stadt (Marktplatz 30, www.calw.de/Museen; April bis Okt. Di.–So. 11.00–17.00, sonst Mi.–So. 11.00 bis 16.00 Uhr).

UMGEBUNG
Seit 1692 eine Ruine – doch die Klosteranlage von **Hirsau** beeindruckt immer noch. Die dreischiffige Basilika St. Peter und Paul (bis 1120) gehörte zu den größten romanischen Kirchen Südwestdeutschlands. Im Klostermuseum kann man der einstigen Bedeutung Hirsaus nachspüren (Calwer Straße 6, www.calw.de/museen; April–Okt. Di.–Fr. 13.00 bis 16.00, Sa. und So. 12.00–17.00 Uhr).
Unterhalb der Burg **Liebenzell** (um 1200) liegt das Städtchen (9500 Einw.). Gebadet wird in der Paracelsus- Therme (Reuchlinweg 4, www.tourismus.bad-liebenzell.de; tgl. 9.00–22.00 Uhr).

INFORMATION
Touristinformation, Marktplatz 7, 75365 Calw, Tel. 07051 16 73 99, www.calw.de

4 Rastatt

Rastatt (48 000 Einw.) war Residenz der Markgrafen von Baden-Baden. 1842 begann der Ausbau zur Bundesfestung, die zum Ende der Badischen Revolution 1848/1849, von Revolutionären besetzt, vor preußischen Truppen kapitulierte.

Auch als Ruine beeindruckend: Kloster Hirsau

SEHENSWERT
Das barocke **Residenzschloss** (1697–1705) bildet das Zentrum, von dem man auf direktem Weg zum Marktplatz gelangt (Di., Do. und Sa. schöner Wochenmarkt) mit der spätbarocken **Stadtkirche St. Alexander** (1764) und dem gegenüberliegenden **Rathaus** (1721).

MUSEEN
Die Beletage des **Rastatter Schlosses** und die Schlosskirche können nur mit einer Führung besichtigt werden (Herrenstraße 18, www.schloss-rastatt.de; April–Okt. Di.–So. und Fei. 10.00–17.00, sonst Di.–So. und Fei. 10.00–16.00 Uhr). Im Schloss beschreibt die **Erinnerungsstätte** für die Freiheitsbewegungen den langen Weg zur Demokratie (www.bundesarchiv.de/erinnerungsstaette; So.–Do. 9.30–17.00, Fr. 9.30–14.00 Uhr). Das **Wehrgeschichtliche Museum** im Schloss widmet sich Soldatenalltag und Militärtechnik (www.wgm-rastatt.de; April–Okt. Di.–So. und Fei. 10.00–17.30, sonst Di.–So. und Fei. 10.00–16.30 Uhr).

UMGEBUNG
Markgräfin Sibylla Augustas Sammlung von Meißener Porzellan ist im **Lust- und Jagdschlösschen Favorite** zu sehen, das sie sich ab 1710 vor den Toren Rastatts hat bauen lassen (Am Schloss Favorite 5, Rastatt-Förch, www.

schloss-favorite-rastatt.de; Führungen Mitte März–Sept. Di.–So. und Fei. 10.00–18.00 Uhr, Okt.–Mitte Nov. Di.–So. und Fei. 10.00–17.00 Uhr).

INFORMATION
Touristinformation im Schloss
Herrenstr. 18, 76437 Rastatt
Tel. 07222 972 12 20
www.tourismus-rastatt.de

5 Gernsbach

Überragt von Schloss Eberstein liegt die historische Altstadt Gernsbachs (14 000 Einw.) malerisch an der Murg.

SEHENSWERT
Über die Stadtbrücke kommt man zur fachwerkgesäumten **Hofstätte** mit dem Kondaminatsbrunnen und dann über den „Stadtbuckel" zum **Alten Rathaus**. Weiter bergan geht es am **Marktbrunnen** (1549) und dem **Kornhaus** (1471) vorbei zum höchsten Punkt der Altstadt, der katholischen **Liebfrauenkirche** (1380–1390); ihr massiver Turm war wie der benachbarte Storchenturm Teil der im 13. Jh. begonnenen Stadtbefestigung. Unterhalb der Kirche am Wolkensteinischen Hof geht es über die Turmgasse zur Waldbachstraße, in der man Teile der ehem. **Stadtmauer** sehen kann. Über die Schlossstraße erreicht man bergauf das **Schloss Eberstein** (Urspr. 13. Jh.). Nicht verpassen: den **Katz'schen Garten** (1803), ein barockes Kleinod (www.katzscher-garten.de; April–Okt. tgl. 10.00–18.00 Uhr).

ERLEBEN
Eines der letzten intakten Hochmoore Mitteleuropas ist der **Kaltenbronn**, durch den ein gut ausgebautes Wandernetz führt (Kaltenbronn 600, www.infozentrum-kaltenbronn.de; Mi.–So. und Fei. 10.00–17.00 Uhr).

INFORMATION
Touristinformation
Igelbachstr. 11, 76593 Gernsbach
Tel. 07224 6 44 44
www.gernsbach.de

6 Baden-Baden

Spuren weisen auf eine Besiedelung des Oostals ab 8000 v. Chr. hin. Gesichert sind die Römer (ab 80 n. Chr.); an sie erinnern die Badruinen. Die Thermalquellen wurden ab 1306 genutzt, die Entwicklung zur Sommerhauptstadt Europas setzte aber erst Ende des 18. Jh. ein. Mit Südwestrundfunk, Kurhaus, Festspielhaus und dem Museum Frieder Burda ist die Stadt (55 000 Einw.) ein kulturelles Zentrum am Oberrhein.

SEHENSWERT
Um 1100 als Hohenbaden entstanden, lädt die Ruine des **Alten Schlosses** heute zum Klettern und Entdecken ein (Alter Schlossweg 10). Vom DornröschenSchloss herabgestiegen, geht es in der **Trinkhalle** (1839–1842) mit den 14 Fresken zu badischen Sagen märchenhaft weiter. Im benachbarten **Kurhaus** (1821–1824) ist das weltbekannte **Spielcasino** zu finden. Über die Kolonnaden kommt man zum **Theater**, 1860 bis 1862 nach dem Vorbild der Pariser Oper errichtet. Hier beginnt die Lichtentaler Allee im Stil eines englischen Gartens. Über die Sophienstraße gelangt man über das Bäderviertel mit den **römischen Badruinen** zum Marktplatz mit der **Stiftskirche** und dann in Baden-Badens Fußgängerzone.

MUSEEN
Klassische Moderne und zeitgenössische Kunst sind die Schwerpunkte in der **Sammlung Frieder Burda** (Lichtentaler Allee 8b, www.museum-frieder-burda.de; Di.–So. 10.00 bis 18.00 Uhr). Etwas stadtauswärts liegt an der Allee das **Stadtmuseum** (Lichtentaler Allee 10, www.baden-baden.de; Di.–So. 11.00–18.00 Uhr). Werke von **Fabergé,** dem einstigen Hofjuwelier der Zarenfamilie, zeigt das gleichnamige Museum (Sophienstr. 30, www.faberge-museum.de; tgl. 10.00–18.00 Uhr). Wie die Römer badeten, erfährt man in den **Badruinen** (Römerplatz 1, www.badruinen.de; Mitte März–Mitte Nov. tgl. 11.00–12.00, 15.00–16.00 Uhr).

AKTIVITÄTEN
Wer einfach baden und saunieren möchte, ist in der modernen **Caracalla-Therme** gut aufgehoben. Römisch-irisch geht es im **Friedrichsbad** zu (Römerplatz 1, www.carasana.de; Caracalla-Therme tgl. 8.00–22.00 Uhr, Friedrichsbad tgl. 9.00–22.00 Uhr).

INFORMATION
Tourist-Information, Kaiserallee 1
(in den Kurhaus-Kolonnaden)
76530 Baden-Baden
Tel. 07221 27 52 00
www.baden-baden.de

Auf Freudenstadts Marktplatz sollte ein Schloss gebaut werden – dazu kam es jedoch nie.

7 Schwarzwald-hochstraße

Die B 500, als Schwarzwaldhochstraße Deutschlands älteste Panoramastraße, führt über 60 km von Baden-Baden nach Freudenstadt.

SEHENSWERT
Die **Geroldsauer Wasserfälle** (südl. Geroldsau) beim Gasthaus Bütthof sind zur Zeit der Rhododendron-Blüte im Juni besonders schön. Das **Naturschutzzentrum Ruhestein,** Informationsportal für den Nationalpark Schwarzwald, gibt Einblicke in die Schwarzwaldnatur. (Schwarzwaldhochstraße 2, Seebach, www.nationalpark-schwarzwald.de; Mai–Sept. Di–So. 10.00–18.00, Okt.–April Di–So. 10.00–17.00 Uhr).

AKTIVITÄTEN
In den **Nationalpark Schwarzwald** führen vom Parkplatz Plättig aus der 4 km lange Luchspfad und der 4,5 km lange Wildnispfad. Der bekannteste Schwarzwald-Karsee ist der **Mummelsee**, der schönste der **Herrenwieser See**.

INFORMATION
Nationalparkregion e.V.
Rosenplatz 3, 72270 Baiersbronn
Tel. 07442 84 14 0
www.schwarzwaldhochstraße.de

8 Freudenstadt

Die Große Kreisstadt (23 400 Einw.) mit dem größten Marktplatz Deutschlands wurde 1599 am Reißbrett des Renaissance-Baumeisters Heinrich Schickhardt (1558–1635) geplant.

SEHENSWERT
Vom Rathausturm übersieht man die mühlespielbrettähnliche **Stadtanlage** am besten. Ihr

Zentrum bildet der 4,5 ha große laubengesäumte Marktplatz, eigentlich als Schlossplatz geplant – das Schloss wurde aber nie gebaut. Die **Stadtkirche** mit ihren zwei Türmen (bis 1608) ist wie ein Winkelhaken gebaut (tgl. 10.00–17.00 Uhr). Luft, Wasser, Wellen, Schall, Licht und Schatten, Kraft und Masse sowie Magnetismus sind Themen im **Erlebnis-Museum Experimenta** (Musbacher Str. 5, www.experimenta-freudenstadt.de; Mo.–Mi. 11.00 bis 16.00, Do. bis So. 10.00–17.00 Uhr).

INFORMATION
Freudenstadt Tourismus
Marktplatz 64, 72250 Freudenstadt
Tel. 07441 86 47 30, www.freudenstadt.de

9 Oberkirch

Die Stadt (20 000 Einw.) ist Zentrum der badischen Schnapsbrenner.

SEHENSWERT
Die historische **Altstadt** ist noch von Fachwerkhäusern geprägt. Verwalter und Gastwirt der **Schauenburg** war Hans Jakob Christoffel von Grimmelshausen, Autor von „Der abenteuerliche Simplicissimus" (1668).

MUSEUM
Im **Heimat- und Grimmelshausenmuseum** im Alten Rathaus geht es um den Barockdichter und um die Schnapsbrennerei (Hauptstr. 32, Di. und Do. 15.00–19.00, So. 10.00–12.30 und 14.00–17.00 Uhr).

AKTIVITÄT
Auf dem gut 7 km Weg der **Weinwanderung** (ab Marktplatz) informieren Tafeln über alles, was man zum Wein in Oberkirch wissen sollte

UMGEBUNG
In Durbach (4000 Einw.) und dem Durbachtal dreht sich alles um Wein. **Schloss Staufenberg** (11. Jh.) ist heute Siitz des markgräflichen Weinguts. Von der Schlossterrasse geht der Blick auf den Schwarzwald, die Weinberge und über die Oberrheinische Tiefebene bis zum Straßburger Münster (Weingut Markgraf von Baden, Tel. 0781 4 27 78, April–Okt. Fr. 11.00 bis 16.00, Sa., So. und Fei. 11.00 bis 17.00, Nov. bis März Sa. und So. 11.00–17.00 Uhr, www.schloss-staufenberg.de). In einem Fachwerkhaus in der Ortsmitte informiert das **Wein- und Heimatmuseum** über dörfliches Leben mit Küferwerkstatt, Brenn- und Backhaus, Mahlmühle und Bienenhaus (Talstr. 36, www.museum-durbach.de; Mi. und Sa. 14.00–17.00, So. 15.00–18.00 Uhr).

INFORMATION
Renchtal Tourismus GmbH
Bahnhofstr. 16, 77704 Oberkirch
Tel. 07802 8 26 00, www.renchtal-tourismus.de

Tourist-Information
Tal 36, 77770 Durbach
Tel. 0781 4 21 53, www.durbach.de

Genießen Erleben Erfahren

DuMont Aktiv

Höhepunkt Westweg

Es ist eine der schönsten Etappen des „Westlers", die von Unterstmatt zum Ruhestein. Man steht auf dem höchsten Gipfel des Nordschwarzwaldes, der Hornisgrinde, streift den sagenumwobenen Mummelsee und genießt einen phantastischen Ausblick über das Rheintal bis nach Straßburg. Den gut neunstündigen Weg (28 km) kann man auch in zwei Etappen einteilen mit dem Mummelsee als Zwischenziel.

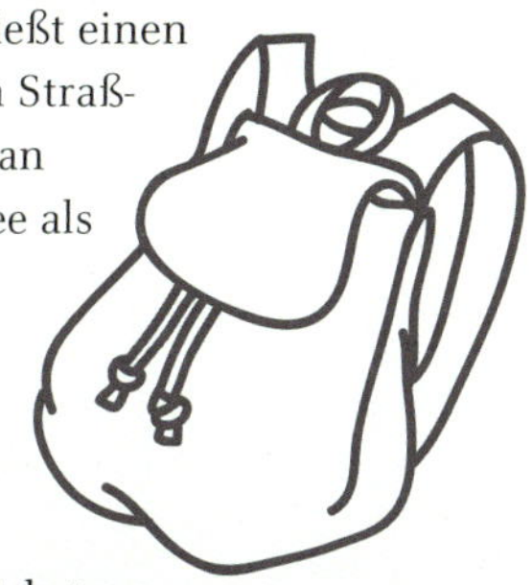

Von Unterstmatt aus führt die Wanderung auf einem schmalen Weg zum Gasthaus Ochsenstall und hinauf auf die Hornisgrinde mit dem Fernsehturm, den man auch besteigen kann. Der höchste Berg des Nordschwarzwaldes (1163 m) war bis 1997 militärisches Sperrgebiet. Über den Grindenpfad gelangt man hinab zum Mummelsee, einem der eiszeitlichen Karseen im nördlichen Schwarzwald, um den sich viele Sagen ranken.

Bei einer Rast kann man neue Kräfte tanken, um über einen Panoramaweg mit beeindruckenden Fernsichten durch den Nationalpark weiterzuwandern. Am Lothardenkmal erfährt man die Hintergründe für diese einzigartige Sicht: Der Orkan Lothar hatte 1999 die Schwarzwaldfichten wie Streichhölzer umgeknickt. An der Darmstädter Hütte vorbei führt ein Holzbohlenweg zum Wildseewegle, auf dem man im urwüchsigen Bannwald zum Naturschutzzentrum Ruhestein kommt.

Weitere Informationen
Hornisgrindeturm: bei guter Sicht Mai bis Okt. Sa., So., Fei. 10.30–17.00, Nov.–April Sa., So., Fei. 11.00–16.00 Uhr, während der Ferien tgl.
Parken: Unterstmatt, Mummelsee, Ruhestein

ÖPNV: Bus vom Ruhestein zurück nach Unterstmatt, www.efa-bw.de

Einkehren: Grinde-Hütte, Mummelsee, Darmstädter Hütte, Naturschutzzentrum Ruhestein

Über die Besonderheiten der Grindenlandschaft mit ihren Gräsern, Heiden und Latschenkiefern und des Hochmoores informieren die Tafeln am Rand des Grindenpfades.

Auf der Höhe der Zeit

Kuckucksuhr, Schwarzwälder Kirschtorte, Bollenhut – derlei Klischees lassen eine verstaubte Gegend erwarten. Doch weit gefehlt. Nicht nur die Kuckucksuhren sind bunter geworden, der Südschwarzwald ist auch sonst auf der Höhe der Zeit: Elektromobilität, Kochkunst mit regionalen Produkten, Sportangebote im Einklang mit der Natur – rund um den Feldberg setzt man auf Nachhaltigkeit im Idyll.

Idyllisch wirkt der Schwarzwald im Freilichtmuseum Vogtsbauernhof – doch das Leben war auch im Schauinslandhaus von 1730 meist hart.

In sieben Kaskaden stürzt die Gutach in den die Triberger Wasserfälle über 163 Meter tief ins Tal.

Im Freilichtmuseum Vogtsbauernhof wurde die bäuerliche Vergangenheit detailreich zusammengetragen: Blick in die Wohnstube des 400-jährigen Lorenzenhofs.

Viele Landstriche haben im Zuge der Industrialisierung ihre Unschuld verloren. Nicht so das Simonswälder Tal, wo gestresste Seelen Ruhe finden.

Beim Triberger Uhrmacher Eble ist die größte Kuckucksuhr der Welt zu bestaunen.

Das Kinzigtal ist ein uralter Verkehrsweg. Bereits vor rund 600 Jahren nutzten Flößer den Fluss, um Holz von den Schwarzwaldhöhen zum Rhein und weiter nach Holland zu verfrachten. Doch nach dem Bau der Schwarzwaldbahn war die Schiene schneller und günstiger. Die Flößerei kam zum Erliegen, und die Flößer mussten sich neuen Erwerbszweigen zuwenden. Ähnlich wie den Flößern erging es auch den Bergleuten des Kinzigtals. In der Region mit der größten Zahl an Erz- und Mineralgängen im Schwarzwald ist der Silberabbau seit dem 11. Jahrhundert belegt, aber nur ein Bergwerk, die Grube Clara in Oberwolfach, ist heute noch aktiv. Von ihrer Abraumhalde schleppen moderne Schatzsucher kiloweise Erze nach Hause. Ansonsten ist der Bergbau eher museal zu erleben, etwa in der Grube Wenzel in Oberwolfach, in Haslach-Schnellingen im Besucherbergwerk „Segen Gottes“ oder im Bergfreilichtmuseum „Erzpoche“ Hausach.

Tüftler und Erfinder

Aber die Nachfrage nach Gruben- und Bauholz, nach Schiffsmasten für Holland und der Holzverbrauch der Glasbläser sorgte Kahlschlag in den Wäldern, sodass ab dem 18. Jahrhundert aufgeforstet werden musste. Denn um ein Kilogramm Glas herzustellen, mussten zwei Kubikmeter Holz verbrannt werden.

Die Bedeutung der Glasbläserei für die Region lässt sich noch an Ortsnamen ablesen und in Heimatmuseen nachvollziehen. Die Wolfacher Dorotheenhütte ist die letzte aktive Schwarzwälder Mundblashütte. Hier können Besucher den Glasbläsern über die Schulter schauen. Als die Glasbläser mit der Konkurrenz aus anderen deutschen Regionen nicht mehr mithalten konnten, kam die Uhrenindustrie auf. Zum Alleinstellungsmerkmal wurde die Kuckucksuhr, die sich noch immer bestens verkauft, in der traditionellen Aufmachung und in künstlerischen Abwandlungen. Die Uhrenindustrie bildete die Basis für die über Jahrzehnte für den Schwarzwald typische Radio- und Phonoindustrie. Einstige Weltmarken wie „Dual“ oder „Saba“ sind in engen Schwarzwaldtälern entwickelt und produziert worden. Doch nicht immer sind es Einheimische, die Innovationen anstoßen. Der gelernte Tuchmacher Hans Grohe kam 1899 aus der Nähe von Berlin in den Schwarzwald. Rasch erkannte er das Potenzial, das im noch jungen Sanitärbereich steckte. Aus seinem Drei-Mann-Betrieb entstand ein weltweit agierendes Unternehmen.

Einst galt der Kandel als Blocksberg des Schwarzwaldes – und im Elztal tobte die Hexenverfolgung.

Berg der Kräfte

Den unbestritten besten Blick über den Schwarzwald und die Rheinebene bietet der Kandel. 1241 Meter ist der Berg zwischen Elz-, Simonswälder und Glottertal hoch – doch er wirkt weit höher, da er die Umgebung deutlich überragt. Ein Dorado für Kletterer, Drachen- und Gleitschirmflieger, Skifahrer und Radsportler, die die Anfahrt von Waldkirch mit alpinem Anspruch schätzen.

Ob sie alle diese mystische Kraft spüren, die dem Berg zugeschrieben wird? Im 14. und 15. Jahrhundert galt der Kandel als Blocksberg des Schwarzwaldes, wo die Hexen ihrem Treiben nachgingen. So avancierte das untere Elztal zu einer Hochburg der Hexenverfolgung. Als ausgerechnet in der Walpurgisnacht 1981 der größte Teil der Teufelskanzel abstürzte, waren die Fragen nach den magischen Kräften des Berges wieder aktuell.

Burkheim gehört zu den ältesten Weinbaugemeinden am Kaiserstuhl.

Ein großer Stuhl weist weithin sichtbar auf die Lage „Leiselheimer Gestühl" hin.
Leiselheim liegt im nördlichen Kaiserstuhl.

Am Nordwesthang des Kaiserstuhls liegen die Weinberge von Jechtingen.

Das Vitra Design Museum präsentiert die Geschichte des Designs und seinen Einfluss auf Architektur, Kunst und Alltagskultur.

Ein Klima zum Wohlfühlen

Über das Rhônetal kommt die Luft des Mittelmeers hinauf ins Markgräflerland und an den Kaiserstuhl. So leben die Menschen in Ihringen, immer wieder als wärmster Ort Deutschlands in den Meldungen, in fast mediterranem Klima. Was es hier bei einer Wanderung zu entdecken gibt, ist so vielfältig, dass es gleich acht Themenwege gibt. So führt der 16 Kilometer lange Bienenfresserpfad längs durch den Kaiserstuhl von Königsschaffhausen nach Ihringen oder umgekehrt. Am besten geht man ihn, wenn es heiß ist, denn dann zeigen sich die Bienenfresser mit Vorliebe. Diese papageibunten Vögel suchen seit 20 Jahren regelmäßig Brutgebiete am Kaiserstuhl und Tuniberg auf.

Seit jeher Kulturlandschaft

Schon die Römer versuchten sich hier mit dem Weinanbau. Heute findet man vom Landwein bis zum Spitzentropfen alle Qualitätsstufen. Es reift dort vor allem eine in Deutschland sehr seltene Traube, der Gutedel, 1780 von Markgraf Karl Friedrich von Baden eingeführt.

Zur etwa gleichen Zeit stießen die Markgräfler auf ein anderes Erbe der Römer: die Badekultur, der man in der römischen Badruine in Badenweiler nachspüren kann. Für die praktische Ausübung muss man in die Cassiopeia-Therme gehen, dem Zentrum des Badeortes, der nie so mondän war wie Baden-Baden, aber viele Künstler anzog.

Eine Figur, die Schriftsteller immer wieder faszinierte, ist die des Doktor Faustus. In Staufen soll er seine Experimente betrieben haben und ist dabei vermutlich in die Luft geflogen, oder er wurde 1539 eben von Mephistopheles geholt, wie es die Sage will. Das „Gasthaus Löwen", in dem er gewohnt haben soll, blieb aber stehen.

Architektur der Spitzenklasse

Alle, die sich für Architektur und Design interessieren, zieht es zum Möbelhersteller Vitra in Weil am Rhein. Das Vitra De-

Der Feldsee ist der größte Karsee des Schwarzwalds und zählt zu den herausragenden Naturschönheiten der Region. Er ist Ziel mancher Wanderung.

Der Titisee verlockt zum Bootsausflug. Wer mag, paddelt auch selbst.

In der Hexenlochmühle wurde Holz gesägt.

Vom mystischen Belchengipfel reicht der Blick sagenhaft weit in alle Himelsrichtungen.

Europa-Park Rust

Special

Loopings

Für 3,5 Minuten Nervenkitzel eine Stunde und mehr warten? Für Freunde der schnellen Bahnen im Europa-Park ist das kein Problem. Wodan, Silver Star, Blue Fire oder Euro-Mir – alles nichts für schwache Nerven in Deutschlands größtem Freizeitpark in Rust. Doch unter den rund 100 Attraktionen ist auch vieles, was weniger Mutige begeistert. Das Programm kann man sich vorab im Internet zusammenstellen. Mit dem Eintritt sind sämtliche Fahrgeschäfte bezahlt.

Gegründet wurde der Park von Famiie Mack, die ursprünglich in Waldkirch Wagen baute, später Karussellwagen, Achter- und Geisterbahnen. Die Idee eines Freizeitparks brachten Franz Mack und Sohn Roland 1972 von einer USA-Reise mit. 1975 eröffneten sie den Europa-Park, zu dem heute auch fünf Themenhotels gehören.

sign Museum war das erste Gebäude des US-Architekten Frank O. Gehry in Europa. Design-Klassikernund -Neuheiten werden in einem spektakulären Bau der Schweizer Architekten Herzog & Meuron präsentiert.

Vom Himmelreich ins Höllental

Nachhaltigkeit prägt heute den Tourismus im Schwarzwald: Konzentration auf regenerative Energien, Verarbeitung regionaler Produkte, Nutzung des öffentlichen Nahverkehrs. Schwarzwaldtourismus und Bahn waren schon immer eng verbunden. Nicht nur, dass die weltberühmte Kuckucksuhr einem Bahnwärterhäuschen ähnelt, ohne Bahn hätte es Ende des 19. Jahrhunderts keinen Tourismus gegeben. 1873 fuhr erstmals die Schwarzwaldbahn von Offenburg nach Singen. Seit 1887 bringt die Höllentalbahn Urlauber von Freiburg an den Titisee. Die Strecke übers Himmelreich durchs Höllental zählt mit neun Tunneln und dem 222 Meter langen Viadukt über die Ravennaschlucht zu den schönsten Bahnstrecken Deutschlands.

Doch mit dem Anschluss ans Schienennetz war es mit der Ruhe auf den Gehöften des Hochschwarzwaldes vorbei. Wer heute an einem Sommertag am Titisee steht, kann nur noch erahnen, wie ruhig es dort vor 150 Jahren war.

Mystische Berge

Der „Höchste", der 1493 Meter hohe Feldberg, ist Mittelpunkt des Naturparks Südschwarzwald. Das Haus der Natur zeigt, wie die Landschaft entstanden ist, wie sie genutzt wurde und wird und welche Tiere und Pflanzen dort ihre Heimat haben. Die eindrucksvolle Natur selbst erlebt man am besten auf der großen Rundtour des Feldbergsteigs.

In aller Herrgottsfrühe – um Sonnenaufgang – sei es oben am schönsten, sagen die Schwarzwälder. Die Rede ist vom Belchen. Seine kahle Kuppe eröffnet Ausblicke in alle Himmelrichtungen, besonders ergreifend, wenn sich die Sonne im Osten langsam erhebt oder abends jenseits des Rheintals versinkt. Für die Kelten hatte der Belchen sogar etwas Kultisches. Denn wenn die Sonne auf dem Schwarzwaldgipfel genau hinter dem Ballon d'Alsace, dem Elsässer Belchen, versinkt, ist (am 21. März) Frühlings- oder (am 23. September) Herbstanfang.

Die Benediktiner

Wer von den Belchenhöhen in die Rheinebene zurückkehrt, durchfährt das wunderschöne Münstertal mit dem Kloster St. Trudpert. Der Legende nach soll der Ire Trudpert Mitte des 7. Jahrhunderts im unwirtlichen Schwarzwald für eine kleine Klause gerodet haben. Als

Im Münstertal begannen die Benediktiner, den Schwarzwald zu kultivieren und zu missionieren: Klosteranlage St. Trudpert.

An die klösterliche Blütezeit erinnert die üppig ausgestattete Rokoko-Bibliothek von St. Peter. Baumeister Peter Thumb aus Vorarlberg hat sie entworfen.

Die Wutachschlucht gehört zu den wildesten Orten im Schwarzwald.
Wer hier wandert, muss ein Mindestmaß an Kondition und Trittsicherheit mitbringen.

seine Knechte die Entbehrungen nicht mehr ertrugen, erschlugen sie den Missionar. Am „Tatort" sei daraufhin eine Quelle entsprungen, sie wurde zu einem Wallfahrtsziel. Anfang des 9. Jahrhunderts fassten Benediktinermönche die Quelle ein und errichteten die heute so prächtige Klosteranlage.

Die Benediktiner waren die treibende Kraft bei der Kultivierung des Schwarzwalds. Sie gründeten auch die Klöster St. Blasien, St. Peter, St. Märgen und St. Georgen und erschlossen Acker- und Weideland. Im Hochmittalter waren die Klöster zu Wirtschaftsunternehmen herangewachsen, und bis Anfang des 19. Jahrhunderts politisch, wirtschaftlich und geistig gesellschaftliche Schwergewichte im Schwarzwald. Die Klosterbibliothek von St. Peter und der prächtige Kuppelbau der Domkirche St. Blasien erinnern bis heute an diese Zeiten.

Im Urwald

Tief in die Berglandschaft eingeschnitten, gerade mal so breit, dass eine Straße Platz hat – so präsentiert sich das Wehratal, eines der schönsten und einsamsten Täler im Schwarzwald. Es begrenzt den Hotzenwald an seiner Westseite.

Östlich der Wehra, zum Kerngebiet des Hotzenwalds hin, gab es bis zur Mitte des 19. Jahrhunderts keinen einzigen Weg. Urwaldähnliche Zustände herrschten, denn wegen des felsigen Geländes konnte der Wald lange nicht genutzt werden. Als dies möglich war, lohnte es sich kaum noch. Dadurch konnte sich der Baumbestand erhalten, bis er 1970 zum Bannwald erklärt wurde – zusammen mit der Westseite der Wehra, wo seit 1826 auch kaum noch ein Baum gefällt wurde. Ideal für Wanderungen und Fahrradtouren – wer sich entlang der Wehra auf den Weg macht, kommt auch zur Erdmannshöhle in Hasel, mit ihren Tropfsteinen eine der schönsten Schauhöhlen. Der größte ist mehr als vier Meter hoch und hat am Fuß einen Durchmesser von über zwei Meter. Man vermutet, dass er älter als 135 000 Jahre ist.

Wilde Flüsse

Wasserläufe gibt es im Hotzenwald viele, unter- wie oberirdische. Sechs Flüsse haben sich von Norden nach Süden durch das Gebirge gegraben und fließen dem Rhein zu: Wiese, Wehra, Murg, Alb, Schlücht und Steina. Weiter im Osten kommt die Wutach an, die ursprünglich Richtung Donau floss, aber vor Jahrtausenden zum Rhein hin umgelenkt wurde. In den vergangenen 70 000 Jahren hat die Wutach so ein eindrucksvolles, bis zu 200 Meter tiefes und 50 Kilometer langes Tal geschaffen

Die Wutach hat sich in rund 20 000 Jahren ein bis zu 200 Meter tiefes und etwa 50 Kilometer langes Tal geschaffen und ist der letzte ursprüngliche Wildfluss nicht nur des Schwarzwaldes.

Besondere Orte

Wege im schwarzen Wald

An einem Sonntagnachmittag im Sommer erinnert die Stimmung an den touristischen Highlights im Schwarzwald ein bisschen an einen Rummelplatz. Nichts ist zu spüren vom Zauber des schwarzen Waldes – es sei denn, man beschreitet andere Wege, ein wenig abseits, manchmal ein bisschen anstrengend, dafür aber zauberhaft.

1 Auf den Belchen

Der kahle Berg gilt als einer der schönsten Aussichtspunkte im Südschwarzwald. Weit in die Vogesen hinein und bis zu den Alpen reicht der Blick. Es lohnt sich, dort den Sonnenauf- oder -untergang zu erleben. Die Guides von Original Schwarzwald organisieren ein Bergfrühstück oder ein Fondue im Belchenhaus.

Original Landreisen
Brühlmatten 16
79295 Sulzburg
Tel. 07634 5 69 56 26, www.original-landreisen.de

2 Zum Feldsee

Gletscher haben den größten Karsee im Schwarzwald ausgeschliffen, den 32 Meter tiefen Feldsee am Fuße des Seebuck. Er ist an drei Seiten von hohen Felswänden umrahmt, das seltene Praxenkraut gedeiht hier. Ein sagenumwobener Ort, den man vom Seebuck aus erwandern kann, oder man geht die große Runde über den Feldbergsteig und kommt am See vorbei.

Rundweg ab Parkplatz Feldberg über Seebuck 9 km
Einkehrmöglichkeit im Raimartihof

3 Durchs Höllental

Die steilste Hauptbahn Deutschlands fährt halbstündlich von Freiburg durch das Höllental nach Titisee-Neustadt und überwindet dabei Steigungen von mehr als 50 Prozent. Als sie 1887 eröffnet wurde, nahm damit auch der Tourismus im Hochschwarzwald Fahrt auf. Noch heute ist die Strecke landschaftlich ein Erlebnis, ist doch das Höllental mit dem Hirschsprung eine der gewaltigen Schluchten des Südschwarzwaldes. Sieben Tunnel mussten gebaut werden, einer davon ist der Ravennatunnel, der direkt an die 36 Meter hohe und 224 Meter lange Brücke (Bild) über die gleichnamige Schlucht anschließt.

Fahrplan- und Tarifinfos
Regio-Verkehrsverbund Freiburg
Bismarckallee 4
79098 Freiburg
Tel. 0761 20 72 80
www.rvf.de

4 Komfortabel zelten

Wer keine Höhenangst hat, wird vermutlich wohlig in einem der Baumzelte am Schluchsee einschlummern, zwei oder drei Meter über dem Boden, zwischen Bäumen schwebend und nur über eine Strickleiter erreichbar. Wem das zu wackelig ist, der bleibt besser auf dem Boden. In einem Tipi auf einer stabilen Holzplattform, vielleicht sogar mit Feldbett, auf alle Fälle mit Küchenkiste und Holzofen. „Glamerous camping", kurz Glamping, hat den Schwarzwald erreicht.

Schwarzwald-Camp
Raphael Kuner, Gewann
Zeltplatz 2, 79589 Schluchsee, Tel. 07656 9 88 43 48, www.schwarzwaldcamp.com

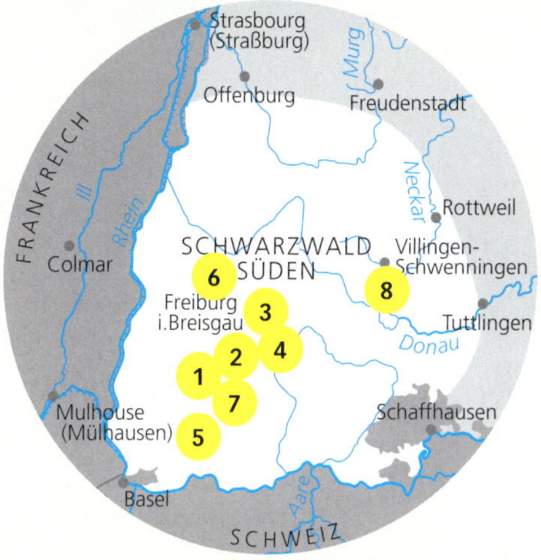

5 Wandern im Wehratal

Fast 1000 Höhenmeter überwindet, wer von Todtmoos durch das romantische Wehratal nach Wehr wandert. Der Weg ist nicht barrierefrei, führt er doch durch einen seit Jahrzehnten der Natur überlassenen Bannwald. 27 Kilometer lang ist der Weg von der Quelle der Wehra bis zu ihrer Mündung in den Hochrhein. Die ersten 13 Kilometer von Todtmoos-Au bis zum Stausee oberhalb von Wehr führt der Pfad durch Naturräume, in denen keine Siedlungsspuren zu finden sind.

Tourist-Info Wehr
Hauptstr. 14, 79664 Wehr
Tel. 07762 80 86 01
www.wehr.de

6 In den Berg

Der Reichtum mancher Schwarzwaldgemeinde hat ihren Ursprung in den Bodenschätzen. Auch die Bauherren des Freiburger Münster ließen die Silbervorräte im Schauinsland für den Kirchenbau bergen und verewigten dies in einem der Fenster des Münsters. Heute fahren Touristen in den Schauinsland ein, ebenso wie in zahlreiche andere Bergwerke des Südschwarzwaldes, um sich ein Bild von den harten Arbeitsbedingungen unter Tage zu machen.

Übersicht über die Bergwerke: www.schwarzwald-tourismus.info

7 Am Wasser

Vom Fahler Wasserfall am Feldberg zum Todtnauer Wasserfall führt über zwölf Kilometer der Wasserfallsteig auf schmalen Wegen und Pfaden. In Todtnau warten Holzliegen von Vitra beim tosenden Wasser für die Entspannung nach dieser rund dreistündigen, herrlichen Tour.

Wasserfall- und Routen-Informationen unter www.schwarzwald-tourismus.info, Stichwort Wasserfallsteig

8 Durchs Schwenninger Moos

Die Europäische Wasserscheide verläuft mitten durch das Schwenninger Moos, ein geschütztes Moorgebiet auf 705 Metern Höhe. Hätten nicht engagierte Naturschützer 1987 die Initiative ergriffen, um die Verwaldung des ehemaligen Torfabbaugebiets aufzuhalten, wäre das 120 Hektar große Regenmoor zwischenzeitlich vermutlich verschwunden. Jetzt kann man auf Holzbohlen sicher durch das Moorgebiet wandern, seltene Pflanzen entdecken wie den Sonnentau, Tiere beobachten und an der Quelle des Neckars verweilen, der hier entspringt.

Der Rundweg ist ca. 3,5 Kilometer lang. Tafeln informieren über die Besonderheiten. Parken kann man beim Schwenninger Eisstadion, von dort aus sind es rund zehn Minuten Fußweg zum Einstieg ins Moor.

Maßstab 1:700.000
10 km
KARLSRUHE
PFORZHEIM
Rastatt
Baden-Baden
Gaggenau
Gernsbach
Haguenau
Saverne
STRASBOURG
Kehl
Lingolsheim
Offenburg
Achern
Bühl
Lahr/Schw.
Sélestat
Colmar
Breisach a.Rh.
FREIBURG i.Breisgau
Emmendingen
Waldkirch
Freudenstadt
Baiersbronn
Nagold
Calw
Sindelfingen
Böblingen
Herrenberg
Tübingen
Rottenburg a.N.
Horb a.Neckar
Hechingen
Balingen
Oberndorf a.N.
Schramberg
Rottweil
St.Georgen i.Schw.
Villingen-Schwenningen
Bad Dürrheim
Donaueschingen
Tuttlingen
Trossingen
Singen (H.)
Schaffhausen
Titisee-Neustadt
St. Blasien
Tiengen
Waldshut
Bad Säckingen
Rheinfelden
Lörrach
Weil a.Rh.
Müllheim
Bad Krozingen
Schopfheim
Wehr
MULHOUSE
BASEL
Liestal
Aarau
Baden
Brugg
Wettingen
Winterthur
Kloten
Bülach
ZÜRICH
Dietikon
Schlieren
Dübendorf
Frauenfeld
FRANCE
SCHWEIZ
Schwarzwald
1
2
3
4
5
6
7
8
9
10

Hinauf zu den Schwarzwaldhöhen

„Und meine Seele spannte weit ihre Flügel aus, / flog durch die stillen Lande / als flöge sie nach Haus“, dichtete einst Joseph von Eichendorff. Schöner zu Hause als im Schwarzwald kann man kaum sein: Berge, Hochebenen, Täler, Wälder, satte Wiesen – die Region bietet viel Natur und setzt stark auf Nachhaltigkeit, um diese auch zu erhalten.

1 Haslach

Der Geburts- und Sterbeort (7000 Einw.) des Heimatschriftstellers Heinrich Hansjakob (1837 bis 1916) zeigt am Markt sehr schöne Fachwerkhäuser.

MUSEEN

Mehr als 100 Trachten des Schwarzwaldes sind im **Trachtenmuseum** im gut erhaltenen barocken Kapuzinerkloster (um 1630) zu sehen (Klosterstr. 1; April–Mitte Okt. Di.–So. 10.00 bis 12.30 und 13.30–17.00, sonst Di.–Fr. 10.00 bis 12.30 und 13.30–16.00 Uhr). Zu den bedeutenden Schwarzwaldbergwerken gehört die ehem. **Silbergrube „Segen Gottes“** (Urspr. 16. Jh.; Silberbergweg; April–Okt. Di.–So. Führungen 11.00, 13.30 und 15.30 Uhr).

UMGEBUNG

Das Untere Tor, Rest der mittelalterlichen Umringung (12./13. Jh.), ist heute das Eingangstor nach **Wolfach** (6000 Einw.), 11 km östl. von Haslach. Prächtige Bürgerhäuser, das mit Fresken bemalte Rathaus von 1884 und das Schloss prägen das Ortsbild. **Grube Wenzel** in Oberwolfach ist heute Besucherbergwerk (Frohnbach 19, Oberwolfach, www.grubewenzel.de; April–Okt. Di.–So. Führungen 11.00, 13.00, 15.00 Uhr). Die **Grube Clara** ist noch in Betrieb. Auf der Mineralienhalde kann jeder sein Glück versuchen (Rankach 77, Oberwolfach, www.mineralienhalde.com; April–Okt. Mo.–Sa. 9.00–17.00, Juli, Aug. auch So. 10-17.00 Uhr). In der **Dorotheenhütte** kann die Kunst des Glasblasens angeschaut werden, und man kann sich auch selbst darin versuchen, eine Vase zu blasen (Glashüttenweg 4, www.dorotheenhuette.info; tgl. 9.00–17.00 Uhr).
Das kleine **Gutach** ist vor allem durch das **Freilichtmuseum Vogtsbauernhof** bekannt. Neben dem namengebenden Hof stehen mehrere typische Schwarzwaldhöfe. Tgl. werden alte Handwerkstechniken vorgestellt (www.vogtsbauernhof.org; Ende März–Anf. Nov. tgl. 9.00–18.00, Aug. bis 19.00 Uhr). Auf der benachbarten **Gutacher Sommerrodelbahn** geht es über Kreisel und durch Tunnel 1150 m in die Tiefe (www.sommerrodelbahn-gutach.de; Ende März–Anf. Nov. tgl. 10.00–18.00 Uhr).

In der einst kleinsten Reichsstadt **Zell am Harmersbach** (8000 Einw.) erinnert die bekannte Keramik mit Hahn und Henne an die Hafnervergangenheit. Der Storchenturm aus dem 14. Jh. beherbergt Zeugnisse der Stadtgeschichte und Brauchtum wie die Zeller Narro-Figuren (www.storchenturm-museum.de; April–Okt. Di., Fr., So. 14.00 bis 17.00 Uhr).

INFORMATION

Tourist-Information, Klosterstr. 1
77716 Haslach, Tel. 07832 70 61 72
www.haslach.de

Tourist-Information, Hauptstr. 41
77709 Wolfach, Tel. 07834 83 53 53
www.wolfach.info

2 Triberg

Nicht nur im Museum ist im Städtchen (4800 Einw.) vieles typisch Schwarzwald.

SEHENSWERT

Schnitzereien im **Rathaussaal** zeigen Szenen aus dem Leben im Schwarzwald (Hauptstr. 57; Mo.–Do. 9.00–12.00 und 14.00–16.00, Fr. 9.00–12.00 Uhr). Familie Eble fertigt seit 1880 Schwarzwälder Uhren und ist seit 1997 sogar im Guinessbuch der Rekorde verewigt: mit der weltgrößten begehbaren **Kuckucksuhr** (Schonachbach 27, www.uhren-park.de; Ostern–Okt. Mo.–Sa. 9.00–18.00, So. 10.00 bis 18.00, sonst Mo.–Sa. 9.00–17.30, So. 11.00 bis 17.00 Uhr).

MUSEUM

Das **Schwarzwaldmuseum** zeigt alles, was für die Region typisch ist (Wallfahrtstr. 4, www.schwarzwaldmuseum.de; April–Sept. tgl. 10.00–18.00, sonst Di.–So. 10.00–17.00 Uhr).

ERLEBEN

Die Gutach bildet einen von Deutschlands höchsten **Wasserfällen**. Das Naturschauspiel kann man auf drei langen Wegen erkunden. Dazu kommen ein Erlebnispark und ein Hochseilgarten.

Glasbläser in der Dorotheenhütte

INFORMATION

Tourist-Information, Wallfahrtstr. 4
78098 Triberg, Tel. 07722 86 64 90
www.triberg.de

3 Waldkirch

Das Elztalzentrum (21 500 Einw.) am Fuß des Kandel ist für den Orgelbau bekannt.

MUSEUM

Im Chorherrenstift (18. Jh.) präsentiert das **Elztalmuseum** den Waldkircher Orgelbau (Kirchplatz 14; www.elztalmuseum.de; Di.–Sa. 13.00–17.00, So. 11.00 bis 17.00 Uhr).

ERLEBEN

Die **Ruine Kastelburg** (urspr. um 1280, 1634 zerstört) ist zu einem Ausflugsziel geworden). Über das Rheintal bis zu den Vogesen kann man vom **Baumkronenweg** im Naturerlebnispark Waldkirch schauen. Zum Schluss geht es mit Europas längster Röhrenrutsche oder auf einem Wanderweg wieder zurück zum Barfußpfad und Sinnesweg (Erwin-Sick-Str.; www.baumkronenweg-waldkirch.de; Mai–Sept. 11.00–18.30 Uhr, April, Anf. Mai und Okt. kürzer).

UMGEBUNG

Das Dorf **St. Peter** (2500 Einw.) südlich von Waldkirch an der Schwarzwald-Panoramastraße ist bekannt für seine barocke Klosteranlage. Das 1093 gegründete **Benediktinerkloster** gilt als eines der prächtigsten Zeugnisse barocker Baukunst (18. Jh.)

in Süddeutschland (www.st-peter-schwarzwald.de; Di. 11.00, Do. 15.00, So. 11.30 Uhr). Im Marienwallfahrtsort **St. Märgen** sind die Klosterkirche (18. Jh.) und der Klosterhof erhalten (www.kloster-museum.de; ganzjährig So. und Fei. 10.00–13.00, Mitte April–Okt. auch Mi. und Do. 10.00–13.00, Fr. 14.00–17.00 Uhr). Zum Rheintal hin öffnet sich das **Glottertal**. Hier spielte die TV-Serie „Schwarzwaldklinik".
Zum **Kandel** (1242 m) fährt man von Waldkirch oder von St. Peter mit dem Auto. Vom Parkplatz sind es dann noch 400 m zu Fuß zum Gipfel.
Ein Kleinod im Schwarzwald ist das **Simonswälder Tal**. Hier haben sich viele Mühlen angesiedelt, von denen sechs an einem 9 km langen Themenweg liegen (ab Festplatz Simonswald).

INFORMATION
Tourist-Information
Marktplatz 1–5, 79183 Waldkirch
Tel. 07681 1 94 33, www.stadt-waldkirch.de

Tourist-Information, Klosterhof 11
79271 St. Peter, Tel. 07652 12 06 83 70
www.st-peter-schwarzwald.de

4 Kaiserstuhl

Der Gebirgsstock, bekannt für Wein- und Obstanbau, ragt am Totenkopf 557 m auf.

SEHENSWERT
Schmucke Dörfer, sehr gute Weine und eine eindrucksvolle Küche machen den Besuch des Kaiserstuhls lohnend. Die Altstadt von **Burkheim**, eine der ältesten Weinbaugemeinden (778 erwähnt), steht unter Denkmalschutz. Bei **Bickensohl** kann man ab der Winzergenossenschaft die berühmten Lößhohlwege erwandern. In **Ihringen** erklärt das Naturzentrum Kaiserstuhl die Besonderheiten der Region (Bachenstr. 42, www.naturzentrum-kaiserstuhl.de; März bis Juli, Sept., Okt. Mo. und Do. 10.00–12.00, Sa. 15.00–17.00 Uhr).

UMGEBUNG
20 km nördl. lockt der **Europa-Park** in Rust (s. S.43; Europa-Park-Str. 2, www.europapark.de; Ende März bis Anf. Nov. tgl. ab 9.00 bis mind. 18.00, Ende Nov.– Anf. Jan. 11.00 bis mind. 19.00 Uhr).

INFORMATION
Kaiserstühler Verkehrsbüro
Adelshof 20, 79346 Endingen, Tel. 07642 68 99 90, www.endingen.de

5 Badenweiler

Bekannt ist Badenweiler (4000 Einw.) für seine Therme und die römische Bauruine.

SEHENSWERT
Im Kurpark liegt die **Burg Baden**, 1122 erwähnt und 1678 zerstört. Sie wurde zum Schutz des Silberbergbaus errichtet.

Liebliches Markgräflerland bei Ehrenkirchen

MUSEUM
1784 wurde die **römische Badruine** neben der Cassiopeia Therme freigelegt, vom 1. bis 3. Jh. Zentrum der römischen Siedlung (tgl. 10.00–19.00, Nov.–März bis 17.00 Uhr).

ERLEBEN
Im **Park der Sinne** können alle Generationen nach Herzenslust experimentieren, riechen, mit Händen und Füßen fühlen (Parkplatz Ernst-Eisenlohr-Str. 27).

INFORMATION
Tourist-Information, Schlossplatz 2
79410 Badenweiler, Tel. 07632 79 93 00
www.badenweiler.de

6 Lörrach

Die Kreisstadt (49 000 Einw.) ist Dienstleistungs- und Kulturzentrum in der RegioTriRhena (Südbaden, Nordwestschweiz südliches Elsass; www.tourismtrirhena.com).

SEHENSWERT
Die **Burgruine Rötteln** ist eine der größten Burgruinen Badens. Über eine Zugbrücke gelangt man von der Vor- in die Oberburg, von dort bietet sich ein herrlicher Blick bis zu den Schweizer Alpen (www.burgruine-roetteln.de; Mitte März–Mitte Nov. tgl. 10.00–18.00, sonst Sa., So., Fei. 11.00–16.00 Uhr).

MUSEUM
Das **Dreiländermuseum** blickt auf Gemeinsamkeiten und Unterschiede der Nachbarländer Deutschland, Frankreich und Schweiz (Basler Str. 143, www.dreilaender museum.eu; Di.–So. 11.00–18.00 Uhr).

UMGEBUNG
Das Vogelkundehaus im **Vogelpark Steinen** informiert über die heimische Vogelwelt. Greifvogelvorführungen (Steinen-Hofen, www.vogelpark-steinen.de; Ende März–Okt. tgl. 10.00–17.00 Uhr, Juli bis Sept. länger).
In **Weil am Rhein** stellt Möbelhersteller Vitra in zwei von Stararchitekten gebauten Häusern aus (Ray-Eames-Str. 1, Weil am Rhein, www.vitra.com; tgl. 10.00–18.00 Uhr; Architekturführungen tgl. 11.00, 13.30 Uhr) und zeigt das Vitra Design Museum alte und neue Designklassiker (www.design-museum.de;).

INFORMATION
Tourist-Information, Basler Str. 170
79539 Lörrach, Tel. 07621 41 51 20
www.loerrach.de

7 Feldberg

Ort und Berg (1493 m) sind Zentrum des Hochschwarzwaldes. Es ist das größte zusammenhängende Wintersportgebiet nördlich der Alpen.

SEHENSWERT
Das **Haus der Natur** an der Talstation des Lifts auf den Seebuck sensibilisiert seine Besucher für den schonenden Umgang mit der Natur (Dr.-Pilet-Spur 4, www.naz-feldberg.de, www.naturpark-suedschwarz wald.de; Di.–So. 10.00 bis 17.00 Uhr, Juni–Okt. auch Mo.).

UMGEBUNG
Mit der Seilbahn geht es zum Ausgangspunkt der 2,9 km langen Rodelbahn am Hasenhorn bei **Todtnau** (www.hasenhorn-rodelbahn.de; tgl. 10.00–16.30 Uhr). Weiter östl.liegt der natürlich wirkende und ruhige **Schluchsee**, größter See des Schwarzwaldes. Kurz davor lockt der **Windgfällweiher** mit einem Strandbad wie aus den 1950er-Jahren.
Der Olympia-Stützpunkt **Hinterzarten** (2500 Einw.) ist Heimat von Georg Thoma, Olympiasieger 1960. Im mehr als 300 Jahre alten **Hugenhof** kann man die Geschichte des Skilaufens nachvollziehen (Erlenbrucker Str. 35, www.schwarzwälder-skimuseum.de; Di., Mi., Fr. 14.00 bis 17.00, Sa., So., Fei. 12.00–17.00 Uhr). Der **Moorlehrpfad** führt rund um den größten Moorkomplex des Schwarzwaldes, der Moorquerweg führt mitten hindurch.
Eine Fahrt durchs **Höllental** beginnt oder endet im Himmelreich. Neun Tunnel und ein 222 m langer gemauerter Viadukt 42 m über der **Ravennaschlucht** sind die Hauptattraktionen der Strecke.

INFORMATION
Tourist-Information, Kirchgasse 1
79868 Feldberg
Tel. 07652 1 20 60
www.gemeinde-feldberg.de

Tourist-Information, Freiburger Str. 1
79856 Hinterzarten
Tel. 07652 1 20 60
www.hinterzarten.de

8 St. Blasien

Im kleinen Schwarzwaldort (3900 Einw.) wölbt sich die größte Kirchenkuppel nördl. der Alpen.

SEHENSWERT
Das im 9. Jh. gegründete **Kloster** hatte seine Blüte im 18. Jh. Die Kuppelkirche entstand nach dem Brand von 1768 nach dem Vorbild des römischen Pantheons. (www.dom-st-blasien.de; Sommer 8.00–18.30 Uhr, Winter kürzer).

INFORMATION
Tourist-Information, Am Kurgarten 1
79837 St. Blasien
Tel. 07652 1 20 60
www.tourismus.stblasien.de

9 Wehratal

In **Todtmoos** entspringt die Wehra, die ein wildromantisches Tal in den Fels gegraben hat, das bis zum Rhein führt. 250 Jahre ist das **Heimethus** in Todtmoos alt. Hier sieht man Zeugnisse bäuerlichen Lebens und Heimatkundliches. Jeden Monat Glasbläser-Vorführung (Murgtalstr. 15, Di., Mi., Fr. , So., Fei. 14.30 bis 17.00 Uhr). Erdmännchen und -weibchen sollen im Tal in den Sälen unter der Erde gelebt haben – erzählt die Sage. Und damit hatte die **Erdmannshöhle** bei Hasel auch schon ihren Namen (www.gemeinde-hasel.de, Tel. 07762 80 99 01; Juli und Aug. tgl. 10.00–16.00, Ostern–Juni, Sept. und Okt. Sa., So., Fei. 10.00–16.00 Uhr, warm anziehen empfohlen).

INFORMATION
Tourist-Information, Wehratalstr. 19
79682 Todtmoos
Tel. 076524 12 06 85 40, www.todtmoos.de

10 Wutachschlucht

Die wildromantische Schlucht mit dem letzten ungebändigten Mittelgebirgsfluss Deutschlands kann zwischen Mai und Okt. gut in Abschnitten von 10 bis 15 km Länge (3–5 Std.) begangen werden (www.wutachschlucht.de). In dieser Zeit fährt auch der **Wanderbus** (www.suedbadenbus.de). Möglichst Verpflegung einpacken, da es keine Einkehrmöglichkeiten gibt.

INFORMATION
www.wutach.org

Genießen Erleben Erfahren

DuMont Aktiv

Mit einem Lächeln

Radfahren durch den Schwarzwald? Mit einem E-Bike wird die Tour zum Genuss. Das Kinzigtal bietet einzigartige Bedingungen, um ganz entspannt und mit einem Lächeln am Ziel anzukommen, egal, wie gut die eigene Kondition auch sein mag.

Sportlich ambitionierte Radfahrer erproben ihre Kondition eher am Feldberg und selbstverständlich ohne Unterstützung durch einen Elektromotor. Doch wer gern gemütlich und genussvoll durch die Landschaft radelt, ist auf dem Kinzigtalradweg mit seinem leichten Gefälle genau richtig – vorausgesetzt, man fährt von der Quelle zur Mündung. Sonst wird das leichte Gefälle zur Steigung – aber auch das ist mit einem E-Bike nicht wirklich ein Thema. Schließlich verdoppelt der Elektromotor die eigene Kraft. Ein dicker grüner Pfeil neben einem grünen Fahrrad weist den Weg auf dem 95 km langen, meist asphaltierten Radweg, der für Tourenradler ebenso geeignet ist wie für Eltern mit Kindern im Fahrradanhänger. In den schönen Fachwerkstädtchen entlang der Route gibt es genügend Gelegenheit für kulinarische und kulturelle Pausen.

E-Bikes verleihen im Kinzigtal fast 30 Anbieter, an fast 70 Stationen kann man die leeren Akkus laden oder tauschen. Die Reichweite hängt von der jeweiligen Topografie der Strecke ab. Je nach eigener Kondition ist maximale Unterstützung oder maximale Reichweite wählbar. Und wen die Lust – oder die Kraft – doch früher als erwartet verlassen sollte, der fährt einfach mit der Bahn weiter.

Weitere Informationen

Adressen der **Verleihstationen** (Gengenbach, Haslach, Hornberg, Schiltach, Schramberg, Oberwolfach, Wolfach, Zell am Harmersbach) und Abgabestellen der **Ladestationen** sowie **Tourentipps** bei Kinzigtal Tourismus:
www.schwarzwald-kinzigtal.info/entdecken/kinzigtal-aktiv/ebike
Tourist-Information Wolfach:
www.wolfach.info

Radeln muss nicht anstrengend sein: Mit E-Bike und einem gut geladenen Akku macht selbst die steilste Schwarzwaldstrecke wenig Mühe.

Kultur- und Naturschätze

An schönen Sommertagen, wenn Urlauber auf Tagestouristen treffen, kann es ganz schön voll werden am Untersee und am Überlinger See. Kein Wunder bei der Fülle an kunsthistorischen und landschaftlichen Attraktionen. Da hilft nur eins: ruhigere Zeiten wählen. Die Insel Mainau beispielsweise öffnet bereits bei Sonnenaufgang. Manchmal lohnt es sich eben, ein bisschen früher aufzustehen.

Platanen säumen die Meersburger Seepromenade, die entlang der Unterstadt zur Anlegestelle der Bodenseeschifffahrt führt.

Insel Reichenau: der ehemalige Klosterkomplex in Mittelzell, der Reichenauer Damm durchs Wollmatinger Ried, die Kirche St. Peter und Paul in Niederzell, mitten in den Salatfeldern, für die die Insel bekannt ist (im Uhrzeigersinn)

Der einstigen Bedeutung entsprechend wurde das Reichenauer Kloster in Mittelzell immer wieder umgestaltet und erweitert.

Special

Zwiebelgemüse

Nur die rote ist die echte

Wer einmal eine echte Bülle von der Höri gegessen hat, versteht, weshalb es sich lohnt, für eine Zwiebel so viel Handarbeit auf sich zu nehmen. Und doch wollen es nicht mehr viele machen. Die mühsame Arbeit beginnt bereits, wenn der Samen gewonnen wird. Den gibt es nämlich nirgendwo zu kaufen. Ende August schneiden die Bauern die Blütendolden ab und lassen sie trocknen. Im späten Herbst werden sie dann von Hand ausgerieben und gewaschen. Der gute Samen setzt sich am Boden des Gefäßes ab und kann nun vor sich hin trocknen.

Doch nach den letzten Frösten im März geht es wieder los. Im Abstand von vier Zentimetern und vier Zentimeter tief verschwindet ein Samenkorn nach dem anderen im leicht moorigen, dunklen Höri-Boden. Sobald sich die ersten grünen Spitzen zeigen, grasen die Bauern von Hand aus, damit die Bülle bis Ende August ungestört und konkurrenzlos wachsen kann. Dann ist sie „reif", wird aus der Erde gezogen, bleibt aber noch gut zwei Wochen zum Trocknen auf dem Feld liegen. Die letzten Erdreste müssen die Höri-Bauern von Hand abreiben, denn die rote Außenhaut der Bülle ist viel zu empfindlich für eine Maschinenwäsche. Die echte Bülle changiert farblich zwischen Dunkelrosa und Rotbraun.

Bald wird es Zeit, sie in Zöpfe zu binden, denn am ersten Oktobersonntag, beim jährlichen Büllefest in Moos, ist der Absatz besonders üppig. Vereine und Landwirte zeigen dann, was man mit der Bülle alles machen kann: Bülle-Dünne, ein Teigfladen mit Zwiebelbelag, Bülle-Brot, Bülle-Suppe, Bülle-Aufstriche. Hier ist alles Bülle. Und manche, wie Regina Duventäster-Maier, eine überzeugte Mooser Bülle-Produzentin im kleinen Familenbetrieb in der fünften Generation, beißen sogar einfach rein, als wäre die Zwiebel ein Apfel.

Flach geht es ins Wasser am Ufer von Gnadensee, Zeller See und Rheinsee, und so soll es in grauer Vorzeit am ganzen Bodensee gewesen sein – ideal für Strandbäder und brütende Vögel. Im Wollmatinger Ried und auf der Halbinsel Mettnau haben rund 300 Vogelarten einen geschützten Lebensraum gefunden. Dreizehn Prozent der gesamten Wasserfläche des Bodensees macht der Untersee aus, zu dem die drei Seeteile zusammenfließen. Der Rheinsee, über den der Rhein den Bodensee verlässt, ist mit 46 Metern der tiefste, der Gnadensee mit 22 Metern der flachste. Seinen Namen hat das Gewässer zwischen der Insel Reichenau und der Stadt Allensbach bereits im Mittelalter bekommen. Zu jener Zeit wurden – wie überall – auch auf der Klosterinsel Todesurteile gesprochen, die dort aber nicht vollstreckt werden durften, da der Inselboden als heilig galt. Also ruderte man die Verurteilten über den See zu den Allensbacher Galgenäckern. Ertönte während der Überfahrt die Glocke des Reichenauer Münsters, waren die Delinquenten begnadigt.

Heute sind vor allem Fischer von der Insel Reichenau auf dem Gnadensee unterwegs. Seit 1979 fischen Schweizer und Deutsche gemeinsam, eine Hoheitslinie gibt es dabei nicht. Der Fisch bekommt erst am Ufer eine „Nationalität".

Die Gärten auf der Insel Mainau erfreuen Besucher auch mit floralen Skulpturen.

Im Schmetterlingshaus auf der Mainau sorgen rund 120 Falterarten für Tropenflair.

Der Deutsche Orden errichtete im 18. Jahrhundert das barocke Schloss samt Kirche, heute Domizil der gräflichen Familie Bernadotte.

Im milden Bodenseeklima gedeihen die unterschiedlichsten Gehölze.

Die lange Metasequoia-Allee führt quer über die Insel zum Schloss und zur Schlosskirche.

Heute ist die Mainau der Touristenmagnet am Bodensee schlechthin, mit über 1,5 Millionen Besuchern im Jahr.

Besuch auf der Blumeninsel

Wer früh auf die Blumeninsel Mainau kommt, hat sie fast für sich allein. Fast – denn die Gartenteams sind natürlich schon unterwegs. Auf Fragen geben sie gern Antwort (s. Dumont Thema S. 62). Über 500 Jahre gehörte die kleinste der drei Bodenseeinseln dem Deutschorden, der auch das Barockschloss bauen ließ. Als der Orden 1806 aufgelöst wurde, wechselten die Besitzer mehrfach, bis 1853 der badische Großherzog die Insel als Sommerresidenz erwarb. Friedrich I. ließ ein Arboretum mit mehr als 500 Bäumen anlegen. Friedrich II. schenkte die Insel 1928 seiner Schwester Victoria, die zwischenzeitlich Königin von Schweden geworden war. Und so werden auf der Mainau schwedische Traditionen wie das Mittsommerfest gefeiert.

Königin Victoria wollte ihren Lieblingsenkel, Prinz Lennart, auf der Insel sehen. Der studierte Land- und Forstwirt übernahm 1932 als 23-Jähriger die Verwaltung. Anfangs musste er viel Überzeugungsarbeit beim alten Obergärtner leisten, bis aus der verwilderten Insel wieder ein Park gestaltet war. Als Lennart Bernadotte das Werk für vorzeigbar hielt, öffnete er die Insel gegen Eintritt für Besucher. Längst sind die Geschäfte in die Hände der nächsten Generation übergegangen.

Anregungen für Zuhause

Mit Angeboten für Hobbygärtner möchten die Mainauprofis Mut machen, wieder selbst Hacke und Gartenschere in die Hand zu nehmen. Weitere Anregungen finden sich rund um den See in öffentlichen wie privaten Gärten. So öffnet auch Wilderich Johannes Graf von und zu Bodman seinen als englischer Landschaftsgarten gestalteten Schlosspark. Streng komponierte Gartenkunst des Barock dagegen kann man im Park von Kloster und Schloss Salem bewundern oder vor dem Neuen Schloss in Meersburg.

In Überlingen, das die Landesgartenschau 2020 ausrichten sollte, die nun wegen der Coronakrise um ein Jahr verschoben wurde, blüht es zu fast jeder Jahreszeit. Nicht weiter verwunderlich angesichts der riesigen Wasserfläche, die so ausgleichend auf die Temperaturen wirkt, dass sogar Palmen wachsen können.

Provozierende Kunst

Und dennoch war der See zwischen 875 und 1963 schon 33-mal zugefroren. Bei der „Seegfrörne“ von 1963 fuhren Autos übers Eis, landeten Flugzeuge und spazierten Menschen über die gefrorene Wasseroberfläche. Gustav Schwabs Ballade „Der Reiter und der Bodensee“ von 1826 schildert das tragische Ende eines solchen Ausflugs. In der Eile verwechselt

Fast wie am Mittelmeer: Überlingens Palmenpracht an der Seepromenade (links oben). Man chillt (oben rechts) oder steuert zu einem Kaffee das Greth-Haus (unten).

Das Bodenseeufer ist eine Weinbauregion: Weinlese bei Überlingen-Goldbach.

Der Weg nach oben bedeutet Kampf – im Skulpturengarten von Peter Lenk in Bodman

Barocker Überschwang beherrscht jeden Winkel der Wallfahrtskirche Birnau.

ein Reiter den zugefrorenen See mit einer baumlosen, unbebauten Ebene und reitet darüber. Als ihn die Menschen auf der anderen Seite beglückwünschen, erschrickt der Mann so sehr über seinen ungeahnt mutigen Ritt, dass er tot vom Pferd fällt. Der Bildhauer Peter Lenk hat ihm in Überlingen nahe der Schiffsanlegestelle ein Denkmal gesetzt.. Doch Schriftsteller Martin Walser fühlte sich alles andere als geschmeichelt, als er als eben jener Bodenseereiter, auf einem alten Gaul und von eher ältlichen Nixen umgeben, der Öffentlichkeit präsentiert wurde. In der Kaiserpfalzstraße in Bodman findet man eine Art Freilichtausstellung von Lenks Werken.

Barocke Pracht

Ganz anders die barocken Figuren in der Wallfahrtskirche „Zur lieblichen Mutter von Birnau", die Joseph Anton Feuchtmayer aus Linz geschaffen hat. Von außen ist kaum zu ahnen, dass sich hier der Inbegriff des Barocks in der Region befindet. Zwischen 1746 und 1749 schuf der Vorarlberger Peter Thumb ein bauliches Meisterwerk – an einem Ort, zu dem die Menschen vermutlich bereits Ende des 9. Jahrhunderts Wallfahrten unternahmen. Bauherr war die Reichsabtei Salem, eines der wohlhabendsten Zisterzienserklöster der Region. Vor allem an klaren Tagen eröffnet sich beim Verlassen der Basilika ein fantastischer Blick über den See bis zu den Schweizer Bergen. Dann konkurriert die Natur mit der Pracht im Inneren, entstanden nach dem Vorbild römischer Barockkirchen. So hat die Birnau wie der Petersdom sieben Altäre. Die bekannteste Skulptur ist sicherlich die des Honigschleckers, der einen Bienenkorb im Arm hält. Mit ihm spielt der Künstler auf Bernhard von Clairvaux an, dem die Rede wie Honig aus dem Mund geflossen sein soll.

Zentrum der Zisterzienser

Kein Wunder, dass sich auch in der Klosterkirche von Salem ein Honigschlecker findet. 1134 ließen sich die Zisterzienser dort nieder und schufen im Lauf

Dieses Stübchen im Fürstenhäusle in Meersburg war das Refugium von Annette von Droste-Hülshoff.

Hinter dem Obertor liegt Meersburgs einladend hergerichteter Marktplatz.

Die Meersburg hat ihren Ursprung wohl im frühen Mittelalter, wurde aber immer wieder den Bedürfnissen ihrer Bewohner angepasst; bis zum Bau des Neuen Schlosses waren das die Konstanzer Bischöfe.

Seit 1922 gibt es das Pfahlbaumuseum in Unteruhldingen – hier das Bronzezeitdorf 2, das Einblicke ins Leben vor 3000 Jahren gewährt.

„Auf der Burg haus' ich am Berge, unter mir der blaue See …"

Annette von Droste-Hülshoff

der Jahre eine imposante Anlage. Durch die Säkularisation kam das Kloster 1804 an die Großherzöge von Baden, die zunächst nicht allzu viel damit anzufangen wussten. Heute ist das einstige Kloster und Schloss Wohnsitz und Weingut der Markgrafenfamilie. Bei Führungen können Besucher die Räume kennenlernen oder Spaziergänge im Park unternehmen, den markgräflichen Wein verkosten und bei den Handwerkern vorbeischauen. Nicht wundern, wenn man immer wieder jungen Menschen begegnet. Sie besuchen die Schule Schloss Salem, das renommierte Internat, das Max von Baden 1920 nach reformpädagogischen Grundsätzen gegründet hat.

Stolze Städte

Die Oberstufenschüler des Internats wohnen und lernen in Überlingen. Die günstige geografische Lage an der engsten Stelle des Bodensees und die gute Erreichbarkeit über Land machten die Stadt rasch zu einem florierendem Handelszentrum. Doch mit dem Dreißigjährigen Krieg endete diese Blütezeit, und seit dem 19. Jahrhundert legen keine Handelsschiffe mehr im Hafen der ehemaligen Reichsstadt an, sondern Ausflugsdampfer. Der Tourismus wurde zum maßgeblichen Wirtschaftsfaktor – ebenso wie im benachbarten Meersburg. Wer mit der Fähre von Konstanz kommt und schon von Weitem das außerordentlich malerische Stadtbild von Meersburg sieht – mit Unter- und Oberstadt, der alles überragenden Burg und dem Neuen Schloss –, dem wird auf den ersten Blick klar, weshalb die gesamte Stadt bereits seit 1954 als kulturelles Erbe unter Denkmalschutz steht.

Steinzeit am See

Gar zum Welterbe zählt die Pfahlbautensiedlung in Unteruhldingen. Über zwanzig nachgebaute Gebäude aus der Zeit zwischen 4000 bis 850 v. Chr. dokumentieren das Leben in der Stein- und Bronzezeit. Damals standen die Häuser am Ufer, nicht im See – sie sollten ja gerade vor dem Hochwasser schützen. Andererseits wollten die Menschen möglichst nah am Wasser sein, da sie vom Fischen lebten. An 111 Stellen im Voralpenraum hat man diese Bautechnik bislang gefunden. Am Bodensee haben sich am Seegrund unter Luftabschluss vieles erhalten, etwa Werkzeuge, Knochen, Stoff- und sogar Speisereste. Durch die Bauteile, die sie fanden, konnten die Forscher rekonstruieren, wie die Pfahlbauten einst aussahen. Trotzdem sind noch viele Fragen offen. Diese präsentiert das Museum in Unteruhldingen ebenso wie die gesicherten Erkenntnisse.

GARTENARBEIT AUF DER MAINAU

Gut zu tun, auch wenn nichts blüht

Manchmal mischt sich Markus Zeiler einfach unter die Besucher. Und da kaum einer kommentarlos an der Blumenpracht auf der Mainau vorbeigeht, bekommt der Gartendirektor einiges zu hören – bewundernde, erstaunte und manchmal auch kritische Anmerkungen.

Mainau-Gärtnerin Jana Nüsseler im Italienischen Rosengarten, der bereits zur Zeit von Großherzog Friedrich I. angelegt wurde.

Jedes Jahr kommen 1,6 Millionen Menschen auf die Insel Mainau, vor allem während des Blumenjahrs von März bis Oktober. Jeden Monat erwartet die Besucher ein anderer Blütenschwerpunkt, angefangen bei Schneeglöckchen, Krokussen Tulpen und Narzissen im Frühjahr, über die Rosen und Rhododendren im Sommer bis zu den Dahlien im Herbst. Da fragt sich mancher, wie die Mainau-Gärtner das alles hinbekommen. Die Antwort: Das Geheimnis liegt vor allem in einer genauen und frühzeitigen Planung.

Stets die neuesten Züchtungen

Die Arbeit für das Frühjahr beginnt bereits mit der rechtzeitigen Bestellung der Zwiebeln im Jahr zuvor. Dabei sind die Gärtner immer darauf bedacht, den Besuchern aktuelle Züchtungen zu zeigen, die sie noch nirgendwo anders gesehen haben. 600 000 Blumenzwiebeln setzen die Gartenteams im Herbst. Nach der Blüte im Frühjahr landen alle auf dem Kompost – was Kopfschütteln bei den Besuchern hervorruft, die das beobachten. Am liebsten würden sie die Pflanzen einpacken und mit nach Hause nehmen, doch die Gärtner geben nichts ab. Vielleicht auch besser so, denn die Blumen sind darauf gezüchtet, ein Frühjahr lang wunderbar zu blühen. Die Kraft geht in die Blüte, weniger in die Zwiebel. Sollte man doch mal eine verblühte Tulpe ergattern, rät Markus Zeiler, auf alle Fälle das Grün an der Pflanze zu lassen, bis es vertrocknet ist, da dadurch die Zwiebel Energie für einen neuen Austrieb bekommt.

Gartentipps nicht nur am Beet

Wertvolle Tipps für Hobbygärtner geben die Mainau-Profis gern weiter, sei es direkt am Beet, in Workshops oder über das grüne Telefon. Wer es ganz genau wissen will, kann auch für ein, zwei oder drei Tage selbst zum Mainau-Gärtner werden, allerdings nicht unbedingt während der Hauptarbeitswochen im Herbst und Winter. Anfang Oktober, wenn die Dahlienkönigin gekrönt ist, verwandeln sich die Blumenbeete grundlegend. Gnadenlos werden die noch blühenden Sommerblumen herausgenommen. Schließlich kommen die

In den Gewächshäusern der Mainau wächst der Nachwuchs für die vielen Beete heran – hier von Peter Schober gepflegt.

Unten: Rosenbeete verlangen fast täglich nach gärtnerischer Betreuung.

Gartenfreunde auf die Mainau, um die Blüten zu bewundern und nicht deren Vergehen zu beobachten.

Spannung vor der Tulpenblüte

Wann sich im Frühling die gesetzten Zwiebeln entfalten, bleibt bei aller planerischen Kompetenz auch für Markus Zeiler und sein Team mit mehr als sechzig Mitarbeitern spannend. Ist der März sehr warm und lockt die Pflanzen früh aus dem Boden, sodass die Osterbesucher die Hauptblüte gar nicht mehr mitbekommen? Oder ist es so kalt, dass sich die Blütenkelche an Ostern noch in der Knospe verbergen? Da sind dann auch die versierten Mainau-Gärtner ganz vom Wetter abhängig. Das meint es aber meistens gut mit der rund 15 000 Jahre alten Felseninsel. Dank des großen Wasserspeichers Bodensee gibt es keine extremen Temperaturschwankungen.

Im Frühjahr bedeutet das allerdings, dass der Austrieb zwei bis vier Wochen hinter dem der Oberrheinebene liegt, da der See durch das Schmelzwasser aus den Bergen noch relativ kühl ist. Spätestens Mitte Mai überholt die Mainau dann jedoch alle anderen Regionen, und im Herbst gibt der See noch lange Wärme ab, sodass die Dahlien ein wahres Farbenfeuerwerk entfalten können. Sie halten die Gärtner ordentlich auf Trab. Als bewurzelte Stecklinge kommen die fast 12 000 Pflanzen auf die Insel. Nur drei Triebe sollen wachsen, damit sich reichlich Blüten entwickeln. Ja, und wenn die da sind, hat das Gartenteam sie genau im Blick und schneidet Verblühtes sofort aus.

Blumeninsel Mainau

Vom Festland ist die 45 Hektar große Insel Mainau über eine Fußgängerbrücke oder per Inselbus ab dem Parkplatz erreichbar. Die schönste Anreise hat man allerdings mit dem Schiff. Die Insel ist von Sonnenaufgang bis Sonnenuntergang geöffnet. Ein Rundgang am frühen Morgen ist besonders reizvoll.

Pflanzenberatung: Tel. 07531 30 33 33 (Mi. 13.00–16.00 Uhr), per Mail (gruenes-telefon@mainau.de) oder vor Ort im Park. Informationen zum Blumenjahr, Seminaren, Veranstaltungen: www.mainau.de

MÜHLHEIM an der Donau
FRIDINGEN a. d. Donau
Beuron
Naturpark Obere Donau
TUTTLINGEN
Neuhausen ob Eck
MESSKIRCH
Krauchenwies
MENGEN
Emmingen-Liptingen
Sauldorf
Wald
PFULLENDORF
Mühlingen
STOCKACH
Hohenfels
Herdwangen-Schönach
Eigeltingen
Nenzingen
Orsingen-Nenzingen
Volkertshausen
Ludwigshafen
Bodman-Ludwigshafen
Sipplingen
Owingen
Frickingen
Heiligenberg
Salem
ÜBERLINGEN
Überlinger See
Steißlingen
SINGEN (Hohentwiel)
Uhldingen-Mühlhofen
RADOLFZELL am Bodensee
Allensbach
Rielasingen-Worblingen
Moos
Reichenau
Gaienhofen
MEERSBURG
Hagnau am Bodensee
Stetten
Daisendorf
Öhningen
STEIN am Rhein
STECKBORN
KONSTANZ
KREUZLINGEN
Bodensee
Untersee
Zellersee
Gnadensee
Münsterlingen
Tägerwilen
Gottlieben
Ermatingen
Berlingen
Mammern
Homburg
Raperswilen
Kemmental
Märstetten
Weinfelden
Hüttwilen
Pfyn
Müllheim
Wigoltingen
Lengwil
Altnau
Güttingen
Langrickenbach
Birwinken
Berg (TG)
Oberschwäbische Barockstraße (Westroute)
Hohenzollernstraße
Grüne Straße
Deutsche Alleenstraße
Deutsche Fachwerkstraße
1
2
3
4
5
6
Maßstab 1:200.000
4km

Romanische Schlichtheit, malerische Städte, barocke Pracht

Klein und überschaubar ist der Überlinger See, gerade mal zwei, drei Kilometer breit. Mühelos kann man von den Uferpromenaden in Meersburg und Überlingen auf die andere Seite zum Bodanrück schauen. Die Region Untersee setzt sich aus gleich drei kleineren Seebabschnitten zusammen.

1 Reichenau

Im frühen und im Hochmittelalter war die Klosterinsel (Gründung 724) eine der Keimzellen der christlich-abendländischen Zivilisation. 2000 wurde sie als Kulturlandschaft UNESCO-Welterbestätte. 2004 siedelten sich wieder Mönche auf der Insel an. Mit dem Fahrrad kann man die Insel leicht umrunden.

SEHENSWERT

Drei **romanische Kirchen** entstanden zwischen dem 9. und 12. Jh. Das **Münster St. Maria und Markus** in **Mittelzell** war Klosterkirche; die erste Klosteranlage (8. Jh.) ist nur noch in Spuren vorhanden. Das östl. Querhaus und die Vierungsbögen des Münsters stammen von der Basilika von 816. Der Westteil wurde bis 1048 umgebaut, im 15. Jh. der Bau des gotischen Chores im Osten des Münsters begonnen (1555 beendet). Zu Beginn des 17. Jh. entstanden neue Konventsgebäude auf der Südseite des Münsters (heute Pfarrhaus und Gemeindeverwaltung). Die Schatzkammer zeigt Kunstwerke und Kultgegenstände des 5.–18. Jh. (April–Sept. Mo.–Sa. 10.00–12.00, 15.00–17.00 Uhr, Okt. nur vorm.). Richtung See liegt ein Kräutergarten wie einst der des Abtes Walahfrid Strabo.
Die **Kirche St. Georg** in **Oberzell** entspricht noch weitgehend der Basilika des ausgehenden 9. Jh. Acht großflächige Wandbilder (Ende 10. Jh.) zählen zu den frühesten Zeugnissen ihrer Art nördlich der Alpen (Mai–Sept. nur mit Führung, tgl. 12.30, 16.00 Uhr). In **Niederzell** entstand im 11. Jh. die **Kirche St. Peter und Paul** als dreischiffige Basilika auf den Fundamenten der alten Peterskirche von 799. Die Malerei in der Apsis stammt von 1104/1105.

MUSEUM

Der St. Galler Klosterplan und weitere Dokumente sind im **Klostermuseum** zu sehen (Ergat 1, www.museumreichenau.de; April–Okt. tgl. 10.30–16.30, Juli/Aug. bis 17.30, sonst Sa./So./Fei. 14.00–17.00 Uhr).

UMGEBUNG

Das **Wollmatinger Ried** an der Mündung des Seerheins in den Untersee ist Lebensraum für rund 300 Vogelarten. Das Ried ist über Informationspfade ab den Bahnhöfen Hegne, Reichenau und Wollmatingen zugänglich.

Überlingen: Anlegestelle des Schiffs zur Mainau (oben), Bodensee-Therme (rechts unten). Sipplingen: Bodenseewasser-Aufbereitung

INFORMATION

Tourist-Information, Pirminstr. 145
78479 Insel Reichenau, Tel. 07534 9 20 70
www.reichenau-tourismus.de

2 Gaienhofen

Auf der Halbinsel Höri liegt der Ort (3300 Einw.), in dem die Erinnerung an Hermann Hesse und Otto Dix lebendig blieb.

SEHENSWERT

Das ehem. Schul- und Rathaus im Dorfkern ist heute **Hermann-Hesse-Höri-Museum**. Neben dem Höri-Museum steht das Bauernhaus, in dem die Familie Hesse 1904–1907 wohnte (Kapellenstr. 8, www.hesse-museum-gaienhofen.de; Mitte März–Okt. Di.–So. 10.00–17.00, sonst Fr./Sa. ab 14.00, So. ab 10.00 Uhr). Das Haus, das Hesse 1907–1912 bewohnte, ist inkl. Garten bei Führungen zu besichtigen (Hermann-Hesse-Weg 2, www.hermann-hesse-haus.de; Mitte April–Okt.). 1936 zog der Maler **Otto Dix** (1891–1969) an den Bodensee, wo er bis zu seinem Tod lebte; sein Haus in einzigartiger Lage ist jetzt Museum (Otto-Dix-Str. 6, Gaienhofen-Hemmenhofen, www.kunstmuseum-stuttgart.de; Mitte März–Okt. Di.–So. 11.00–18.00 Uhr).

INFORMATION

Kultur-und Gästebüro, Im Kohlgarten 2
78343 Gaienhofen, Tel. 07735 9 99 91 23
www.gaienhofen.de

3 Überlingen

Die einstige Reichsstadt (22 300 Einw.) lockt mit einer sehenswerten Altstadt. 770 in einer Urkunde als Schenkung an das Kloster St. Gallen erwähnt, bekam Überlingen 1180 Markt- und 1211 Stadtrecht, wurde Ende des 14. Jh. Reichsstadt und durch Handel wohlhabend. Seit dem 19. Jh. ist die Stadt dank der Mineralquellen auch Kur- und Badeort.

SEHENSWERT
Die Palmen an der 5 km langen **Seepromenade** spiegeln das milde Klima am Überlinger See. Am Landungsplatz der Ausflugsschiffe sind in der klassizistischen **Greth** (1788), dem ehem. Handels- und Lagerhaus, heute Lokale, die Markthalle und ein Kino untergebracht. Richtung Westen geht es zum **Kur- und Stadtgarten** mit vielen mediterranen und exotischen Pflanzen; über den **Gallerturm** (um 1500), einen der wenigen Türme, die von der Stadtbefestigung noch stehen, weiter zur **Franziskanerkirche** (14. Jh., ab 1752 im Rokoko neu ausgestaltet, u. a. von Joseph Anton Feuchtwanger). Die Franziskaner hatten in Überlingen, wo der Orden ab 1259 nachgewiesen ist, das größte Kloster der Region. Über die Aufkircher Straße führt der Weg zum **Münster St. Nikolaus** (1350–1576), der größten gotischen Kirche am Bodensee; besonders sehenswert sind der geschnitzte Hochaltar von Jörg Zürn (um 1615) und mittelalterliche Fresken. Unterhalb des Münsters liegt das **Rathaus** (14. und 15. Jh.); im spätgotischen Ratssaal ist der geschnitzte Figurenfries mit 41 Darstellungen der Stände des Heiligen Römischen Reiches und der Stadtpatrone Michael und Nikolaus sehenswert (Mi., Do. 11.00 Uhr oder bei Stadtführungen). Zurück am Landungsplatz steht man seit 1999 vor dem **Brunnen „Der Bodenseereiter"** von Peter Lenk.

MUSEEN
Die Geschichte Überlingens bis ins 19. Jh. ist im **Städtischen Museum** zu verfolgen; das Patrizierhaus (um 1460) gilt als ältester Privatpalast der Renaissance nördlich der Alpen (Krummebergstr. 30, www.ueberlingen-bodensee.de; April–Okt. Di.–Sa. 9.00–12.30, 14.00–17.00, So. 10.00–15.00 Uhr, Nov.–Weihnachten nur Di.–Sa.). In einem ehem. Ballsaal des 19. Jh. zeigt die **Städtische Galerie** historische und aktuelle Kunst (Landungsplatz/Seepromenade 2, www.staedtischegalerie.de; März–Anfang Okt. Di.–Fr. 14.00–17.00, Sa., So., Fei. ab 11.00 Uhr).

Handarbeit mit alten Werkzeugen im Campus Galli

UMGEBUNG
Die **Sylvesterkapelle** (9. Jh.) im Teilort Goldbach ist einer der ältesten Kirchenbauten in Deutschland, mit Fresken, die den Malern der Reichenau (10./11. Jh.) zugeschrieben werden (3 km westl., neben Campingpark Überlingen, Tel. 07551 6 48 79; Mo., Mi., Sa. 11.00–17.00 Uhr).
Im Fachwerk- und Kirschwasserdorf **Sipplingen** (8 km nordw.) legen die Ausflugsschiffe nach Ludwigshafen und Bodman ab. Schön ist der Naturbadestrand mit flach abfallendem Seezugang. Mehr als 7,5 Mio. Menschen trinken das Bodenseewasser, das auf dem Sipplinger Berg aufbereitet wird (Führungen über Tourist-Information Sipplingen).
Stockach (18 km nordw.) ist nicht nur als Tor zum Bodensee bekannt, hier tagt seit 1351 auch alljährlich das Hohe Grobgünstige Narrengericht und fällt sein Urteil über bevorzugt politische Prominenz. Im Stadtmuseum wird die Tradition eingehend beleuchtet (Salmannsweilerstr. 1; Di.–Sa. 9.00–13.00 und 14.00–18.00, So. 14.00 bis 18.00 Uhr).
Gut 40 km nördl. ist bei **Meßkirch** die Baustelle der karolingischen Klosterstadt **Campus Galli** zu finden, wo mit mittelalterlicher Technik gebaut wird (6 km nördl. von Meßkirch an der B 313, Abzweigung Langenhart, www.campus-galli.de; April–Okt. Di.–So. 10.00–18.00 Uhr).

INFORMATION
Marketing und Tourismus Überlingen
Landungsplatz 5, 88662 Überlingen
Tel. 07551 9 47 15 22
www.ueberlingen-bodensee.de
Tourist-Information Sipplingen, Seestr. 3
78354 Sipplingen, Tel. 07551 9 49 93 70
www.sipplingen.de

4 Insel Mainau

März bis Okt. umfasst das Blumenjahr auf der **Insel Mainau**, der mit 44 ha kleinsten Bodenseeinsel. Neben den jahreszeitlich blühenden Pflanzen sind das **Arboretum** sowie das **Schmetterlings-** und das **Palmenhaus** die Attraktionen (www.mainau.de; Insel tgl. von Sonnenauf- bis Sonnenuntergang, Schmetterlingshaus Ende März–Okt. tgl. 11.00 bis 19.00, Palmenhaus 9.00 bis spätestens 21.00 Uhr).
Aus der Deutschordenszeit (1272–1805) stammt die barocke **Schlosskirche** (bis 1739) und auch das schlichte barocke **Schloss** (bis 1746; Wechselausstellungen bzw. Privatbesitz).
Auf dem Festland liegt der **Erlebniswald** mit Sinnenpfad und Kletterangebot (www.erlebniswald-mainau.de; Ostern–Sept. Mo.–Fr. 13.00 bis 20.00, Sa., So. Fei. 11.00–20.00, Okt. nur Sa., So., Fei. 11.00–19.00, Schulferien in Baden-Württemberg tgl. 11.00–20.00 Uhr).

Affenliebe in Salem

5 Salem

Im von der Aach durchzogenen Linzgau liegt die 1134 gegründete, einst mächtige Abtei der Zisterzienser, heute Domizil eines weltbekannten Internats, das Max von Baden 1920 als Reformschule gegründet hat.

SEHENSWERT
Das von außen schlichte gotische **Münster** (ab 1285) ist klassizistisch ausgestaltet. In den Kreuzgängen und dem ehem. Speisesaal der Mönche sind prächtige Stuckarbeiten und Gemälde aus der Barockzeit zu sehen. Überhaupt zeigt das einstige **Konventgebäude,** dass die Geistlichkeit der weltlichen Macht in nichts nachstehen wollte, beispielsweise in der Bibliothek, dem Kaisersaal und in den Privat- und Empfangsräumen des Abtes. Im **Klostermuseum** ist der Marienaltar (1507) Bernhard Strigels zu sehen, ein Meisterwerk der Dürerzeit. Profan nimmt sich dagegen das **Feuerwehrmuseum** aus, das die Leistungen der Zisterzienser in Sachen Wassertechnik und Brandschutz würdigt (Kloster und Schloss Salem, www.salem.de; Schloss und Museen April–Okt. Mo.–Sa. 9.30–18.00, So./Fei. ab 10.30 Uhr, tgl. mehrere Führungen).

UMGEBUNG
200 Berberaffen leben am **Affenberg Salem** und dürfen mit speziell zubereitetem Popcorn gefüttert werden. Außerdem kann man in 20 Horsten Störche beobachten (Affenberg Salem, Mendlishauser Hof, www.affenberg-salem.de; März–Okt. tgl. 9.00–18.00 Uhr, Ende Okt. kürzer).
Einen Inbegriff des Barock stellt die **Wallfahrtskirche Zur lieblichen Mutter von Birnau** (bis 1750) dar, Hauptwerk des Vorarlberger Baumeisters Peter Thumb (Zisterzienser-Priorat Birnau, Maurach 5, Uhldingen-Mühlhofen, www.birnau.de; Sommer 7.30–19.00, Winter bis 17.00 Uhr).

6 Meersburg

Die Kleinstadt (5800 Einw.) am Übergang zum Obersee wurde erstmals 988 erwähnt. Ab dem 12. Jh. war der malerische, von Fachwerk geprägte Ort Residenz der Bischöfe von Konstanz (bis 1803).

SEHENSWÜRDIGKEITEN

Vom westl. **Seetor,** Rest der mittelalterlichen Stadtbefestigung, erreicht man die Seepromenade, die man bis zum **Gredhaus,** dem einstigen Handels- und Lagerplatz (16. Jh.), entlangschlendern kann. Über die Unterstadtstraße geht es zurück bis zum Winzerverein in der Kronenstraße und dann über eine Treppe hinauf zur **Meersburg** mit dem benachbarten **Neuen Schloss.** Über Schloss- und Marktplatz sowie Steigstraße kommt man zum Ausgangspunkt zurück.

MUSEEN

Das **Alte Schloss** (988 erwähnt) ist die älteste bewohnte deutsche Burg. Ein Rundgang vermittelt Einblicke in mittelalterliches Leben und fantastische Ausblicke auf den See; das Arbeits- und das Sterbezimmer der Dichterin Annette von Droste-Hülshoff sind ebenfalls zu besichtigen (www.burg-meersburg.com; März–Okt. tgl. 9.00–18.30, sonst 10.00–18.00 Uhr). Im benachbarten **Neuen Schloss** (1710–1743) präsentiert das Schlossmuseum fürstbischöfliche Wohn- und Lebenskultur (www.neues-schloss-meersburg.de; April–Okt. tgl. 9.30–18.00, sonst Sa., So., Fei. 12.00–17.00 Uhr).
Jenseits der Bundesstraße 33 liegt in den Weinbergen das **Fürstenhäusle,** Rückzugsort der Dichterin nach 1843, heute **Droste-Museum** (Stettener Str. 11, www.fuerstenhaeusle.de; April–Okt. tgl. 10.00–17.00 Uhr).
In der **Bibelgalerie** im ehem. Dominikanerinnenkloster (urspr. um 1300) zeigt eine Erlebnisausstellung die Entstehung der Heiligen Schrift, ihre Überlieferungsgeschichte und die Geschichte der Stadt Meersburg (Kirchstr. 4, www.bibelgalerie.de; April–Okt. Di.–Sa. 11.00–13.00, 14.00–17.00 Uhr, Juni–Sept. So./Fei. nur nachm., sonst So. geschl.).
Das Heilig-Geist-Spital in der Meersburger Oberstadt ist Heimat des **Vineum,** eines Weinbaumuseums, das alle Sinne anspricht – auch den Geschmackssinn in der Probierstube (www.vineum-bodensee.de).

UMGEBUNG

Die Pfahlbauten von **Unteruhldingen** (6 km nordw.) sind Teil des UNESCO-Welterbes mit 111 Fundstellen in der Bodenseeregion. In Unteruhldingen lassen 23 rekonstruierte Häuser aus der Stein- und Bronzezeit (ca. 4000–850 v. Chr.) Vorgeschichte lebendig werden (Strandpromenade 6, Uhldingen-Mühlhofen, www.pfahlbauten.de; April–Sept. tgl. 9.00–18.30, Okt. bis 17.00, Nov. nur Sa./So. 9.00–17.00 Uhr).
150 Traktoren aus den vergangenen hundert Jahren zeigt das Traktormuseum in **Gebhardsweiler.** Fahrzeuge von Lanz, Porsche oder Waterloo-Boy stehen zwischen historischen Werkstätten (Gebhardsweiler 1, Uhldingen-Mühlhofen, https://autoundtraktor.museum; Mai–Okt. tgl., Nov.–Dez. Di.–So., Kernzeit 10.00 bis 17.00 Uhr).

INFORMATION

Meersburg Tourismus, Kirchstr. 4
88709 Meersburg, Tel. 07532 44 04 00
www.meersburg.de

Genießen Erleben Erfahren

DuMont Aktiv

Mit Seeblick schwitzen und relaxen

In der heißen Sauna schwitzen und dabei auf den kühlen See blicken – das kann man gleich an drei Orten am See. In Überlingen genießt man das Seepanorama in den Saunen, die Bootshäusern nachempfunden sind, im Saunagarten oder vor dem Kaminofeuer im Ruhehaus. Und zum Abkühlen führt der Weg direkt in den See. Ganz schön erfrischend!

Aus 1006 Meter Tiefe kommt das warme Wasser der Überlinger Therme und sprudelt mit 4,25 l pro Sekunde. Für die Badegäste wird es im Außen- und Innenbecken von 36 °C auf 33 °C „abgekühlt“, im Sportbecken auf 28 °C. Nur im Whirlpool bleibt das Wasser so warm, wie es aus der Erde kommt. Wem es im Schwimmbecken zu trubelig ist, weil auf der Reifenrutsche gerade die Post abgeht, der wandert am besten Richtung Sauna ab. Davor laden vier Kaskadenbecken mit meditativer Unterwassermusik und Lichtprojektionen zum Träumen ein, vor allem wenn es draußen schon dunkel ist und der Blick über den See zu den Lichtern am gegenüberliegenden Ufer schweifen kann.

In Meersburg haben sich die Gestalter der Therme an historischen Vorbildern der Nachbarschaft orientiert und direkt am See drei Pfahlbauten zum Schwitzen gebaut. Wer nun immer noch nicht entspannt ist, kann mit der Fähre nach Konstanz übersetzen und auf der anderen Seite des Sees weiterschwimmen und -schwitzen.

Bodensee-Therme Überlingen:
tgl. 10.00–22.00, Fr., Sa. bis 23.00 Uhr; Bahnhofstr. 27, Tel. 07 55 1 30 19 90, www.bodensee-therme.de

Meersburg-Therme:
Mo.–Do. 10.00–22.00, Fr., Sa. bis 23.00, So./Fei. 9.00–22.00 Uhr; Uferpromenade 10, Tel. 07 53 2 4 40 28 50, www.meersburg-therme.de

Bodensee-Therme Konstanz:
tgl. 9.00–22.00 Uhr; Zur Therme 2, Tel. 07 53 1 36 30 70, www.therme-konstanz.de

Für Wasserspaß sorgt die 90-Meter-Reifenrutsche in der Bodensee-Therme Überlingen.

Das Tor zur weiten Welt

Vom Nordufer des Obersees aus geht Hopfen nach Asien, Amerika und Afrika. Hier ist der einzige Ausbildungsort für Zeppelinpiloten weltweit, und Fahrzeuge überall auf dem Globus fahren mit Teilen der Zahnradfabrik in Friedrichshafen. Kaum zu glauben, wenn man als Urlauber an der Uferpromenade entlangschlendert und die schöne Landschaft genießt.

Lindaus Hafen mit dem mittelalterlichen Mangturm auf der einen und dem Römerbad auf der anderen Seite

Das Dornier-Museum Friedrichshafen fühlt sich „100 Jahren Faszination Luft- und Raumfahrt“ verpflichtet.
Im Hangar steht auch eine „Merkur“, die ab 1925 u. a. von der Deutschen Lufthansa eingesetzt wurde.

Bereit zum nächsten Start. Bekanntermaßen fliegt ein Zeppelin nicht, sondern er fährt.
Das gilt natürlich auch für den Zeppelin NT.

Weit reicht der Blick vom Aussichtsturm auf der Hafenmole in Friedrichshafen.

Die Architektur des Dornier-Museums wird der visionären Luftfahrtgeschichte im Inneren mehr als gerecht.

„Man muss nur wollen und daran glauben, dann wird es gelingen."

Ferdinand Graf von Zeppelin

Die Bedeutung der Friedrichshafener Region als Industriestandort ist eng mit dem Namen Zeppelin verbunden. Am 2. Juli 1900 unternahm Ferdinand Graf von Zeppelin die erste Versuchsfahrt mit einem lenkbaren gasgefüllten Luftschiff von einer Halle aus, die bei Manzell im Bodensee schwamm. 1910 folgte die erste Passagierfahrt und 1924, sieben Jahre nach Zeppelins Tod, die erste Atlantiküberquerung.

Am 6. Mai 1937 endete die Ära der Luftschifffahrt in einem Feuerball – mit der Explosion des LZ 129 „Hindenburg" in Lakehurst. Statt mit unbrennbarem Helium waren Zeppeline damals mit leicht entzündbarem Wasserstoff gefüllt, was Passagieren und Bordpersonal bei der Landung während eines Gewitters zum Verhängnis wurde. Nur 62 der 97 Menschen an Bord überlebten.

Aber seit dem 18. September 1997 fliegen sie wieder, die großen silbernen Zigarren, jetzt als Zeppelin NT, was für „Neue Technologie" steht. Sie sind kleiner als ihre Vorgänger und mit sicherem Helium gefüllt. Seit 2001 bietet die Zeppelin-Reederei Passagierflüge an. Vierzehn Millionen Euro kostet ein Luftschiff heute – ohne Sonderausstattung und Zubehör. Goodyear hat drei Exemplare gekauft – der größte Auftrag für Zeppelin Luftschifftechnik.

Visionär mit Engagement

Der fliegende Graf war auch kluger Geschäftsmann und sozialer Arbeitgeber. Rund um den Hangar siedelte er Betriebe an, die ihm lieferten, was er für den Luftschiffbau benötigte: Motoren, Getriebe, Gas. Ein Modell, das heute rund um jede moderne Automobilfabrik zu finden ist. Gleichzeitig war Zeppelin wichtig, dass diese Firmen sich durch Aufträge aus dem Schiffs- und dem damals immer bedeutender werdenden Fahrzeugbau absicherten.

Als die Vision vom Fliegen konkret wurde, entstanden natürlich auch zahlreiche neue Arbeitsplätze. Doch wo die Menschen unterbringen? Friedrichshafen war eine der teuersten Städte im württembergischen Königreich. Deshalb entstand zwischen 1914 und 1919 das Zeppelindorf, eine Gartenstadt aus Einzel-, Doppel- und Reihenhäusern. In den großen Gärten konnten die Bewohner Obst und Gemüse selbst ziehen und Kleintiere halten. Im Zweiten Weltkrieg wurde die Anlage stark beschädigt, beim Wiederaufbau aber in ihrem Gesamtcharakter erhalten.

Wer sich auf die Spuren Zeppelins begeben will, kann in Manzell auf dem Zeppelinpfad aufbrechen und über die Uferpromenade, die Zeppelinwerft und das Zeppelindorf bis zu den neuen

Körperbeherrschung in luftiger Höhe kann man im Abenteuerpark bei Immenstaad üben.

Idyllisch zwischen Streuobstwiesen und Wein verlaufen die Wanderwege bei Kressbronn.

Das Eriskircher Ried zeigt sich vielgestaltig – von Flachwasserzonen mit Wasservögeln über Streuwiesen mit seltenen Pflanzen bis zur einzigartigen Blüte der Sibirischen Schwertlilie von Mitte Mai bis Anfang Juni.

Ob hoch zu Ross oder auf Schusters Rappen, an der Obstblüte um Oberreitnau erfreuen sich alle.

Bei einem Ausflug ins Eriskircher Ried gibt es – oftmals verborgene – Schätze zu entdecken.

Special

Hopfenanbau

Im Eiltempo nach oben

Man braucht ihn, um Bier haltbar zu machen und den Geschmack zu verfeinern. Aber Hopfen hat zudem auch Heilwirkung.

In Tettnang, einem der größten Anbaugebiete Deutschlands mit einem Weltmarktanteil von 2,3 Prozent, weiß man das natürlich alles. Hier in der Region soll angeblich der edelste Hopfen der Welt wachsen, und das ziemlich rasant.

Ende August beginnt die Hopfenernte.

Wenn im Mai die jungen Pflanzen an die kahlen Drahtgerüste zwischen den riesigen Holzstangen „angeleitet" worden sind, kann man fast zusehen, wie sich die Ranken nach oben arbeiten. Im Juni sind sie bereits zwei Meter hoch, Anfang August haben sie sechs Meter erreicht. Ende des Monats sind sie erntereif und werden von den Drähten gezogen – heute mit Maschinen, früher von Hand. Wie das geht, zeigen das Hopfenmuseum und der Hopfenpfad. Wer zu Zeiten der Handernte die letzte Ranke herunterzog, war die „Hopfensau" und bekam von allen anderen Erntehelfern das, was sie noch im Korb hatten. Da man nach Gewicht bezahlt wurde, war man gern eine „Sau".

Die Hopfensau gibt es übrigens immer noch, als Maske der Tettnanger Fasnet. Und die bitteren Dolden werden hier nicht nur an Brauereien geliefert, sondern auch an Heilmittelfirmen in der Schweiz.

Hallen am Flughafen wandern. Wer dann immer noch nicht genug Flugluft geschnuppert hat, stößt im Dornier-Museum auf der anderen Seite des Flughafens auf Flugzeuge und Hochtechnologie der Luft- und Raumfahrt. Und in Immenstaad findet sich seit fünf Jahrzehnten – heute unter dem Dach von Airbus – ein Zentrum für die Entwicklung und den Bau von Satelliten und Instrumenten, mit denen das Weltall wissenschaftlich erforscht werden kann.

Tourismus neben Hightech

Auch wenn die Hightech-Unternehmen eine große Rolle spielen in der Region, sind Tourismus, Obst- und Weinbau nach wie vor wichtige Wirtschaftszweige am Nordufer des Obersees. In Immenstaad, das von Weinbergen und Obstwiesen umschlossen ist, setzt man vor allem auf Familienferien. Wer auf dem Bauernhof wohnt, darf Tiere mitversorgen, Kräuter mit der Bäuerin sammeln und in Brot einbacken oder frischen Apfelsaft pressen. Auf der Lädine „St. Jodok", benannt nach dem Schutzherrn der Bauern und Schutzpatron von Immenstaad, werden Kinder zu Piraten. Der Begriff Lädine hat seinen Ursprung im alemannischen „Lädi", was so viel wie Ladung oder Last bedeutet. Ob mit oder ohne Augenklappe – das siebzehn

Nur angucken, nicht anfassen – Bodenseegänse sind wehrhafte Eltern! Bei Kressbronn ist eines der vielen Naturstrandbäder zu finden.
Lindaus Hafeneinfahrt wird vom bayerischen Löwen bewacht. Und abends wird es in Lindau lauschig und romantisch: der Straßenzug In der Grub zwischen Marktplatz und Peterskirche von Lindau.

Meter lange Segelschiff wird gern geentert. Und danach geht es auf einen oder gleich mehrere der elf Parcours im Hochseilgarten des Abenteuerparks. Oder ans Wasser. Wie Perlen einer Kette reihen sich die Naturstrandbäder auf dieser Seite des Obersees aneinander: Hagnau, Immenstaad, Fischbach, Eriskirch, Langenargen, Kressbronn, Nonnenhorn, Wasserburg oder Lindau.

Bayerisch am Bodensee

In Lindau stößt Bayern ans Schwäbische Meer, deutlich signalisiert vom steinernen Löwen über der Hafeneinfahrt und den weiß-blauen Fahnen in den Biergärten. Auf der Insel mit ihren romantischen Gassen und lauschigen Innenhöfen fühlt man sich schnell in einer anderen Zeit. Das gotische Alte Rathaus, das Haus Zum Cavazzen am Marktplatz und die Peterskirche, das älteste Gotteshaus der Stadt, werden als Erinnerung abgelichtet.

Danach drängt es die meisten Besucher zum Hafen, sei es zu einem Schiffsausflug oder für einen Kaffee auf der Seepromenade, bei dem man das Hafengeschehen gut im Blick hat. Oder aber zum erfrischenden Abtauchen im traditionsreichen Römerbad gleich nebenan. Bereits seit 1839 dürfen hier „junge Leute vom Civilstande" und beiderlei Geschlechts zur körperlichen Ertüchtigung ins Bodenseewasser gleiten. Der Rückweg sollte über die Maximilianstraße führen, Lindaus Einkaufsmeile, an der sich die Patrizierhäuser reihen.

Auch wenn Lindau, Wasserburg und Nonnenhorn zu Bayern gehören, sind sie doch keine Bierhochburgen, sondern eine Gegend, in der junge Winzer kreative Weine machen. Rund um Nonnenhorn finden sich einige Rädlewirtschaften, die anderswo Besen- oder Straußwirtschaften heißen und wo man die guten Tropfen direkt verkosten kann. Fürs Bier sind in dieser Gegend eher die Schwaben in der Hopfenregion um Tettnang zuständig, in kleinen Brauereien, von denen einige bereits seit Generationen in Familienhand sind.

BERUFSFISCHEREI

Die Sorgen der Bodenseefischer

Mit ausgebreiteten Flügeln sitzt der schwarze Vogel stoisch auf einem Pfahl und nimmt ein Sonnenbad. Satt und zufrieden, denn sein Fang im Bodensee war gut. In manchem Berufsfischer kocht dagegen die Wut, wenn er seine Konkurrenz so ruhig in der Sonne sitzen sieht.

Berufsfischerei am Bodensee – ein aussterbendes Gewerbe?

Aus rund zehn Meter Tiefe holt der Kormoran seine Nahrung, manche Vögel tauchen gar bis zu vierzig Meter tief. Nicht immer gelingt der Beutezug auf Anhieb, und so hinterlässt der gänsegroße Vogel relativ häufig verletzte Fische. Etwa ein halbes Kilo Fisch frisst der Tauchvogel am Tag. Bei einem Bestand von rund tausend Vögeln ergibt das eine ganze Menge, die den Berufsfischern am Bodensee in ihren Netzen fehlt. Seit 2010 dürfen Kormorane deshalb zwischen Mitte August und Mitte März gejagt werden, allerdings nur außerhalb von Vogel- und Naturschutzgebieten.

Konkurrenten beim Fischfang

Man hofft den lästigen Konkurrenten so zu vertreiben – nicht gerade zur Freude des Naturschutzbundes Baden-Württemberg. Der verweist darauf, dass der Kormoran am Bodensee um 1900 beinahe ausgerottet war. Dass der Bestand ab Ende der 1970er- bis Anfang der 1990er-Jahre wieder stetig anstieg, sieht man beim NABU als Erfolg des Naturschutzes. Einen Zusammenhang zwischen den Kormoranbeständen und dem Rückgang der Fangquoten, insbesondere bei Felchen, können die Naturschützer nicht erkennen. Die Kormorane würden sich vor allem von Weißfischen ernähren, die für die Berufsfischer uninteressant seien, sagen sie.

Bodenseefischerin Edith Dickreiter fährt auf den See hinaus und bringt ihren Fang an Land.

Der See ist zu sauber

In der Tat macht den Fischern rund um den Bodensee noch ein weiteres Phänomen zu schaffen: Der See ist zu sauber. Nachdem aus dem vor hundert Jahren noch natürlichen Voralpensee durch die eingeleiteten Abwässer ein völlig überdüngtes Gewässer geworden war, investierten die Kommunen in den 1970er- und 1980er-Jahren in moderne Kläranlagen. In der Folge sank der stark überhöhte Phosphorwert, aber nun so tief, dass dem Plankton die Nährstoffe fehlen, was sich auf die Nahrung der Fische auswirkt. So mancher Bodenseefischer fürchtet um seine Zukunft, wenn die Fangquoten weiter sinken. Denn am Ufer warten die Gastronomen auf die frischen Fische aus dem See. Sie nehmen rund vier Fünftel des Fangs ab und wünschen sich verständlicherweise eine gewisse Lieferkontinuität.

Felchen sind die Lieblinge

Vor allem Felchen haben die Touristen am Bodensee gern auf dem Teller. Seit sich diese Fische rar machen, bieten die Köche oftmals auch gemischte Fischteller an, schließlich gibt es rund dreißig Fischarten im See. Zwischen 15. Oktober und 10. Januar dürfen ohnehin keine Felchen gefangen werden, dann ist Schonzeit. Ausnahmen: Anfang Dezember und kurz vor Weihnachten. Um den Nikolaustag herum werden die laichreifen Felchen gefangen. Die Eier der Weibchen streifen die Fischer in einen Eimer ab, ebenso das Sperma der Männchen. Die so befruchteten Eier kommen in eine der Fischbrutanstalten am See, die die Jungfische im Frühjahr wieder aussetzen. Neben der Renaturierung der Ufer für ein besseres Nahrungsangebot ist das ein Weg, um den Bestand zu stabilisieren. Ja, und vor Weihnachten werden die Felchen dann als Festmahl aus dem See geholt.

Heiligenberg
Frickingen
Salem
Linzgau
Deggenhausertal
Uhldingen-Mühlhofen
Meersburg
Markdorf
Bermatingen
Oberteuringen
Horgenzell
Fronreute
Baindt
Baienfurt
Weingarten
Ravensburg
Schlier
Waldburg
Grünkraut
Bodnegg
Meckenbeuren
Tettnang
Neukirch
Friedrichshafen
Immenstaad am Bodensee
Hagnau am Bodensee
Eriskirch
Langenargen
Kressbronn am Bodensee
Wasserburg (Bodensee)
Nonnenhorn
Bodolz
Lindau (Bodensee)
Bregenz
Konstanz
Kreuzlingen
Münsterlingen
Altnau
Güttingen
Kesswil
Uttwil
Romanshorn
Amriswil
Salmsach
Egnach
Arbon
Horn
Rorschach
Goldach
Rorschacherberg
Rheineck
Hard
Fußach
Höchst
Lauterach
Lustenau
Dornbirn
Sankt Margrethen
Heiden
St. Gallen
Gaiserwald
Gossau (SG)
Bischofszell
Hauptwil-Gottshaus
Waldkirch
Wittenbach
Häggenschwil
Muolen
Mörschwil
Berg (SG)
Tübach
Steinach
Roggwil (TG)
Speicher
Trogen
Rehetobel
Walzenhausen
Rebstein
Balgach
Widnau
Zihlschlacht-Sitterdorf
Hohentannen
Sommeri
Hefenhofen
Dozwil
Langrickenbach
Bodensee
Deutsche Alleenstraße
Oberschwäbische Barockstraße
Grüne Straße
Zeppelinmuseum
Maßstab 1:200.000
1
2
3
4

Könner am Werk

Am Nordufer des Obersees gibt es einfach alles: Weinberge, weltberühmten Hopfen, Obstplantagen, Schlösser und Hightech. 25 Kilometer des Ufers sind schwäbisch, weitere fünfzehn bayerisch, und ab Immenstaad ist man in Baden. Dennoch wird der Bodensee meist „Schwäbisches Meer" genannt.

1 Immenstaad

Erste Siedlungsspuren finden sich aus der Bronzezeit. Vermutlich gründeten Alemannen (um 600) den kleinen Ort (6400 Einw.). 1094 erwähnt, wurde die Gemeinde 1806 badischer Grenzort. Wein- und Obstbau sowie Tourismus sind neben Unternehmen der Hochtechnologie die wichtigsten Wirtschaftszweige.

SEHENSWERT
Drei Schlösser bereichern das Ortsbild von Immenstaad. Das dreiflügelige **Schloss Helmsdorf** beim Jachthafen war ab 1213 Sitz der Ritter von Helmsdorf, später Eigentum der Deutschordenskomturei Mainau (heute Restaurant, Ferienwohnungen). Aussichtsreich liegt **Schloss Hersberg** in den Weinbergen oberhalb des Ortes; 1550 als Adelssitz gebaut, ging Hersberg 1618 an die oberschwäbische Reichsabtei Ochsenhausen, deren Äbte es als Sommerresidenz nutzten; die dreiflügelige Anlage entstand 1658 (heute Bildungs- und Kulturzentrum). **Schloss Kirchberg,** 200 m vom See entfernt, wurde 1288 erwähnt, als es ans Kloster Salem kam (bis 1995, heute privat).

Auf der Immenstaader Lädine „St. Jodok". Friedrichshafen: Graf-Zeppein-Statue vor dem Kultur- und Kongresszentrum Graf-Zeppelin-Haus

MUSEUM
Das **Heimatmuseum im Haus Montfort** zeigt in einem historischen Fachwerkhaus Turmuhren, Alltagsgegenstände, Werkzeuge von Schustern, Sattlern, Küfern, Arztinstrumente sowie Dokumente zur Fastnacht (Montfortstr. 13, Kippenhausen, www.immenstaad-tourismus.de; Ostern bis Okt. Sa./So. 12.00–14.00, 18.00–20.00 Uhr).

AKTIVITÄTEN
Die 17 m lange Lädine „St. Jodok" startet vom Landungssteg zu **Piratenfahrten** und anderen Rundfahrten über den Bodensee (Tel. 07551 91 69 04, www.laedine.de; Ostern–Mitte Okt.; Tickets direkt an Bord).
Schon mancher hat im **Abenteuerpark** seine Höhenangst unter sich gelassen – auf elf verschiedenen Kletterstrecken für Mutige ab 7 Jahren (Am Klötzenen Forst, www.abenteuerpark.com; April–Okt.).

UMGEBUNG
In **Frenkenbach** (4 km nordw.) steht mit der romanischen Kirche St. Oswald und St. Otmar, dem wehrhaften „Frenkenbacher Münster", das älteste Gebäude der Gegend (12. Jh.).

INFORMATION
Tourist-Information, Dr.-Zimmermann-Str. 1
88090 Immenstaad, Tel. 07545 2 01 37 00
www.immenstaad-tourismus.de

2 Friedrichshafen

Die nach Konstanz zweitgrößte Bodenseestadt (59 000 Einw.) ist das Wirtschaftszentrum der Region. Als Freihafen und Warenumschlagplatz für den Handel mit der Schweiz sowie königlich-württembergische Sommerresidenz entwickelte sich die Stadt nach 1811 wirtschaftlich sehr schnell, auch dank der Eisenbahnanbindung (ab 1847). Seit 1869 verbindet eine Fährlinie die Stadt mit dem schweizerischen Romanshorn. Im Gefolge der Zeppelinwerft siedelten sich ab 1900 weitere bedeutende Industriebetriebe an. Im Zweiten Weltkrieg wurde die Stadt schwer bombardiert.

SEHENSWERT
Auf einer kleinen Landspitze liegen **Schloss** und **Schlosskirche.** Als Klosterpriorat der Benediktiner von Weingarten 1654 gebaut, kam die 1806 säkularisierte Anlage in den Besitz des württembergischen Königshauses und ist seit 1918 Wohnsitz der württembergischen Herzogsfamilie. Die Türme der barocken Schlosskirche (1695–1701) sind Wahrzeichen der Stadt; im Innern finden sich Stuckarbeiten der Wessobrunner Schule (www.schlosskirche-fn.de; April bis Okt. Fr.–Mi. 9.00–18.00, Do. 11.00–18.00 Uhr). Über die aussichtsreiche **Uferpromenade** gelangt man zur Hafenmole mit dem filigranen 22 m hohen Aussichtsturm.

MUSEEN
Kernstück des **Zeppelinmuseums** im denkmalgeschützten ehem. Hafenbahnhof, einem sehr schönen Beispiel für Bauhaus-Architektur, sind die originalgetreu rekonstruierten, begehbaren Passagierräume des Luftschiffs LZ 129 „Hindenburg". Neben der weltgrößten Sammlung von Exponaten zur Luftschifffahrt zeigt das Museum auch Kunst des Bodenseeraums vom ausgehenden Mittelalter bis zur Neuzeit (Seestr. 22, www.zeppelin-museum.de; Mai–Okt. tgl. 9.00–17.00, sonst Di.–So. ab 10.00

Uhr). Das 2013 als Teil des Zeppelinmuseums eröffnete **Schauhaus im Zeppelindorf** macht das Arbeiterleben Anfang des 20. Jh. erfahrbar (König-Wilhelm-Platz 12; Mai–Okt. Fr. 9.00 bis 17.00, sonst Di.–So. 10.00–17.00 Uhr, Führungen nach Voranm. Tel. 07541 38 01 25). Auch dem Flugpionier **Claude Dornier** und der Geschichte seiner Firma ist, am Flughafen, ein Museum gewidmet (Claude-Dornier-Platz 1, www.dorniermuseum.de; Mai–Okt. tgl. 9.00 bis 17.00, sonst Di.–So. ab 10.00 Uhr).
In Klassenzimmern von 1850, 1900 und 1930 kann man im **Schulmuseum** die Bank drücken (Friedrichstr. 14, www.schulmuseum-fn.de; Juni–Okt. tgl. 10.00–17.00, Nov.–März, April, Mai Di.–So. 10.00–17.00 Uhr).

UMGEBUNG
Das Wahrzeichen **Eriskirchs** (8 km südöstl.) ist die gotische Kirche Zu unserer lieben Frau (um 1400) mit Freskenzyklen, u. a. einem Totentanz. Wenn im Mai und Juni die sibirische Schwertlilie blüht, kleidet sich das **Eriskircher Ried** ganz in Blau. Das 552 ha große Naturschutzgebiet zwischen der Rottach- und der Schussen-Mündung ist Brut-, Rast- und Nahrungsraum für zahlreiche seltene Vogelarten (Naturschutzzentrum Eriskirch, Bahnhofstr. 24, www.naz-eriskirch.de; April–Sept. Di.–Do. 14.00–17.00, Fr. bis So., Fei. auch 10.00–13.00 Uhr, sonst kürzer). Eine Perle an der Oberschwäbischen Barockstraße ist die Barockkirche St. Martin (1722) am Marktplatz von **Langenargen,** zu dessen eindrucksvollsten Gebäuden das orientalisch angehauchte Schloss Montfort (1866) auf einer Landzunge im See gehört.

INFORMATION
Tourist-Information
Bahnhofplatz 2
88045 Friedrichshafen
Tel. 07541 20 35 54 44
www.friedrichshafen.info

Tipp

Outdoor-Mode günstig im Outlet

Mit Rucksäcken fing alles an, und im Lauf der Jahre wurden sie immer besser. Dazu kamen wasserdichte Fahrrad- und andere Taschen, schicke Outdoor-Mode – und das Ziel, so umweltfreundlich wie möglich zu produzieren. Dass das nicht zu Dumpingpreisen geht, leuchtet ein, aber im Outlet von „Vaude" im Dörfchen Obereisenbach gibt es Qualität zu angemessenen Preisen.

Mo.–Fr. 10.00–19.30, Sa. bis 18.00 Uhr; Siggenweiler Str. 25, Tettnang-Obereisenbach, Tel. 07542 9 31 40 00, http://outlet.vaude.com

Tettnang: Schloss Montfort; Lindau: Mangturm am Hafen; Wasserburg: Kirche St. Georg

3 Tettnang

Hier dreht sich alles um Hopfen und die Grafen von Montfort, ab 1246 Herren der Region. 882 erstmals erwähnt, erhielt Tettnang (19 000 Einw.) 1297 Markt- und Stadtrecht. 1780 wurde die Stadt österreichisch, 1805 bayerisch, bevor sie 1810 ans Haus Württemberg fiel.

SEHENSWERT
Am Bärenplatz stehen gleich drei historische **Gasthäuser:** der „Bären", die „Krone" und das „Rad". Das **Torschloss** ist Teil der von den Montforts ab 1330 erbauten Stadtbefestigung. Über die Montfortstraße geht es zum **Neuen Schloss** (1720/1755) mit über Eck gestellten Erkertürmen, das sich die Grafen als Residenz bauen ließen. Das **Alte Schloss** (1667) wurde Rathaus.

MUSEEN
Die Beletage des **Neuen Schlosses** kann mit Führung besichtigt werden (Montfortplatz 1, www.schloss-tettnang.de; April–Okt. tgl. 11.00 bis 17.00 Uhr). Stadtgeschichte veranschaulicht das **Montfort-Museum** (Montfortstr. 43, www.tettnang.de; April–Okt. Di.–So. 14.00 bis 18.00 Uhr). In die Zeiten, als die Bilder laufen lernten, Musik erstmals aus dem Radio kam und Computer noch mit Lochkarten arbeiteten, versetzt das **Elektronikmuseum** im Torschloss (Monfortstr. 41, www.emuseum-tettnang.de; April–Okt. Di.–So. 14.00–18.00 Uhr). Dem Hopfen ist auf dem **Hopfengut No 20** ein eigenes Museum mit Gaststätte gewidmet (Hopfengut 20, Tettnang-Siggenweiler, www.hopfengut.de; Mai–Okt. Di.–So. 10.30–17.00, sonst Do.–So. 11.30–18.00 Uhr.); Ende Aug. bis Mitte Sept. kann man die Hopfenernte live erleben. Am Museum beginnt der 4 km lange **Hopfenpfad.**

AKTIVITÄTEN
Beim **Kaffeekränzle im Schloss** spaziert man durch die gräflichen Räume im Neuen Schloss und genießt anschließend an der Kaffeetafel einen Kuchen aus dem historischen Kochbuch der Montforts (Tel. 07542 51 05 00, www.schloss-tettnang.de).

Seit 1847, nun in der siebten Generation, brauen die Tauschers Tettnanger „Kronen-Bier". Bei einer **Brauereiführung** im letzten von einst 26 Betrieben im Hopfenanbaugebiet Tettnang erklärt der Braumeister die Produktion – frisch gezapfte Kostprobe inklusive (Bärenplatz 7, Tel. 07542 74 52, www.tettnanger-krone.de).

EINKAUFEN
Beim **Städtlesmarkt** gibt es in der Innenstadt nicht nur Obst und Gemüse vom Bauernhof, frischen Fisch aus dem Bodensee, Käse aus dem Allgäu und aus Vorarlberg, sondern auch Leckereien aus Italien und den Alpen (Montfortstraße; Sa. 7.00–13.00 Uhr). Beim **Wochenmarkt** werden vor allem regionale Produkte und Blumen angeboten (Montfortplatz vor dem Rathaus; Di. 8.00–13.00 Uhr).

INFORMATION
TIB Tourist-Info-Büro, Montfortstr. 41
88069 Tettnang, Tel. 07542 51 05 00
www.tettnang.de

4 Lindau

Malerisch liegt die über Bahndamm und Autobrücke mit dem Festland verbundene Inselstadt (24 800 Einw.) im Bodensee, direkt an der Grenze zu Österreich. Die urspr. Fischersiedlung gehörte einst zu einem im 9. Jh. gegründeten Damenstift und wurde im 13. Jh. zur Reichsstadt,

„Der See verstärkt alles. Das Trübe verstärkt er, und das Schöne verstärkt er."
Martin Walser, 1927 in Wasserburg geboren

die ihren Wohlstand dem Handel verdankte. Das barocke Stadtbild entstand nach dem Stadtbrand von 1728. Bayerisch wurde Lindau 1805. Die Gewerbebereiche liegen heute auf dem Festland. Haupteinnahmequelle ist der Tourismus.

SEHENSWERT

Die Hafeneinfahrt mit dem **Neuen Leuchtturm** (36 m, 1856) und dem bayerischen Löwen gegenüber ist das Wahrzeichen der Stadt; von der Plattform des Turmes hat man eine gute Rundumsicht. Im Zentrum der Altstadt liegt das **Alte Rathaus** (1422–1436) am Bismarckplatz, gotisch erbaut, während der Renaissance mit einem Stufengiebel verändert. In dem Haus mit der reich geschmückten Fassade fand 1496 ein Reichstag statt. Die **Maximilianstraße** mit den Patrizierhäusern aus dem 16. und 17. Jh. ist Einkaufsmeile. Am oberen **Schrannenplatz** steht mit der **Peterskirche** (Urspr. um 1000) Lindaus ältestes Gotteshaus; die Fresken der „Lindauer Passion" werden Hans Holbein d. Ä. zugeschrieben.

MUSEUM

Im barocken Bürgerhaus Zum Cavazzen (1729) mit schöner Bemalung und mediterran wirkendem Innenhof ist das **Stadtmuseum** untergebracht (zur Zeit wegen Sanierung geschl.). Das **Kunstmuseum** zeigt Kunst der Gegenwart (Maximilianstr. 52, www.kultur-lindau.de; April bis Sept. tgl. 10.00–18.00 Uhr).

AKTIVITÄTEN

„Zauberflöte", „Die Entführung aus dem Serail" oder „Hänsel und Gretel" – die **Lindauer Marionettenoper** im Stadttheater bringt große Opern auf die Bühne. Da das Theater nur rund 100 Plätze hat, sollte man rechtzeitig reservieren (Fischergasse 37, Tel. 08382 9 11 39 15, www.marionettenoper.de). In der **Spielbank Lindau** werden Roulette, Black Jack und Poker gespielt (www.spielbanken-bayern.de, tgl. 15.00–2.00 bzw. Fr. und Sa. bis 3.00, Automaten ab 12.00 Uhr).

UMGEBUNG

Die Seekirche St. Georg in **Wasserburg** (5 km westl.) ist von einem alten Pfarrfriedhof umgeben. Im benachbarten Museum im Malhaus (1597), das die Augsburger Kaufmannsfamilie Fugger als Gerichts- und Amtshaus erbauen ließ, kann man in die Vergangenheit der Halbinsel reisen (www.wasserburg-bodensee.de; Mai–Okt. Mi. 10.30–12.00, Do., Fr., So. 10.30 bis 12.30, Sa., So. 14.30–1700 Uhr Uhr). Das nördl. gelegene Naturschutzgebiet **Mittelseemoos** (Schabhaldenweg) ist ein artenreiches Flachmoor mit seltenen Pflanzen und Vögeln.
In **Nonnenhorn,** der dritten bayerischen Gemeinde am See, spielt der Wein eine große Rolle und damit auch die Besenwirtschaften, die hier „Rädle" heißen. Sie haben nur wenige Wochen im Jahr geöffnet.

INFORMATION

Lindau Tourismus und Kongress GmbH
Alfred-Nobel-Platz 1, 88131 Lindau
Tel. 08382 26 00 30, www.lindau.de

Genießen   Erleben   Erfahren

DuMont Aktiv

Unter der surrenden Zigarre

Am liebsten würde man gar nicht mehr aussteigen aus der kleinen Gondel unter der riesigen surrenden Zigarre – ein Flug mit dem Zeppelin ist ein unvergleichliches Erlebnis. Doch spätestens nach zwei Stunden ist Schluss. Dann endet der längste Rundflug am Bodensee.

Die Stöckelschuhe sollte man zu Hause lassen, wenn man sich zum Zeppelinflug aufmacht. Bei der Sicherheitseinweisung und der Fahrt mit dem Shuttlebus würden sie ja nicht stören, aber wenn es dann zügig über die Flugwiese zur Einstiegstreppe geht, sind hohe Absätze hinderlich. Rund dreißig Meter muss man zu Fuß zurücklegen und dabei genau den Anweisungen des Bodenpersonals folgen, denn der Passagierwechsel bei einem Zeppelinflug ist eine ausgeklügelte Sache. Immer „zwei raus, zwei rein", damit das Luftschiff stabil in seiner Lage bleibt.

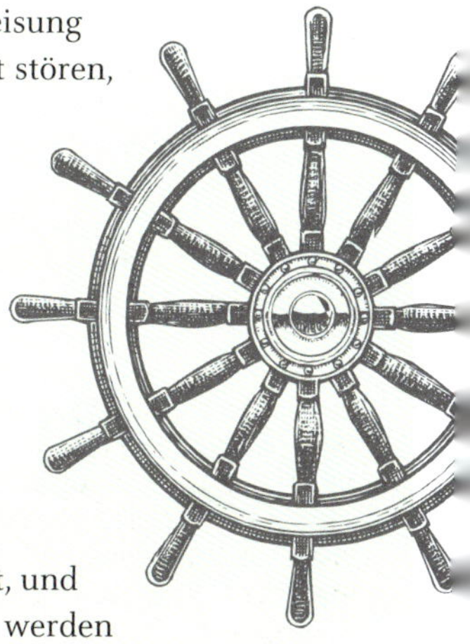

Dann anschnallen und sanft in die Höhe steigen. Bereits nach 300 Metern ist die Flughöhe erreicht, und die zwölf Passagiere dürfen sich abschnallen. Manche werden ganz still, andere müssen ihre Begeisterung mitteilen: Da der glitzernde See mit den zahlreichen Booten, dort die österreichischen und Schweizer Alpen, hier die Obstplantagen, Weinberge und Städte. Wer will, kann herumgehen, Fenster öffnen, fotografieren und dem Piloten – oder der einzigen Zeppelinpilotin – über die Schulter schauen. Am Ende sind sich alle einig: Egal wie lange der Flug gedauert hat, er war auf alle Fälle zu kurz.

Die **Zeppeline** starten und landen von Mitte März bis Mitte Nov. am Flughafen Friedrichshafen beim Messegelände.

Dauer der Rundflüge: 30–120 Min.

Kosten: je nach Route 255–850 €/Pers.

Flugbuchung: Tel. 07 54 1 5 90 00 oder https://zeppelin-nt.de

Wer nicht selbst mitfliegen möchte, kann das Geschehen vom **Restaurant** „Zeppelin Hangar FN" aus verfolgen: www.zeppelin-hangar-fn.de

Werftführung: März–Nov. Di., Fr. 16.00 Uhr; Tel. 07541 5 90 03 43

Deutsche Zeppelin-Reederei GmbH, Messestr. 132, 88046 Friedrichshafen

Einmal Steinadler sein

Braunvieh auf der Weide und behäbige Höfe suggerieren bayerisch-schwäbisches Bauernlandidyll im Norden des Oberallgäus. Im Süden ragen die schroffen Gipfel der Allgäuer Hochalpen auf. Dort wünscht man mit allen Fasern, den Blick aus der Vogelperspektive: über das Illertal, auf den weiten Talkessel von Oberstdorf, auf die steilen Zweitausender, tief eingeschnittene Tobel und den Fleckerlteppich grüner Alpen. Das wäre Glückseligkeit pur.

Eine gute Kombination: strahlender Sonnenschein und eine herrliche Sicht von der Aussichtsterrasse an der Bergstation der Kanzelwandbahn

Entspannte Straßencafés besetzen jeden Quadratmeter der Kemptener Fußgängerzone, der Blick auf die Renaissancefassade des Rathauses ist eines Canaletto würdig. Ganz so friedlich ging es nicht immer zu in Kempten, denn grün waren sicfh Fürstäbte und Bürger nicht gerade oft. Die ab dem 12. Jahrhundert bezeugte Fürstabtei oben auf der Anhöhe hatte schier unumschränkte Macht. Doch mit der Ernennung zur Reichsstadt im 14. Jahrhundert schwoll die Brust der Bürgerlichen unten in der Illerschleife merklich an. Erst 1818 wurden Stifts- und Reichsstadt zur Doppelstadt Kempten vereint.

Der Weg des Salzes

Salz war über Jahrhunderte ein bedeutendes Handelsgut. Auch das Allgäu besaß zwei Salzstraßen. Seit 1995 lebt die Erinnerung an den Salzhandel im Historischen Salzzug von Immenstadt über Oberstaufen nach Simmerberg auf. Alle zwei bis drei Jahre nehmen die Fuhrleute die Zügel ihrer Stellwagen in die Hand und steuern dieselben Stationen an wie ihre mittelalterlichen Vorgänger. Denn einige der teils aus dem 17. Jahrhundert stammenden Salzfaktoreien sind noch erhalten, etwa in Simmerberg. Wichtigster Halt auf diesem Streckenabschnitt war die Kapelle St. Stephan in Genhofen – um hier Gottes Segen für den letzten steilen Anstieg vor Simmerberg zu erbeten, den gefährlichen Hahnschenkel, und um noch das eine oder andere Hufeisen zu befestigen, bevor es hinaufging. Die Hufeisen an der Sakristeitür sind denn auch Votivgaben der gesund heimkehrenden Fuhrleute.

In luftigen Höhen

Die Einheimischen nennen es Herrgottsbeton, die Geologen Nagelfluh: das aus Kieseln, Ton und Mergel verbackene Gestein, aus dem sich der nördlichste Alpenriegel des Allgäus zusammensetzt – die Nagelfluhkette. Sie erreicht Höhen von gut 1800 Metern und wirkt auf den ersten Blick ganz und gar nicht wie ein

An der Iller die Kemptener Bürgerstadt, auf der Höhe die fürstbischöfliche Residenz (oben). Schon die Römer siedelten hier: Park Cambodunum (unten).

Die Nagelfluhkette gehört für Wanderer zum Schönsten, was das Allgäu zu bieten hat. Sanfte Wiesen wechseln mit steilen Felshängen (oben). Der historische Salzzug – hier bei Immenstadt – erinnert an die einstige Bedeutung des Rohstoffs für die Wirtschaft der Region (unten).

Das Leben vergangener Zeiten wird im Museumsdorf Gerstruben lebendig. Das im Mittelalter von Walsern gegründete Dorf war bis 1892 besiedelt (rechts oben und Mitte).

In Rohrmoos im Starzlachtal steht die schlichte Holzkapelle St. Anna. Bedeutung hat sie wegen ihrer üppigen bildnerischen Ausstattung.

Ganz bequem schwebt man von Oberstdorf mit der Seilbahn auf das 2224 m hohe Nebelhorn.

Ein nasser, oft glitschiger Steig mit Aussichtsplattformen führt durch den Hölltobel mit rauschenden Wasserfällen.

anspruchsvolles Wanderrevier, denn das Oberstaufener Gebirge verzeichnet die meisten Alpen des Allgäus. Doch Achtung! Auf dem Höhenweg Luftiger Grat genügt es, über eine Baumwurzel zu stolpern, und ohne das dort angebrachte Sicherungsseil wär's das dann gewesen. Über den Köpfen der Wanderer schlagen die Alpendohlen Kapriolen, darunter steckt Silberwurz vorwitzig seine Blüten aus Graspolstern. Bei so viel Schauen und gleichzeitigem Aufpassen ist man für die vielen Alpen richtig dankbar. Schließlich weitet sich der Weg da immer wieder, Bänke und Tische laden zur Rast, und Milch und Käse schmecken, wie die Wiese duftet.

Wie der Käse ins Allgäu kam

Es war der Agrarreformer Carl Hirnbein (1807–1871), der in der ersten Hälfte des 19. Jahrhunderts die Bauern dazu brachte, auf Milch- und Käsewirtschaft umzustellen. Käsehändler Josef Aurel Stadler (1778–1837) holte den Schweizer Sennermeister Johann Althaus (1798 bis 1876) ins Allgäu. Ihm gelang 1827 auf der Au-Alpe im Gunzesrieder Tal erstmals die Herstellung eines Zentnerlaibs Käse nach Schweizer Art: die Geburtsstunde des Allgäuer Emmentalers. Die Berglandschaft des Oberallgäus mit ihren über 600 Alpen, auf denen 30 000 Rinder „sömmern", ist also ein relativ junges Phänomen.

Im Frühtau zu Berge

An der Talstation der Nebelhornbahn im Oytal drängen sich die Menschenmassen zur gemächlich den Berg emporschwebenden Gondel. Das Nebelhorn ist einer der markantesten und attraktivsten Gipfel der Allgäuer Hochalpen. Seit 2016 lockt der Nordsteig auch Nicht-Bergfexe auf den Gipfel. Ohne sichernde Ausrüstung kann man an der fast senkrecht abfallenden Nordflanke entlangspazieren und risikolos einen Blick in die Tiefe werfen. Das mobilisiert Besuchermassen, für die die Kapazitäten der Bahn längst nicht mehr ausreichen. Bis Mitte 2021 soll die Seilbahn deshalb auf die doppelte Kapazität ausgebaut werden.

Auf eine lange Geschichte wirtschaftlicher, bergsteigerischer und touristischer Nutzung blickt auch der nördlichste Berg der Allgäuer Alpen zurück, der Grünten. Bereits im Mittelalter haben sich die Hauer auf der Suche nach Erz in seine Flanken gegraben. Die damit einhergehende Abholzung brachte ihm seinen Namen ein: Grünten bedeutet „Glatzkopf". Prominente Gipfelstürmer wie Kaiser Maximilian I. sind in den Annalen verzeichnet, und 1852 errichtete Carl Hirnbein hier das erste Berghotel des Allgäus, die heutige Grüntenhütte, immer noch ein schöner Platz zur Einkehr.

Naturschutz in privater Hand

Zwölf Kilometer südlich von Oberstdorf versucht sich ein Unternehmer in behutsamer Entwicklung. Manfred Kurrle erwarb 1998 die ehemalige Jagd des Prinzregenten Luitpold und wandelte sie in die Naturschutzstiftung Allgäuer Hochalpen um. Es ist ein traumhaft schöner Landstrich, eingerahmt von Trettachspitze, Mädelegabel und Hochfrottspitze, ein wunderbares Wandergebiet. Behutsam wurden die Alphütten renoviert. Der über zweihundertjährigen Breitengehren-Alpe sieht man den Umbau kaum an; aber dass es nun Strom und Wasser gibt, freut die Pächter Maria Heider und Roman Jäckle, die neben dem Sennereibetrieb vorbeikommende Wanderer bewirten. Christine Gentner von der Buchrainer-Alpe ist glücklich, weil sie die Milch ihrer Kühe dank Kurrle weiterhin in dieser Traumlandschaft und im Kupferkessel käsen kann.

Der die Bäume spürt

Kunst liegt in der Luft über dem schmucken Kurort Bad Hindelang. Und damit sind nicht die grellbunten Plastikkühe, -schafe und -gockel gemeint, die im Ortszentrum herumstehen, und auch nicht die teils kitschigen Schnitzereien in den Souvenirgeschäften. Nein, hier im Ostrachtal waren und sind besonders talentierte Holzbildhauer zu Hause, darunter die

Beliebte Raststation in den Oberstdorfer Bergen: das Waltenberger Haus (ganz oben). Unterwegs auf dem Mindelheimer Klettersteig (Mitte) und im Oytal (unten)

Bei einer Wanderung durch Stillachtal und Rappenalptal gelangt man zum Rappensee auf 2047 m Höhe (oben). Wer den Mindelheimer Klettersteig absolviert, sieht mit etwas Glück Steinböcke aus nächster Nähe (lnks).

Der Bildhauer und Holzkünstler Christoph Finkel aus Bad Hindelang prüft für jedes seiner Werke die individuellen Eigenschaften des Holzes.

„Trägt der Grünten einen Hut, wird das Wetter gut, trägt er eine Mütze, gibt es eine Pfütze."

Volksmund

Familie Eberhard, die Mitte des 18. Jahrhunderts erstmals mit religiösen Arbeiten Melchior Eberhards dokumentiert ist. Dessen Sohn Johann Richard war als viel beschäftigter Bildhauer in Kirchen und Kapellen des Oberallgäus tätig, und den Enkeln Konrad und Franz wird Mitte des 19. Jahrhunderts die Wiederbelebung der Fasnetsmasken zugeschrieben. Namentlich Franz Eberhard „schnipfelte" mehrere Prototypen der bis heute am häufigsten verwendeten Larven für das Hindelanger Butzentreiben.

Mit Larven- oder Herrgottschnitzerei haben die Arbeiten von Christoph Finkel in Vorderhindelang nichts gemein. Wenn überhaupt, könnte man die Technik, in der seine Holzobjekte entstehen, dem Drechslerhandwerk zuordnen. Aus einer Wagnerfamilie stammend, hatte Finkel von frühester Kindheit an mit Holz zu tun. Das Holz für seine dünnwandigen Kunstobjekte holt er im Frühjahr mit dem Hornschlitten aus dem Bergwald – von Sturm oder Lawinen gefällte, uralte Bäume, die zu atemraubend schönen Schalen werden.

Die Rinder kehren heim

Der Viehscheid an einem Wochenende im September – das genaue Datum hängt von der Witterung ab – gehört zu den bekanntesten und malerischsten Festveranstaltungen im Allgäu. Veranstaltung? Für die von Jahr zu Jahr zahlreicher werdenden Zuschauer mag das gelten; für die Almhirten, die das Vieh nach dem rund hunderttägigen Bergsommer hinuntertreiben zum Scheidplatz, bedeutet dies den kraftzehrenden Abschluss einer arbeitsreichen Saison. Die Tage davor haben sie die Rinder von abgelegeneren Weiden zurück zur Alm geholt und diese winterfest gemacht: die Sommerzäune abgebaut, den angesammelten Dung auf den Wiesen verteilt, Haus und Stall gesäubert. Schließlich haben sie die Tiere mit Blumen- und Kräuterbuschen geschmückt, manche auch mit Spiegelscherben, um Unheil fernzuhalten, und ihnen Glocken umgehängt. Die großen, schweren Zugschellen tragen die Rinder nur zu dieser Gelegenheit.

Angeführt von der Kranzkuh mit dem prächtigsten Blumenschmuck, geht's dann hinunter ins Tal, wo die Tiere auf dem Viehscheidplatz ihren jeweiligen Besitzern zurückgegeben werden. Die Rückkehr der Jungrinder, die den Sommer auf einer Galtalm verbracht haben, ist Anlass für die großen Viehscheidfeste mit Bierzelt, Musik und Tanz. Der Abstieg der Milchkühe von den Sennalpen, wo Käse und Milchprodukte hergestellt wurden, läuft ein paar Tage später eher unspektakulär ab.

Mit Hufschlag und Glockengeläut kündigt sich die Ankunft der Kühe in Hinterstein an.

Das Leitrind wird mit einem Kranz geschmückt (Mitte links) – allerdings nur, wenn es im Alpsommer weder bei Mensch noch Tier einen Unfall gab. Die Arbeit ist getan, das Vieh ist wieder im Tal; jetzt wird gefeiert im Oberstdorfer Ortsteil Schöllang (unten links).

ALLGÄUER KÄSE

Von Traditionsbewahrern und jungen Wilden

„Guter Käs braucht Gefühl und Zeit“ – auf diesen Leitspruch der Käserei Jamei Laibspeis treffe ich im Allgäu überall, wo es um guten Käse geht. Die leistungsorientierte Produktion tut dem Käse nicht gut, da sind sich Senner, Genossen und Veredler einig.

Christine Gentner, die den Sommer mit Ehemann Andreas, ihren Kindern und 14 Milchkühen auf 1129 Meter Höhe im Rappenalptal verbringt, hält nichts von Turbokäse. Ob sie zufüttern auf der Buchrainer Alpe? Was für eine Frage! Kraftfutter ist angesichts der satten Bergweiden überflüssig, erklärt die Sennerin. Es würde nur die Qualität der Milch beeinträchtigen. Das Dicklegen (Erwärmen) der mit Lab und eigenen Käsekulturen versetzten Milch geschieht hier in einem riesigen Kupferkessel auf offenem Feuer. Und mit viel Geduld, wie seit Generationen. Wanderer schwören auf den würzigen Bergkäs' der Buchrainer Alpe.

Die Käseradler

Thomas Breckle und sein Kompagnon Martin Rößle von Jamei Laibspeis sind Käseveredler. Ihr „Rohmaterial" beziehen die beiden von Sennalpen, die das alte Wissen um die Käseherstellung noch pflegen. Per Mountainbike klappern sie die Alpen ab, prüfen, verkosten und kaufen Vielversprechendes ein. Das lagert dann in einem uralten Keller in Kempten, wird gewendet und „eingeschmiert". Wie lange? Zwei, drei, fünf Jahre? „Freund, irgendwann packen's mir zwei", sagt Breckle liebevoll zu einem Käselaib mit tiefbrauner Rinde, den er für ausgereift hält. Die erste Verkostung gerät immer wieder überraschend – überraschend gut natürlich.

Das Geheimnis der Bakterien

Immer wenn das Gespräch auf Käse kommt, geht es auch und vor allem um die Qualität der Bakterienkulturen. Nur Milch von Kühen, die nicht mit Kraftfutter und Silage zur Höchstleistung gebracht werden, ist „sauber" genug, damit bester Käse entstehen kann. Sauber meint: mit möglichst geringem Anteil an negativ wirkenden Kulturen, die typisch sind für Silagemilch. Manche Senner setzen puristisch auf die milcheigenen Kulturen, andere fügen nach altem Familienrezept selbstgezüchtete Stämme zu. Aber die Grundlage jedes guten Bergkäses ist die Milch – Heumilch, wie sie heute werbewirksam heißt.

Die Käsegenossen

Ein schmuckes Bauernhaus, ein kleiner Laden mit Probierstube und dahinter die Räume der Sennerei Gunzesried – hier entstehen jedes Jahr aus 1,5 Millionen Litern Heumilch würziger Bergkäse, köstlicher Camembert und viele andere Sorten. Zwölf Milchbauern mit rund 200 Kühen gehören der 1892 gegründeten, ältesten durchgehend bewirtschafteten Genossenschaft Bayerns an. Reich werden die Gunzesrieder Genossen nicht, doch sie bewahren ihre Unabhängigkeit von Großvermarktern und schützen mit ihrer Wirtschaftsweise nachhaltig Landschaft und Dorfkultur. Das Allgäu ist voll mit solchen und ähnlichen Beispielen.

Oben: Andreas Gentner beim Einschmieren der Käselaibe auf der Buchrainer Alpe

Unten: Bei Jamei Laibspeis in Kempten wird Käse aus der ganzen Alpenregion veredelt.

Oben: Im Laden von Jamei Laibspeis gibt es neue Käsekreationen zu entdecken.

Links: Auf der Buchrainer Alpe wird der Käse traditionell im Kupferkessel dickgelegt.

Probieren und einkaufen

Buchrainer Alpe: Mai–Mitte Okt.; ab Parkplatz Fellhornbahn (Oberstdorf) in ca. 60 Min. zu erreichen; Verkauf von Sennalp-Bergkäse und eigenen Wurstspezialitäten; **www.alpe-buchrainer.de**

Jamei Laibspeis: Der Laden ist Mi. und Sa. 8.00–13.00, Fr. 12.00–18.00 Uhr geöffnet; Hildegardplatz 3, Kempten, **www.jamei-laibspeis.de**

Sennerei Gunzesried: Laden und Probierstube haben tgl. 9.00–12.00 und 15.00–18.00 Uhr offen; die Genossenschaft vertreibt ihre Produkte auch online; Talstr. 32, Blaichach/Gunzesried, Tel. 08321 8 41 09, **www.gunzesrieder-bergkaese.de**

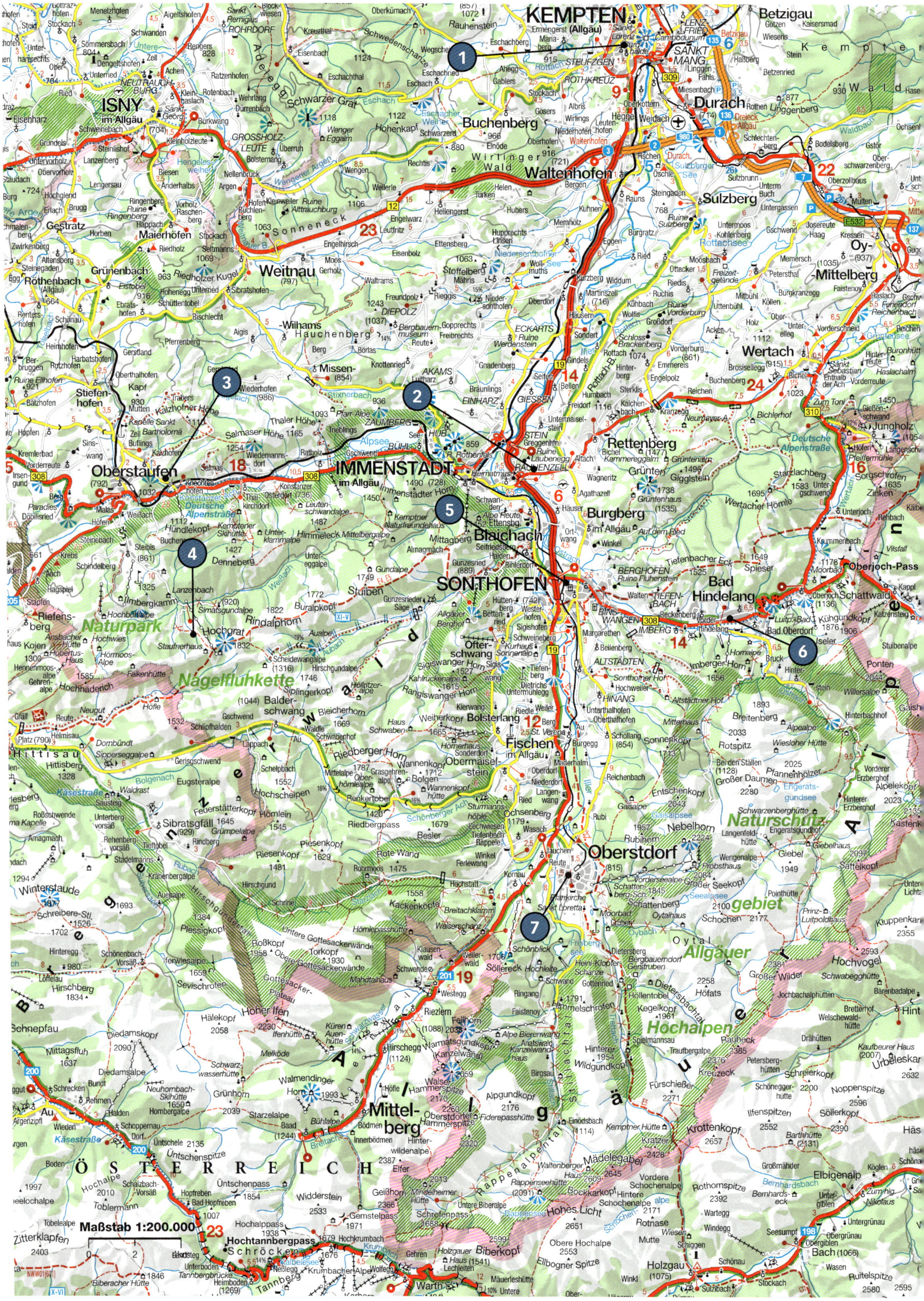
1
2
3
4
5
6
7
KEMPTEN
ISNY im Allgäu
Durach
Buchenberg
Waltenhofen
Sulzberg
Weitnau
Oy-Mittelberg
Wertach
Stiefenhofen
Oberstaufen
IMMENSTADT im Allgäu
Rettenberg
Burgberg
Blaichach
SONTHOFEN
Bad Hindelang
Oberjoch-Pass
Fischen im Allgäu
Oberstdorf
Mittelberg
Hittisau
Sibratsgfäll
Naturpark
Nagelfluhkette
Alpsee
Deutsche Alpenstraße
Naturschutzgebiet
Allgäuer Hochalpen
Hoher Ifen
Hochtannbergpass
ÖSTERREICH
Maßstab 1:200.000

Sanfte Hügel, schroffe Gipfel

Im nördlichen Oberallgäu bereitet die Natur den Übergang vom sanft gewellten Bauernland zu den schroffen Alpengipfeln im Süden vor. Dort machen die geologischen Formationen und die vielfältige Flora und Fauna den besonderen Reiz aus. Wandern, Klettern und Wellness sind hier wie dort angesagt.

1 Kempten

Die größte Stadt des Allgäus (70 000 Einw.) wuchs erst 1818 aus zwei Siedlungen zusammen. Unter römischer Herrschaft war sie als Cambodunum ein blühendes Gemeinwesen.

SEHENSWERT

Der ebenso lebhafte wie malerische Mittelpunkt der **Altstadt** ist der Rathausplatz mit dem strahlend weißen, von einem Turm gekrönten **Rathaus** (1474). Prächtige Barock- und Rokokofassaden stolzer Patrizierhäuser, darunter der **Londoner Hof** (1764) und das **Ponikauhaus** (1740), rahmen den Rathausplatz ein. Die in der ersten Hälfte des 15. Jh. errichtete Kirche **St. Mang** wurde 1533 in ein evangelisches Gotteshaus umgewandelt. Auffällig ist der teils noch vom romanischen Vorgängerbau stammende Turm (66 m). Die **Erasmuskapelle** (13. Jh.), das ehemalige Beinhaus, bildet den stimmigen Rahmen für eine sehenswerte Multivisionsschau zur Stadtgeschichte (Do.–Di. 11.00–18.00 Uhr, jeweils zur vollen Std.). Die **Stiftsstadt** wurde nach den Verwüstungen des Dreißigjährigen Krieges in vollendetem Barock neu errichtet. Baumeister der vierflügeligen **fürstäbtlichen Residenz** (Führung April bis Sept. Di.–So. 9.00–15.45, Okt. 10.00–16.00, sonst nur Sa., So. 10.00–16.00 Uhr, alle 45 Min.) waren Michael Beer und Johann Serro. Das sakrale Herz bildet die Klosterkirche **St. Lorenz.** Zu deren herausragenden Ausstattungsdetails zählen das Chorgestühl, zwei Rokokoaltäre des Wessobrunners Johann Georg Üblhör und das gotische Astkreuz aus der Vorgängerkirche. Das **Alpin-Museum** (Landwehrstr. 4, www.kempten.de; Di.–So. 10.00–16.00 Uhr) zeigt eine Ausstellung zum Natur- und Lebensraum Alpen. Im **Kempten-Museum im Zumsteinhaus** (Residenzplatz 31, kempten-museum.de; Di.–So. 10.00–18.00 Uhr) dreht sich alles um die Geschichte Kemptens und des Allgäus. Das römische **Cambodunum** lag oberhalb des östlichen Illerufers auf dem Lindenberg. Sein Forum, eingebettet in einen Park, ist frei zugänglich; der rekonstruierte Tempelbezirk vermittelt einen Eindruck von der Anlage einer gallo-römischen Kultstätte. (Cambodunumweg 3; März–Nov. Di.–So. 10.00–17.00 Uhr).

Am Alpsee bei Immenstadt; Alpenimkerei Jörg in Oberried

UMGEBUNG

Bei **Betzenried** (10 km südöstl.) ruhen im Kempter Wald, gut ausgeschildert, zahlreiche von Eiszeitgletschern hierher verfrachtete Findlinge. Der größte davon, der Dengelstein, weist imposante 8,50 m Höhe und 60 m Umfang auf und diente einst als Richtplatz, wie kleinere Blöcke im Umkreis, wahrscheinlich Schöffensitze, vermuten lassen.
Altusried (14 km nordwestl.) ist die Heimat von Allgäukommissar Kluftinger.

INFORMATION

Rathausplatz 24, 87435 Kempten
Tel. 0831 9 60 95 50
www.kempten-tourismus.de

2 Immenstadt im Allgäu

Auf den ersten Blick viel Gewerbe und Industrie; der historische Ortskern ist übersichtlich. Am Nordostrand des Naturparks Nagelfluhkette gelegen, bietet sich Immenstadt aber als Ausgangspunkt für Bergtouren an.

SEHENSWERT

Die kleine Altstadt um das **Montfort-Schloss** ist schnell besichtigt. Ein Besuch bei der anmutigen Madonna (1470) von Ivo Striegel in der barocken Kirche **St. Nikolaus** und ein Bummel über den **Marienplatz**, auf dem samstags Markt gehalten wird, machen mit den wichtigsten Sehenswürdigkeiten vertraut.

AKTIVITÄTEN

In der **Alpsee-Bergwelt** am Westende des Großen Alpsees führt eine Bergbahn zum Start des 3 km langen Alpsee Coasters, der mit zahlreichen Hürden den Hang hinuntermäandert (www.alpsee-bergwelt.de; Jan.–April Sa., So. 10.00–16.30, Mai, Okt. tgl. 10.00–17.00, Juni, Juli, Sept. bis 18.00, Aug. bis 19.00 Uhr). Noch mehr Abenteuer verspricht der **Kletterwald Bärenfalle** (April–Okt. wie Coaster geöffnet).

UMGEBUNG

Westlich lockt der **Große Alpsee** im Sommer Wasserratten, im Winter Eissportler. 11 km lang ist der Rundwanderweg stets nah am Wasser; mehrere Badestellen sorgen für Erfrischung.

Der Mitmachbauernhof im **Allgäuer Bergbauernmuseum** (10 km nordwestl.; Diepolz 44, www.bergbauernmuseum.de; Ende März–Anf. Nov. tgl. 10.00–18.00 Uhr) ist ein lehrreicher Spaß für Groß und Klein.

INFORMATION

Tourist-Info Alpseehaus, Seestr. 10
87509 Immenstadt-Bühl, Tel. 08323 99 88 77
www.alpsee-gruenten.de

3 Oberstaufen

Der Kurort (7600 Einw.) in hübscher Lage vor dem Hochgrat ist ein Ziel für sportlich Aktive – und für Anhänger von Johann Schroth, der hier um 1820 seine Heillehre entwickelte. 1959 wurde Oberstaufen zum einzigen Schrothkurort Deutschlands erklärt.

UMGEBUNG

In **Genhofen** (4 km nordwestl.) harrt ein wahres Freskenkleinod der Entdeckung. Die schlichte gotische Kirche **St. Stephan** überrascht mit einer Ausmalung (Ende 16. Jh.), die neben christlichen Motiven auch Symbole wie Druidensterne und Swastiken (Hakenkreuze) aufweist. Das **Paradies** (4 km südwestl.) an der Deutschen Alpenstraße eröffnet einen atemberaubenden Blick auf die westliche Alpenkette bis zum Säntis.

INFORMATION

Hugo-von-Königsegg-Str. 8
87534 Oberstaufen, Tel. 08386 9 30 00
www.oberstaufen.de

4 Naturpark Nagelfluhkette

Eine besondere Gesteinsformation lässt in Gipfellagen die charakteristischen Felsbänder entsehen, die teils wie Gerippe aussehen. Die grenzübergreifende Region Deutschlands und Österreichs ist als **Naturpark Nagelfluhkette** geschützt. Vom Gipfel des **Hochgrats** (1834 m), wenden sich drei Grate nach Westen, Osten und Norden.

AKTIVITÄTEN

Die **Hochgratbahn** (Talstation: Lanzenbach 5, Oberstaufen, https://hochgrat.de; Sommer tgl. 8.45–16.30 Uhr, sonst kürzer) mit ihren altmodisch anmutenden Gondeln bringt die Gäste auf 1700 m Höhe; von der Bergstation erreicht man in 15 Min. den Gipfel. Zu Fuß führt eine etwa 2,5-stündige **Wanderung** von der Talstation über Untere und Obere Lauchalpe zum stählernen Gipfelkreuz. Ein Tourenbuch mit Wanderkarte ist bei den Touristinfos und im Naturparkzentrum erhältlich.

INFORMATION

Naturparkzentrum im Alpseehaus, Seestr. 10
87509 Immenstadt-Bühl, Tel. 08323 99 88 77
www.nagelfluhkette.info

In der Breitachklamm bei Oberstdorf

5 Sonthofen

Wahrzeichen von Sonthofen (21 000 Einw.) sind der markante Bergklotz des **Grünten** und die ebenso dominante Silhouette der **Ordensburg,** 1934 als Kaderschule der NSDAP errichtet und heute Kaserne der Bundeswehr. Nach heftiger Bombardierung im Zweiten Weltkrieg zeigt Sonthofen ein vornehmlich modernes Ortsbild.

UMGEBUNG

Ein postkartentaugliches Gebirgspanorama der Allgäuer Hochalpen genießen Wanderer vom **Malerwinkel** zwischen Altstädten und Hinang. Vom Wanderparkplatz an der Hinanger Steige (5 km südl.) führt ein Rundweg (ca. 1 Std.) nach Süden sanft bergauf; wer mag, passiert mit einem kleinen Abstecher auch den **Hinanger Wasserfall**.
Drei Wandervarianten führen zum Ende des 19. Jh. aufgegebenen Bergdorfs **Oberried** (5 km östl.), wo die Imkerei Jörg auf 1000 m Höhe feinsten Honig produziert (Wegbeschreibung: https://alpenimkerei.de; je nach Ausgangspunkt und Kondition ist man zwischen 15 Min. und 1,5 Std. unterwegs).
„Wächter des Allgäus" nennen die Einheimischen den 1738 m hohen **Grünten** nordöstl. von Sonthofen. Angesichts des Panoramas von den Schweizer Alpen bis zur Zugspitze kann man den hässlichen Sendemast einfach ignorieren. Unter den vielen Wanderwegen auf den Grünten sei die leichte, aber Ausdauer fordernde Tour durch die wildromantische **Starzlachklamm** (www.starzlach-klamm.de; Eintritt) empfohlen. Ausgangspunkt ist der Wanderparkplatz Winkel bei Burgberg (3 km nördl.); die rund 1000 Höhenmeter sind hin und zurück in ca. 6 Std. zu bewältigen. Das **Grüntenhaus** (1535 m; www.gruentenhaus.de) unterhalb des Gipfels gründete 1852 der Käsepionier Carl Hirnbein. Es hat unter neuer Leitung im Sommer 2020 wiedereröffnet.

INFORMATION

Rathausplatz 1, 87527 Sonthofen
Tel. 08321 61 52 91, www.sonthofen.de

6 Bad Hindelang

Das „Bad" trägt die Marktgemeinde (5000 Einw.) erst seit 2002 im Namen. Der heilklimatische Kneippkurort bietet dem gesundheitsbewussten Gast auch Mooranwendungen.

SEHENSWERT

Das **Jagdschloss** (17. Jh.; Marktstr. 9) der Augsburger Fürstbischöfe nutzt heute der Bürgermeister als Amtssitz. Faszinierende **Kunstobjekte** drechselt der 1971 in Hindelang geborene Christoph Finkel aus dem Holz der Bergwälder (Ausstellungsraum: Hauptstr. 16, Vorderhindelang, www.finkel-bowls.com; Mi.–Fr. 14.00–17.00 Uhr oder n. Vereinb.).
Dem Ortsteil Oberdorf mit seinem Schwefelmoorbad erteilte Prinzregent Luitpold bereits 1900 die Erlaubnis, sich in **Bad Oberdorf** umzubenennen. Bei der Oberen Mühle findet sich ein kleines **Heimatmuseum** (tgl. 10.00–18.00 Uhr), das u. a. furchterregende Fasnachtslarven zeigt. Die erst 1938 errichtete Kirche **Mariä Himmelfahrt und St. Jodok** überrascht mit hochwertiger Ausstattung: dem Flügelaltar von Jörg Lederer von 1519 und einer feinen Madonna von Hans Holbein d. Ä. von 1493.
Die Oberjochstraße erreicht in 107 Kurven den Ortsteil **Oberjoch** (1136 m); der Halt am spektakulären Aussichtspunkt Kanzel ist ein Muss! Oberjoch gilt heute als wichtiger DSV-Stützpunkt und schneesicheres Skigebiet mit Bahnen am **Iseler** und am **Imberger Horn.** Durch das Hochmoor **Kematsrieder Moos** entwickelte sich der Kurtourismus.

AKTIVITÄTEN

Geübte Klettersteiggeher haben ihre Freude am anspruchsvollen **Salewa-Klettersteig** (www.bergbahnen-hindelang-oberjoch.de). Von der Bergstation der Iselerbahn sind es 20 Min. bis zum Einstieg; Abschnitt I führt in ca. 2 Std. zum Gipfel des Iseler (1876 m).

UMGEBUNG

Im **Ostrachtal** mit dem hübschen Dorf Hinterstein (6 km südöstl.) sind von ursprünglich 75 Hammerschmieden heute noch drei tätig; Besucher dürfen beim Schmieden zusehen, z. B. in der Oberen Hammerschmiede (Hornweg 3, Bad Oberdorf, www.hammerschmiede-scholl.de; Mo.–Fr. 10.00–12.00, 13.30–15.30 Uhr).

INFORMATION

Unterer Buigenweg 2, 87541 Bad Hindelang
Tel. 08324 89 20, www.badhindelang.de

7 Oberstdorf

Auch bei der Entwicklung von Oberstdorf (9500 Einw.) zum touristischen Mittelpunkt des Oberallgäus hatte Prinzregent Luitpold seine Finger im Spiel. Er ließ eine Eisenbahnlinie bauen, die ab 1888 Sommerfrischler in das von Nebelhorn, Fellhorn, Höfats und Mädelegabel umschlossene Hochtal brachte. Oberstdorf ist auch heilklimatisches Kneippbad.

SEHENSWERT

Die Pfarrkirche **St. Johannes der Täufer** birgt gotische Kostbarkeiten wie die „Schöne Oberstdorferin", eine um 1490 entstandene Madonna. Im **Heimatmuseum** (Oststr. 13, www.heimatmuseum-oberstdorf.de; Di.–Sa. 10.00–12.00, 14.00–17.30 Uhr, bei Regen auch So.) dreht sich alles um die einst harten Lebensbedingungen der Oberstdorfer und die Entwicklung zum Fremdenverkehrsort. Die Straße nach Birgsau säumen drei **Loreto-Kapellen** aus dem 15. bzw. 17. Jh.; sehenswert sind besonders die gotischen Fresken in der Appach-Kapelle (1493).

AKTIVITÄTEN

Bei Reichenbach (5 km nördl.) versteckt sich ein nostalgisches **Naturmoorschwimmbad** (Reichenbach 70, www.moorstueble.de; wetterabhängig etwa Juni–Sept. 10.00–19.00 Uhr). Das Oberallgäu von oben erlebt man bei einem **Tandem-Gleitschirmflug** von der Mittelstation der Nebelhornbahn (Vogelfrei, Infobüro Nebelhornbahn, Nebelhornstr. 67 b, www.vogelfrei.de).

UMGEBUNG

Eine 1,5-Std.-Wanderung führt über Dietersberg in das Museumsdorf **Gerstruben** im Trettachtal. Restaurierte Bauernhäuser und das Museum im Jakobe-Hüs (Mai–Okt. Do., Sa. 13.00–16.00 Uhr; www.gerstruben.de) lassen die Vergangenheit wiederaufleben. Als Variante für den Rückweg bietet sich Trittsicheren der Steig durch den imposanten **Hölltobel** an.
Die **Breitachklamm** (7 km westl.; www.breitachklamm.com; Sommer 8.00–17.00, Winter 9.00 bis 16.00 Uhr, zur Schneeschmelze gesperrt) ist teils fast 100 m tief. In ca. 1 Std. kann man das rauschende Naturwunder erwandern; empfohlen der Rundweg in 1,5 Std. vom Gasthof Breitachklamm über Talkasse, Schlucht und Bergkasse, Zwingsteg und Dornachalpe zurück zum Ausgangspunkt. In **Rohrmoos** (12 km westl.) steht mit der St.-Anna-Kapelle (1568) eine der ältesten Holzkirchen Europas.
Westlich steigt bis auf 1787 m die **Hörnergruppe** an. Fischen, Balderschwang und Obermaiselstein sind die bekanntesten Orte am Fuß der Gebirgskette.
Die Allgäuer Hochalpen mit ihren Dolomitfelsgipfeln wie dem **Nebelhorn** (2224 m) und steilen Grasbergen wie der **Höfats** (2259 m) stehen als Naturpark unter Schutz. Anspruchsvolle Bergtouren wie der **Hindelanger Klettersteig** vom Nebelhorn zum Daumen oder der **Heilbronner Weg** von der Rappenseehütte zur Kemptner Hütte erfordern Klettersteigausrüstung und Trittsicherheit. Bergbahnen erschließen u. a. Nebelhorn, Fellhorn, Kanzelwand und Hoher Ifen (www.ok-bergbahnen.de).

INFORMATION

Prinzregenten-Platz 1, 87561 Oberstdorf
Tel. 08322 70 00, www.oberstdorf.de

Genießen Erleben Erfahren

DuMont Aktiv

Nicht links, nicht rechts, nur geradeaus

Gratwandern ist Trainingssache, aber schwindelfrei müssen Sie schon sein, wenn Sie dem Premiumwanderweg Luftiger Grat über die Höhen der Nagelfluhkette folgen möchten. Der Lohn sind herrliche Ausblicke. Mit der Gondel gelangen Sie bequem zur Bergstation der Hochgratbahn. Auf relativ gleichbleibender Höhe wandern Sie immer am Grat entlang, vorbei am Staufner Haus, über den Gipfel des Seelekopfs (1663 m) und weiter zum Hohenfluhalpkopf (1636 m, Km 2). An manchen Stellen ist der Fels so steil gestellt, dass nur der schmale, spitze Grat für den Weg bleibt.

Trotz der ausgesetzten Lage sind hier erstaunliche Pflanzengemeinschaften zu entdecken. Alpendohlen und Kolkraben begleiten den Wanderer. Nach rund 3 km ist der Naturerlebnisplatz Dreiländerblick erreicht, ein fantastischer Aussichtspunkt. Unterhalb erspähen Sie schon die Falkenhütte auf 1450 m (Km 4), wo sich eine gemütliche Rast anbietet.

Von nun an geht's konstant bergab, 4 km lang, vorbei am idyllischen Naturerlebnisplatz Bergahorngarten hinter der Oberstiegalpe. Einige der Bergahorne sind mehrere Hundert Jahre alt. Kurz nach dem tiefsten Punkt bei 962 m (Km 7,8) erreichen Sie die Alpe Remmelegg und steigen über die restlichen 2 km zur Bergstation der Imbergbahn auf 1214 m auf. Mit der Gondel schweben Sie gemütlich hinunter nach Steibis ins Tal.

Premiumwanderweg Luftiger Grat

Ausgangspunkt: Talstation der Hochgratbahn
Endpunkt: Talstation der Imbergbahn, von dort mit dem Bus zurück zum Ausgangspunkt; www.mona-allgaeu.de
Länge: 10 km, 480 Höhenmeter
Dauer: ca. 5 Std.
Schwierigkeit: schwer; Trittsicherheit, Schwindelfreiheit, Bergerfahrung und gute Kondition erforderlich
Einkehrmöglichkeiten: Berggasthof Falkenhütte, www.falkenhuette.de; Berggasthof Oberstiegalpe, www.oberstiegalpe.de; Alpe Remmelegg, www.alpgenuss.de

Wo der Kini träumte und ein Pfarrer Wasser trat

Ludwig II. und sein Disney-Schloss grüßen von allen möglichen Souvenirs. Nicht abschrecken lassen! Füssen und Kaufbeuren, Freizeit- und Sportmöglichkeiten lassen das Kini-Marketing im Ostallgäu schnell verblassen. Im Unterallgäu schwelgen Klöster und Kirchen im Hochbarock, tragen die Städtchen malerische Gewänder. Allgegenwärtig dort sind Pfarrer Sebastian Kneipp und seine Kuren.

Touristenattraktion ersten Ranges: Auf der Liste der Deutschen Zentrale für Tourismus, die alljährlich die bei ausländischen Besuchern beliebtesten Sehenswürdigkeiten ermittelt, landet Neuschwanstein regelmäßig ganz vorn.

Der Schwan war das Wappentier des Geschlechts der Herren von Schwangau, als deren Nachfolger sich Ludwig II. sah (unten).

Der Thronsaal im Schloss Neuschwanstein ist einem byzantinischen Sakralbau nachempfunden (oben).

Nicht nur, aber besonders bei chinesischen Touristen steht das Märchenschloss hoch im Kurs (links).

Anfang Juli ziehen festlich geschmückte Pferde, Reiter und Musiker beim Ulrichsritt zur Kapelle hinauf auf den Kreuzberg.

„Ein ewig Rätsel will ich bleiben, mir und anderen."

Ludwig II. von Bayern

Rund um Neuschwanstein ist der Rummel zum Davonlaufen. Man versteht, dass Ludwig am liebsten nachts reiste, das wäre jetzt genau das Richtige: In einer Kutsche zum Schloss hinauffahren, das im Mondlicht silbern leuchtet. Ganz allein dem Traum eines Mannes begegnen, der sich nur im Wagner'schen Sagenkosmos lebendig fühlte.

Er kann schon zum Träumen verführen, der Kini, mit seiner steingewordenen Fantasie einer schneeweißen Ritterburg. Den Thronsaal als byzantinischen Sakralbau zu planen und sich selbst folgerichtig als Kaiser von Gottes Gnaden zu fühlen, das hat was. Die Ahs und Ohs, geseufzt in gefühlt fünfzig Sprachen, nehmen denn auch kein Ende bei der Besichtigung seiner Gralsburg. Doch all dies Strahlen, die mystischen Helden und Ritter in den königlichen Wohnräumen, ja selbst die modernen Sanitärinstallationen und Telefonanlagen, die eine ganz andere, aufgeklärte Seite von Ludwig zeigen, konnten nicht verhindern, dass er ausgerechnet hier seine bitterste Stunde erlebte. Für geisteskrank und abgesetzt erklärt, wurde der König am 12. Juni 1886 in Neuschwanstein verhaftet und nach Schloss Berg gebracht. Einen Tag später war er tot, ertrunken im Starnberger See, eingegangen in seine Mythenwelt.

Ins Füssener Seenland

Alle Versuche, ein Musical über den König auf die Beine zu stellen, scheiterten, und so steht das dafür erbaute Festspielhaus weitgehend ungenutzt am Forggensee. Seen gibt es genug in Füssens Umgebung. Nicht jeder mit Blick auf Neuschwanstein, doch der Alpsee am Fuß des Säulings ist ein ernsthafter Konkurrent, spiegeln sich in ihm doch beide Königsschlösser. In Schwangau am Ostufer erklärt zudem das „Museum der bayerischen Könige", dass die Wittelsbacher noch andere respektable Herrscher hervorgebracht haben.

Noch ein Geheimtipp sei der Alatsee, weiter westlich tief im Wald verborgen, verrät Allgäukommissar Kluftinger auf seiner Webseite. Schließlich ermittelte er hier in einem besonders rätselhaften Mord! Tatsächlich ranken sich allerlei Sagen und Gerüchte um den finsteren Weiher, auf dessen Grund Purpurbakterien eine blutrote Schicht bilden und Glücksritter Nazigoldschätze vermuten.

Alpsee, Alatsee und viele weitere Gewässer des Füssener Seenlandes stehen in Verbindung mit dem Lech, der zwei Wallfahrtsberge passiert, an denen die Menschen Segen für ihr Vieh erbitten mit den Reiterprozessionen zum heiligen Georg auf dem Auerberg und zum heiligen Ulrich auf dem Kreuzberg.

Unterwegs in drei Städten

Im Königswinkel rund um Füssen hat sich auch Ludwigs Vater, König Maximilian II., ab 1832 mit Schloss Hohenschwangau seinen Bauträumen hingegeben. Von 1313 bis 1803 aber war Füssen nicht königlich, sondern im Besitz der Augsburger Fürstbischöfe. Ihre Sommerresidenz richteten sie im Hohen Schloss ein. Füssen war ein bedeutender Stapelplatz im Handel mit Italien, und so leisteten sch die vermögenden Kaufleute repräsentative Häuser entlang der heutigen Reichenstraße.

In Pfronten waren die Pläne für eine Raubritterburg, noch weltferner als Neuschwanstein, abgenickt, da verstarb Ludwig II. So blieben die Ruinen der 600 Jahre vor ihm errichteten Höhenburg erhalten. Pfronten und Nesselwang punkten mit Aktivitäten. Der behäbige Breitenberg (1838 m) und der schroffe Aggenstein (1987 m) fordern Konditionsstärke, lassen sich per Bergbahn aber auch entspannt besuchen. In Nesselwang bietet sich der Alpspitz (1575 m) für Bergfexe, Skifahrer und Adrenalinjunkies an. Eine der reizvollsten Wanderungen führt von der Alpspitz-Bergstation hinüber zum Edelsberg (1624 m) und über Fichtel- und Gundhütte zur Hündeleskopfhütte – mit Perspektiven in alle Himmelsrichtungen.

Ein Stück weiter nach Norden breitet sich Kaufbeuren an der Wertach aus. Die ehemals freie Reichsstadt kann auf vielerlei stolz sein. Hier wird mit dem Tänzelfest das älteste Kinderfest Bayerns gefeiert, die Altstadt ist wunderbar erhalten, und die Liste der Berühmtheiten erstaunlich lang: die 2001 heilig gesprochene Franziskanerin Crescentia (1682 bis 1744), die Frauenrechtlerin und Schriftstellerin Sophie von La Roche (1730– 1807), der bayerische Volksschriftsteller Ludwig Ganghofer (1855–1920), geboren am Kirchplatz 8, und Hans Magnus Enzensberger, der hier am 11. November 1929 nur seinen ersten Schrei krähte und nie wieder zurückkehrte.

Impressionen aus Füssen und Umgebung: die Reichenstraße mit dem heiligen Magnus auf dem Stadtbrunnen, die Bibliothek von Kloster St. Mang und der Alpsee.

Auch Maximilian II., Vater von Ludwig II., hatte bereits ein Faible für romantische Schlösser. Er ließ von 1832 bis 1837 Hohenschwangau neugotisch umbauen (oben).

Zwölf Tage lang feiern Kinder und Erwachsene in Kaufbeuren mit Inbrunst und vollem Einsatz das Tänzelfest (links).

Das Benediktinerkloster Ottobeuren wird als „Schwäbischer Escorial" gerühmt. An der Nordfassade der Klosterkirche steht über dem Hauptportal: „Haus Gottes und Pforte des Himmels".

An der prunkvollen Ausstattung der Ottobeurer Basilika St. Alexander und Theodor arbeiteten bis 1766 herausragende Künstler aus dem süddeutschen Raum.

Klosterbibliothek Ottobeuren: Die Statue der Pallas Athene, Beschützerin des Hauswesens, schuf der Füssener Anton Sturm.

Blick vom Turm der Pfarrkirche St. Martin auf den Marktplatz von Memmingen mit seinem prächtigen Renaissancerathaus (oben)
Als Wunderwerk der Schnitzkunst gilt das Buxheimer Chorgestühl (unten).

Abstecher ins Unterallgäu

Durch den Allgäu Airport hat sich das beschauliche Memmingen internationalisiert. Die halbe Welt ist seitdem unterwegs in der Stadt an der Iller. Neben der Puppenstuben-Altstadt locken zwei große Attraktionen in unmittelbarer Nähe: die Abtei Ottobeuren und die Kartause Buxheim.

Was einst mit deren Chorgestühl passierte, ist kaum zu glauben. Nach der Säkularisierung hatte Graf Waldbott-Bassenheim das Kloster gekauft, sich damit aber übernommen. Rettung versprach der wertvollste „bewegliche" Besitz, das barocke Chorgestühl. Es wurde in München versteigert, tauchte in Holland auf, und 1886 schließlich kaufte es der Direktor der Bank of England, der es den Schwestern des St. Saviour's Hospital in London schenkte. Deren Kapelle war allerdings zu klein, und so ließen sie das Gestühl kurzerhand zersägen. Sie nahmen es mit, als sie 1964 nach Hythe in der Grafschaft Kent umzogen. Als der Konvent in Hythe 1979 schließen musste, erhielt Buxheim ein Rückkaufangebot. 1994 schließlich konnte das Gestühl im Mönchschor der Klosterkirche erneut geweiht werden. Der Preis war übrigens von 42 100 Mark bei der Versteigerung 1883 (heute ca. 300 000 Euro) auf 450 000 Pfund (gut eine Million Euro) gestiegen.

Im „Schwäbischen Escorial"

Der wenige Kilometer entfernten Benediktinerabtei Ottobeuren blieb derlei erspart. Die meisten Mönche bewohnten den Konvent nach der Säkularisierung 1802 weiter; vorbei war es allerdings mit der weltlichen Herrschaft über das Territorium. Viele Jahrhunderte hatten die Mönche diese mit großer Liebe zum Prunk ausgefüllt. Beim Theatersaal, der Bibliothek und, als Höhepunkt, dem Kaisersaal wurde an nichts gespart: Nicht ohne Grund heißt Ottobeuren „der Schwäbische Escorial". König Ludwig I. setzte alles daran, die durch die Säkularisierung dezimierte Bibliotheca

Nicht nur in seinem Geburtsort Stephansried wird Sebastian Kneipp nach wie vor verehrt.

> „Ein Hauptübel unserer Zeit ist die Beschuhung."
>
> Sebastian Kneipp

Ottenburana wieder zu komplettieren. 1842 verfügte er, „dass die Klosterbibliothek von Ottobeuren in ihrer Integrität und Geschlossenheit erhalten werde und dem Kloster Ottobeuren belassen bleibe." So bewundern wir sie heute noch mit ihren 15 000 Bänden, 457 Inkunabeln, mittelalterlichen Schriften und dem Stuckwerk des genialen Johann Baptist Zimmermann.

Die fünf Säulen der Gesundheit

Wenige Kilometer entfernt von der Abtei, im Weiler Stephansried, wurde am 17. Mai 1821 Sebastian Kneipp geboren und am Tag darauf in der Basilika getauft. Die Erkenntnisse, die sich auf seinem Lebensweg zwischen Ottobeuren, Dillingen und Bad Wörishofen zu seinem berühmten Fünf-Säulen-Konzept verdichteten, sind im Kneipp-Aktiv-Park hinter dem Kloster sinnlich fassbar umgesetzt: Wasser, Bewegung, Ernährung, Heilpflanzen und Lebensgleichgewicht machen im Kneipp'schen Kosmos einen gesunden Menschen aus. Seine Theorie reichte weit über Wasseranwendungen hinaus; er sah Wohlergehen sehr modern als Harmonie physischer und psychischer Komponenten. „Erst als ich Ordnung in die Seelen der Menschen brachte, besserten sich auch die körperlichen Gebrechen", soll er gesagt haben. Deshalb darf im Kneipp-Aktiv-Park auch ein Meditationsgarten nicht fehlen. Hier, so nah am Kloster, speist er sich aus der christlichen Symbolik des Rosenkranzes.

Karibikfeeling

In Bad Wörishofen, wo Sebastian Kneipp seine Lehre entwickelte, hält man sich allerdings eher an die fernöstliche Lehre des Yin und Yang. Bambus und Steinschale empfangen den Besucher der „Insel der Seligen", einem chinesischen Garten mit Rotahorn und kunstvoll beschnittenem Buchs. Natürlich bietet der Kurpark auch Einrichtungen für Armbäder und Wassertreten. Besonderen Spaß macht der Barfußpfad, auf dem die Sohle den Boden entdeckt. Mal kribbelt es, dann ist der Weg kantig und kratzig, zwischendurch matscht man ein bisschen und trocknet dann seine Füße auf duftender Rinde.

Doch für einen modernen Kurort ist es mit den traditionellen Elementen der Kneipp'schen Lehre nicht getan. Es gilt gegen die Konkurrenz zu bestehen, und das mag mit der hippen Therme gelingen. Wettergeschützt unter Glas und durch echte Palmen und Sandstrand in die Karibik versetzt, benötigt man eigentlich nur noch einen Mojito, und das Fünf-Säulen-Gleichgewicht materialisiert sich.

In Bad Wörishofen änderte sich alles, als 1855 der junge Pfarrer Kneipp hierher kam. Hier entwickelte er sein ganzheitliches Konzept einer gesunden Lebensführung. Dazu gehört auch die Heilkraft von kaltem Wasser.

Die Pflanzenheilkunde war ein weiteres wesentliches Element des Kneipp'schen Gesundheitsprogramms. So findet sich im gepflegten Kurpark von Bad Wörishofen auch ein Heilkräutergarten.

Die besten Wellnessanwendungen

Nicht nur kaltes Wasser

Naturheilkunde im Allgäu? Wer denkt da nicht an Pfarrer Kneipp! Ihm verdankt die Welt die Kenntnis der heilsamen Wirkung von Wasser. Damit hat er die Original-Allgäu-Wellness erfunden. Darüber hinaus locken im Allgäu viele andere Anwendungen zur Entspannung. Bleibt nur die Qual der Wohlfühlwahl.

1 Der Klassiker

Eigentlich ein Wunder, dass diese Therapie in Zeiten von Hot Stone und Lomi Lomi überlebt hat. Wahrscheinlich weil sie so einfach ist. „Kaltes Wasser heilt", sagte Pfarrer Kneipp. In Bad Wörishofen, wo er wirkte, verfügen nicht nur die meisten großen Hotels über eigene Kneippanlagen, nein, im Ort sind 23 Anlagen frei zugänglich, etwa im hübschen Kurpark. Einen kitzelig-kratzigen Barfußweg gibt es da übrigens auch!

Kneippkur:
86825 Bad Wörishofen, www.bad-woerishofen.de

2 Aus dem Orient in die Welt

Moorbäder, man glaubt es kaum, fanden ihren Weg über Napoleons Ägyptenfeldzug nach Süddeutschland. Im Orient waren sie lange vor unserer Zeit bekannt. Im Westallgäu traf die Methode auf offene Ohren, denn an Moor herrscht vor allem um das hübsche Bad Wurzach kein Mangel. Den Bädern werden schmerzstillende und entzündungshemmende Eigenschaften nachgesagt, schließlich sind im Wasser Mineralstoffe aus jahrhundertealten Verfallsprozessen verschiedenster Pflanzen gelöst. Und weil man nach so einem Bad recht lustig aussieht, gibt's ein Erinnerungsfoto obendrauf.

Moorbad im Zuber (nach Voranm.): z. B. im Kurhotel am Reischberg, Karl-Wilhelm-Heck-Str. 12, 88410 Bad Wurzach, Tel. 07564 30 40, www.kurhotel-am-reischberg.de;
oder in der Vitalium-Therme, Karl-Wilhelm-Heck-Str. 8, 88410 Bad Wurzach, Tel. 07564 30 42 50, www.vitalium-therme.de

3 Heilende Kraft des Steins

Wer hat's erfunden? Unter anderen die alten Römer! Die Allgäuer haben sich für das Dampfbad dann noch eine besondere Variante ausgedacht. Dabei wird der Dampf nicht diskret durch Leitungen in den Schwitzraum geleitet, vielmehr erhitzt der Bademeister Steine und legt sie zur Abkühlung in ein Wasserbecken. Die aufsteigenden Schwaden sind mit Mineralien aus den Tiefen der Erde angereichert, mit Kräften also, die kein römischer Dampf der Welt beinhaltet.

Steinbad: z. B. im Wonnemar, Stadionweg 5, 87527 Sonthofen, Tel. 08321 78 09 70, www.wonnemar.de/sonthofen/

4 Mit Kräutern und Milch

Königin Kleopatra schwor auf Eselsmilch. Im Hotel Tanneck hingegen wissen die guten Wellnessgeister, die Milch-, Molke- oder Sahnebäder für entspannungsbedürftige Gäste zubereiten, dass nichts über Kuhprodukte von der Alp geht. Ergänzt werden Fuß- und Vollbäder durch aromatische Kräuter, die Waltraud Bächle-Waibel mit magischer Hand sammelt und trocknet. Ergebnis ihrer Fürsorge: samtweiche Haut und gute Laune.

Kräuterstempelmassage und Milchanwendungen:
Allgäuhotel Tanneck, Maderhalm 20, 87538 Fischen im Allgäu, Tel. 08326 99 90, www.hotel-tanneck.de

5 Schroth und Korn

Über Sinn und Zweck der von Johann Schroth Anfang des 19. Jahrhunderts entwickelten Fastenkur lässt sich vorzüglich streiten – das galt schon damals, als Schroth mal als Heilsbringer verehrt, mal als Kurpfuscher beschimpft wurde. Dann kam die Detox-Bewegung, und der alte Schroth war plötzlich wieder angesagt. Denn für die Entgiftung des Körpers leisten das modifizierte Fasten und Detox-Packungen Erstaunliches.

Schrothkur: z. B. in Haubers Naturresort, Meerau 34, 87534 Oberstaufen, Tel. 08386 9 33 05, www.haubers.de

6 Entspannen wie ein Kaiser

Überliefert ist es nicht, dass Kaisers bevorzugt in frischer Allgäuer Alpenmilch, kombiniert mit ätherischen Ölen, Blüten und Kräutern von den Alpen, gebadet hätten. Wenn überhaupt, dann Kaiserinnen. Aber das Kaiserbad hat auf jeden Fall Tradition, erst recht wenn Mann oder Frau (oder beide) es bei Kerzenschein in einer massiven Wanne aus Glockenbronze einnehmen – und draußen leise der Wald rauscht.

Kaiserbad: z. B. im Hotel Oberstdorf, Reute 20, 87561 Oberstdorf, Tel. 08322 94 07 70, www.hotel-oberstdorf.de

7 Sauna Light

Auf den ersten Blick gleicht das Brechelbad einer Sauna. Allerdings duftet es nach Tannenzweigen und Kräutern, die den Boden bedecken und in einem Korb unter der Decke ihre Aromastoffe verströmen. Die Temperatur ist angenehm und steigt selten über 60 °C. Früher trockneten die Allgäuer so Hanf und Flachs, um sie leichter brechen zu können – daher der Name –, bis dann jemand die wohltuende Wirkung dieser Alpentrockensauna erkannte.

Brechelbad (Allgäuer Trocken- bzw. Bauernsauna): z. B. im Hotel Sonnenbichl, Sägestr. 19, 87538 Fischen-Langenwang, Tel. 08326 99 40, www.hotel-sonnenbichl.com

8 Ein Bett im Heu

Darunter kann man sich so einiges vorstellen: übermütige Knechte und Mägde bei verbotenen Spielen … Aber nein, Sie sollen sich im Heubett einfach nur entspannen, tief einatmen, die Aromastoffe und ätherischen Öle der Wiesenkräuter auf sich wirken lassen und die entschlackende Wirkung spüren. Am besten Sie schlafen eine Runde. Für lustvolle Spiele ist später auch noch Zeit.

Heubett: z. B. in Schüle's Gesundheitsresort, Ludwigstr. 37–41 a, 87561 Oberstdorf, Tel. 08322 70 10, www.schueles.com

Göppingen
Ostfildern
Filderstadt
Wernau
Wendlingen
Kirchheim u.Teck
Eislingen /Fils
Donzdorf
Heidenheim a.d.Brenz
Donauwörth
Nürtingen
Geislingen an der Steige
Herbrechtingen
Giengen a.d. Brenz
Gerstetten
Metzingen
REUTLINGEN
Bad Urach
Dillingen a.d.Donau
Langenau
Günzburg
Pfullingen
Münsingen
Blaubeuren
Blaustein
ULM
Neu-Ulm
Gersthofen
AUGSBURG
Neusäß
Stadtbergen
Erbach
Senden
Weißenhorn
Ehingen (Donau)
Vöhringen
Illertissen
Krumbach (Schwaben)
Bobingen
Schwabmünchen
Laupheim
Sigmaringen
Biberach a.d. Riß
Bad Saulgau
Mindelheim
Bad Wörishofen
Memmingen
Ottobeuren
Pfullendorf
Bad Waldsee
Bad Wurzach
Kaufbeuren
Leutkirch im Allgäu
Weingarten
Ravensburg
Überlingen
Markdorf
Marktoberdorf
Kempten (Allg.)
Isny im Allgäu
Wangen im Allgäu
Meckenbeuren
Tettnang
Konstanz
Friedrichshafen
Lindenbg. im Allgäu
Immenstadt i.A.
Füssen
Lindau (B.)
Bregenz
Sonthofen
Arbon
Rorschach
St.Gallen
Gossau (SG)
Herisau
Lustenau
Dornbirn
Oberstdorf
Hohenems
Götzis
Rankweil
Feldkirch
Bludenz
Ö S T E R R E I C H
LIECHTEN-
Schwäbische Alb
Bodensee
1
2
3
4
5
6
7
8

Kaufmannsstädte, Barock, ein Kini und ein Pfarrer

Zwischen Kaufbeuren im Norden und Füssen bzw. Pfronten im Süden zeigt sich das Ostallgäu als Landschaft der Wälder und Wiesen. Das sanft gewellte Unterallgäu ist ein ideales Radrevier. Kunsthistorische Höhepunkte bilden dort die Klöster Buxheim und Ottobeuren; Bad Wörishofen steht für Wellness und Kneippkur.

1 Kaufbeuren

Das geschäftige Oberzentrum (42 000 Einw.) ist seit dem 12. Jh. bezeugt und war ab dem 14. Jh. freie Reichsstadt. 1947 siedelten sich Vertriebene aus dem böhmischen Gablonz an und begründeten in Neugablonz eine florierende Schmuck- und Glasindustrie.

SEHENSWERT

Vom ehemaligen **Salzstadel** und dem **Rathaus** im Stil der Neorenaissance führt die Kaiser-Max-Straße (donnerstags Markt) quer durch die Altstadt auf die Stadtbefestigung zu, gesäumt von Bauten des 15./16. Jh. wie dem **Weberhaus** (Nr. 22) oder dem **Hörmannhaus** (Nr. 32) mit herrlichem Renaissanceportal. Bemerkenswert im **Stadtmuseum** (Kaisergässchen 12–14, www.stadtmuseum-kaufbeuren.de; Di.–So. 10.00–17.00 Uhr) sind die Kruzifixsammlung mit über 300 Kreuzen und die Abteilung zu Kaufbeurer Schriftstellern.
Auf dem Platz vor dem **Franziskanerinnenkloster** (15. Jh.) erinnert der **Tänzelfestbrunnen** an Kaufbeurens berühmtestes Fest. Ein meditativer Ort ist der **Klosterberggarten** hinter dem Konvent. Wahrzeichen Kaufbeurens ist der **Fünfknopfturm** (1420). Die Mauer entlang nach Norden erreicht man die Kirche **St. Blasius** (15. Jh.) mit ihrem einzigartigen Hauptaltar (1518) von Jörg Lederer.

UMGEBUNG

Im **Benediktinerkloster Irsee** (7 km nordwestl.) bestechen die Ende des 17. Jh. erbaute Klosterkirche **Mariä Himmelfahrt** mit ihrem lichten Dekor des Wessobrunner Stuckateurs Joseph Schmuzer und der Kanzel in Form eines Segelschiffs des aus Türkheim stammenden Ignaz Hillenbrand. Neben dem Gotteshaus droht die düstere Vergangenheit des Klosters, in dem die Nazis ihr Euthanasieprogramm vorantrieben, zu verblassen. Den Schlüssel zur **Gedenkstätte Euthanasie** erhalten Sie an der Rezeption des Tagungshauses.

INFORMATION

Kaiser-Max-Str. 3 a, 87600 Kaufbeuren
Tel. 08341 43 71 90
www.kaufbeuren-tourismus.de

Kruzifix-Sammlung im Kaufbeurer Stadtmuseum

2 Füssen

Die Kleinstadt (14 000 Einw.) steht etwas im Schatten von Neuschwanstein. Dabei begeistert doch ihre romantische Altstadt.

SEHENSWERT

Kloster St. Mang soll 748 durch den St. Gallener Mönch Magnus gegründet worden sein. Er soll er in der Krypta der barocken **Stiftskirche** seine letzte Ruhestätte gefunden haben. Die Fresken in der Ostkrypta stammen vom Ende des 10. Jh. Das **Museum der Stadt Füssen** (Lechhalde 3, www.museum.fuessen.de; April bis Okt. Di.–So. 11.00–17.00, sonst Fr.–So. 13.00–16.00 Uhr) dokumentiert in den Klosterräumen u.a. den Füssener Lauten- und Geigenbau. Höhepunkt dort ist aber der Totentanz in der Kapelle St. Anna.
Im hochgotischen **Hohen Schloss** (Magnusplatz 10, www.stadt-fuessen.de; Öffnungszeiten wie Stadtmuseum) bestücken Bayerische Staatsgemäldesammlung und Städtische Gemäldegalerie die Räume.

UMGEBUNG

Auf einem 200 m hohen Felssporn über der Pöllatschlucht erhebt sich **Schloss Neuschwanstein** (4 km südöstl.; 1869–1889), ein Märchenschloss, das sich voll und ganz dem Wagner'schen Opernkosmos hingibt. Bei der halbstündigen Führung besichtigt man u. a. die Königswohnung im Palas, den zwei Stockwerke hohen Thronsaal und den monumentalen Sängersaal. Der Zugang ist recht steil und dauert zu Fuß etwa 40 Min.; Alternativen sind Bus und Pferdekutschen (www.neuschwanstein.de; nur mit Führung, April–Mitte Okt. 9.00–18.00, sonst 10.00–16.00 Uhr; Karten nur im Ticket Center in Hohenschwangau, Alpseestr. 12; im Sommer unbedingt online reservieren unter www.ticket-center-hohenschwangau.de. Die Tickets gelten nur für die gebuchte Führung!).
Auf der Anhöhe gegenüber war **Schloss Hohenschwangau** ein Projekt von König Max II., Ludwigs Vater (Infos s. Neuschwanstein).
Das **Museum der bayerischen Könige** (Alpseestr. 27, Hohenschwangau, www.museumderbayerischenkoenige.de; tgl. 9.00–17.00 Uhr) rückt die Wittelsbacher ins rechte Licht.
Größtes Gewässer im **Füssener Seenland** ist der **Forggensee** (nördl.) mit Schifffahrtsbetrieb im Sommer. Der idyllische **Hopfensee** (5 km nordwestl.) ist stets etwas wärmer als seine Nachbarn, der kleine **Alatsee** (6 km westl.) gilt noch als Geheimtipp. Im romantischen **Alpsee** (5 km südöstl.) spiegeln sich beide Königsschlösser.
Die **Wieskirche** (http://wieskirche.de; Sommer 8.00–20.00, Winter bis 17.00 Uhr) bei **Steinga-**

den (21 km nordöstl.) zählt zu den schönsten Gotteshäusern des Voralpenlands (s.a. S 117). Die Heilig-Kreuz-Kirche (16./18. Jh.) südl. des Orts ist alljährlich Ziel des Ulrichsritts.

INFORMATION
Kaiser-Maximilian-Platz 1, 87629 Füssen
Tel. 08362 9 38 50
www.fuessen.de

3 Pfronten

In dem von den Tannheimer Bergen eingerahmten Tal bilden 13 Ortsteile das wichtigste Freizeitzentrum (8000 Einw.) im Ostallgäu.

SEHENSWERT
Auch Fans des Märchenkönigs kommen an Pfronten nicht vorbei. Auf dem 1267 m hohen **Falkenstein** wollte Ludwig II. ein noch prachtvolleres Schloss errichten als Neuschwanstein. Wie es aussehen sollte, zeigt das kleine **Burgmuseum** (Mai–Okt. tgl. 9.00–18.00 Uhr).

AKTIVITÄTEN
Im **Waldseilgarten** in der Höllschlucht toben sich Schwindelfreie in acht verschiedenen Parcours aus (Bürgermeister-Franz-Keller-Str., Pfronten-Kappel, www.waldseilgarten-hoellschlucht.de; Sommer tgl. 9.00/10.00–18.00 Uhr, sonst eingeschränkt).

INFORMATION
Vilstalstr. 2, 87459 Pfronten
Tel. 08363 6 98 88
www.pfronten.de

4 Nesselwang

Wie das benachbarte Pfronten kann auch Nesselwang (3500 Einw.) eine Vielzahl an Freizeitmöglichkeiten vorweisen, unter denen Wandern und Skifahren am Alpspitz (1575 m) und Edelsberg (1624 m) an erster Stelle stehen.

AKTIVITÄTEN
Den **Alpspitz** können Feriengäste zu Fuß (ca. 1,5–2 Std.) oder aber bequem per Seilbahn (www.alpspitzbahn.de) erklimmen. Von der Bergstation sind es 30 Min. zum Gipfel und weitere 40 Min. auf den Edelsberg.

UMGEBUNG
Die gotische Kirche **Maria Rain** (4 km nördl.) im Wertachtal überrascht mit einem Rokokodekor. Ein geradezu kokett wirkender Engel stemmt die Predigtkanzel.
Wertach (10 km südwestl.) ist Geburtsort des Weißlacker. Der geruchsintensive Käse gehört zwingend zum guten Kässpätzlerezept. Es gibt ihn in der Sennerei Wertach (Weißlackerplatz 1, Tel. 08365 12 42; Sennereiführung Di. 15.00 Uhr).

INFORMATION
Hauptstr. 20, 87484 Nesselwang
Tel. 08361 92 30 40
www.nesselwang.de

5 Memmingen

Die Wurzeln der einstigen freien Reichsstadt (heute (43 000 Einw.)) gehen bis ins 12. Jh. zurück, als Herzog Welf VI. eine Burg errichtete. Im Dreißigjährigen Krieg musste sie die Katholischen unter Wallenstein (1630) als auch zwei Jahre später die Protestanten unter Gustav Adolf II. von Schweden beherbergen.

SEHENSWERT
In der wunderbar erhaltenen **Altstadt** beherrscht das prunkvolle **Renaissancerathaus** den Marktplatz (Markttage Di., Sa.). In der evangelischen Basilika **St. Martin** (https://stmartin-memmingen.de; Mai–Sept. tgl. 10.00–17.00, Turmführung 15.00 Uhr), nach über hundertjähriger Bauzeit um 1500 fertiggestellt, hat nur das wunderbare Chorgestühl mit 22 Porträts Memminger Bürger den protestantischen Bildersturm von 1531 überstanden.
Prächtige Häuser der elf Memminger Zünfte säumen **Roß-** und **Weinmarkt.** Im roten Haus der Kramerzunft verfassten die Anführer des Bauernaufstands von 1525 ihre „Zwölf Artikel", eine frühe Menschenrechtscharta.
Von der ursprünglich 3 km langen **Stadtmauer** mit 32 Türmen und Toren stehen nur noch Teilstücke hinter dem Rathaus und dem Westertor.

UMGEBUNG
Das Kartäuserkloster **Buxheim** (6 km nordwestl.) birgt ein Kunstwerk von besonderem Wert. Das hochbarocke Chorgestühl hat eine wahre Odyssee hinter sich (s. S.105). Die Kartausenkirche **St. Maria** stuckierten und freskierten Johann Baptist und Dominikus Zimmermann, die Meister des oberbayerischen Barock.
Geradezu rauschhaft ausgestattet ist die über dem Westufer der Iller thronende Wallfahrtskirche **Maria Steinbach** (15 km südl.).

INFORMATION
Marktplatz 3, 87700 Memmingen
Tel. 08331 85 01 72
www.memmingen.de

6 Ottobeuren

Ottobeurens (7100 Einw.) Attraktion ist das gleichnamige Stift. Gegründet wurde es Legenden zufolge 764. Der Konvent wurde im 10. Jh. Reichsabtei und erlebte zu Beginn des 18. Jh. seine größte Blüte.

SEHENSWERT
Die prunkvolle Visitenkarte der **Benediktinerabtei Ottobeuren** (https://abtei-ottobeuren.de) bildet die Basilika **St. Theodor und Alexander** (tgl. 9.00–19.00, Nov.–April bis 17.00 Uhr). Von 1727 bis 1766 dauerten die Bauarbeiten, an denen der damals berühmteste Architekt Süddeutschlands, Johann Michael Fischer, maßgeblich beteiligt war. Johann Michael Feuchtmayer d. J. steuerte den Rocaillestuck bei, die Tiroler Johann Jakob und Franz Anton Zeller die Fresken; der Figurenschmuck an Altären und Chorgestühl stammt großteils

Zedernsaal im Fuggerschloss Kirchheim; Lindenallee bei Mindelheim

von Johann Joseph Christian, die beiden Barockorgeln von Karl Joseph Riepp (1710–1775). In den Repräsentationsräumen des Reichsabts zeigt das **Klostermuseum** (Palmsonntag–Allerheiligen und Weihnachtsferien tgl. 10.00–12.00, 14.00–17.00 Uhr) Kunstschätze in hochbarocken Räumen, darunter die **Klosterbibliothek** mit 15 000 Bänden aus dem 16. bis 18. Jh.
Im reizvollen Kontrast zum barocken Kloster steht der moderne Bau des **Museums für zeitgenössische Kunst** (Marktplatz 14 a, www.mzk-diku.de; April–Mitte Nov. Di.–Fr. 10.00–16.00, Sa., So. 12.00–17.00 Uhr, sonst nur Do.–So.).

VERANSTALTUNG
Bei den **Ottobeurer Konzerten** (www.ottobeuren.de; Mai–Sept.) bilden Basilika und Kaisersaal den Rahmen für klassischen Musikgenuss.

AKTIVITÄTEN
Wer den Rummel in Bad Wörishofen scheut, findet im hiesigen **Kneipp-Aktiv-Park** eine ebenso angenehme wie hübsche Anlage und viel Ruhe, die Anwendungen auszuprobieren.

INFORMATION
Marktplatz 14, 87724 Ottobeuren
Tel. 08332 92 19 50, www.ottobeuren.de

7 Mindelheim

Die Siedlung ist ab dem 7. Jh. bezeugt und erhielt 1256 Stadtrechte.

SEHENSWERT
Von der **Mindelburg** gewinnt man einen guten Überblick über die Stadt. Die Maximilianstraße verbindet das aus dem 13. Jh. stammende, um 1500 aufgestockte **Obere Tor** mit dem **Unteren Tor** im Westen. Den Mittelpunkt der Altstadt bildet der **Marienplatz** mit dem Rathaus.

VERANSTALTUNG
Georg von Frundsberg, „Vater der Landsknechte", feiern die Mindelheimer alle drei Jahre mit dem **Frundsbergfest** (www.frundsbergfest.de; Ende Juni/Anf. Juli, nächster Termin 2021).

UMGEBUNG
Ab dem 16. Jh. bezeugt, gilt die **Katzbrui-Mühle** (12 km südwestl.; Katzbrui 7, Apfeltrach; tgl. 11.00–22.00 Uhr) als älteste noch funktionsfähige Wassermühle Bayerns.
Kirchheim (17 km nördl.) wird vom für Hans Fugger erbauten Sommerschloss (16. Jh.; www.fuggerschlosskonzerte.com; tgl. 9.00–12.00, 14.00–17.00 Uhr) mit seinem berühmten Zedernsaal beherrscht. 1585 schuf der Augsburger Wendel Dietrich die kunstvolle Kassettendecke.

INFORMATION
Maximilianstr. 26, 87719 Mindelheim
Tel. 08261 99 15 20, www.mindelheim.de

8 Bad Wörishofen

Der beliebte Kurort (15 000 Einw.) verdankt seine steile Karriere einem jungen Geistlichen. 1855 wurde Sebastian Kneipp (1821–1897) an das hiesige Dominikanerinnenkloster berufen, um der Ordensgemeinschaft neuen Schwung zu geben. Schon bald zog er mit den von ihm entwickelten Wasseranwendungen Heilung Suchende an. Seit 1920 ist Wörishofen Kurbad; seit 2015 zählt das „Kneippen" zum immateriellen Kulturerbe der UNESCO.

SEHENSWERT
In einem Seitenflügel des Klosters informiert das **Sebastian-Kneipp-Museum** (Klosterhof 1, www.kneippmuseum.de; Feb.–Mitte Nov. Di.–So. 15.00–18.00, Mi. auch 10.00–13.00 Uhr) über Biografie und Heilmethoden des Pfarrers. Die Klosterkirche **Maria Königin der Engel** glänzt in Stuck und Fresken der Brüder Dominikus und Johann Baptist Zimmermann.
Das **Alte Badehaus** und die **Wandelhalle** mit der Kanzel, von der Kneipp bei den Anwendungen predigte, stehen in der Promenadenstraße.

AKTIVITÄTEN
Im **Kurpark** können sich Besucher bei Arm- und Fußbädern, auf dem Barfußweg und im Aromagarten von der Kraft der Kneipp'schen Anwendungen überzeugen. Das **Gradierwerk** hilft bei Erkrankungen der Atemwege (April–Okt.).

UMGEBUNG
Türkheim (8 km nordöstl.) steht im Zeichen der Sieben Schwaben. Sie zieren den Brunnen vor dem Rathaus; das Sieben-Schwaben-Museum (Maximilian-Philipp-Str. 32; 1. So. im Monat 14.00–17.00 Uhr, Mai, Okt. 2. So. im Monat) hütet den Nachlass des Schriftstellers Ludwig Aurbacher (1784–1847).

INFORMATION
Kurhaus, Luitpold-Leusser-Platz 2
86825 Bad Wörishofen, Tel. 08247 99 33 56
www.bad-woerishofen.de

Genießen Erleben Erfahren

DuMont Aktiv

Runter kommen sie immer

Unter den vielen Methoden, von einem Berggipfel abzusteigen, ist die am Alpspitz sicher eine der aufregendsten. Denn der Alpspitz-Kick soll für genau das sorgen: einen tüchtigen Adrenalinkick. Das Abenteuer fängt ganz gemächlich an, mit einer Seilbahnfahrt zur Bergstation. Vor dem Einsteigen werden Helm, Schutzbrille und die Gurte angepasst, in denen ich an einem Stahlseil, neudeutsch Zipline, ins Tal rasen will.

Oben empfängt mich Maxi, kontrolliert den Sitz der Gurte, hilft mir auf eine Plattform, hängt mich ein und schickt mich los. Unter mir der Abgrund, voraus ein waldbestandener Abhang, dazwischen eine Bresche und darauf sause ich jetzt zu – bis zu 120 km/h schnell, heißt es. Kommt mir langsamer vor. Nur das Zischen des Stahlseils ist zu hören. Und irgendjemand schreit. Ich?

Kaum in Fahrt gekommen, taucht vor mir eine weitere Plattform auf. Irgendetwas bremst mich rechtzeitig vor der zur Sicherheit montierten Schaumstoffmatte ab, und Tonis Arme fangen mich auf. Ausklinken, umsteigen, wieder einklinken. Los geht's, das Wertachtal im Blick. Wow!

Nach anderthalb Kilometern Zipline lande ich am Endpunkt schon sehr routiniert. Hier heißt es Ausrüstung abgeben, umsteigen auf die Sommerrodelbahn und ab zur Talstation. Abstand halten bitte!, möchte ich denen zurufen, die wild juchzend hinter mir runterbrettern und immer näher kommen. Aber dann bin ich auch schon am Ziel.

Rasante Talfahrt

Alpspitz-Kick: ab 150 cm Körpergröße, nur bei guter Witterung (Info-Tel. 08361 7 71); 42 €/Erw., 35 €/Kind, inkl. Auffahrt mit Alpspitzbahn

Sommerrodelbahn: ab 8 Jahren, nur im Sommer; Start bei der Mittelstation; 5,70 €/Pers. www.alpspitzbahn.de

Wem Wandern zu harmlos ist oder nicht schnell genug, der kann auch an der Zipline vom Alpspitz zurück ins Tal gelangen, Adrenalinkick inklusive.

O Gott, ist das schön!

Mönche und Nonnen wussten schon seit jeher, wo es paradiesisch ist. Warum sonst ragen im kleinen Pfaffenwinkel nicht weniger als 160 Kirchtürme in den weiß-blauen Himmel Oberbayerns? Dem ist man schon erheblich näher im Werdenfelser Land: Hier beginnt raues hochalpines Terrain, das bis knapp an die 3000-Meter-Marke heranreicht.

Im Kloster Wessobrunn wurden viele herausragende Stuckateure und Baumeister des oberbayerischen Barocks und Rokokos ausgebildet. Ein beredtes Besipiel ist der Prälatentrakt im Kloster.

Die Wieskirche beeindruckt Menschen aus aller Welt.

Es gibt in der kleinen Wieskirche keinen Winkel, der nicht detailreich ausgeschmückt ist.

Einst einsam gelegen, ist die Wieskirche der Welt mittlerweile doch etwas nähergerückt.

„Ein Meisterwerk menschlicher Schöpferkraft"
Aus der Begründung der UNESCO zur Aufnahme der Wieskirche ins Weltkulturerbe

Erst wird gemolken, dann gebetet", sagt die Bäuerin, die im Pfaffenwinkel zwischen Wieskirch' und Wessobrunn lebt und arbeitet. Landschaften, von denen man schreiben kann: Da geht einem das Herz auf. Der Pfaffenwinkel gehört dazu mit den 160 Kirchen und Tausenden von Kühen. Mit dem Soiener Moorsee und dem 988 Meter hohen Peißenberg. Mit Filz und Moos, Fresken und Stuck, Kutten und Mieder. Mit Mittelalterstädtchen wie Schongau, der Kulisse der Ammergauer Alpen im Süden und mit Wessobrunn im Norden.

Der gegeißelte Heiland

Die Wallfahrtskirche zum gegeißelten Heiland gehört zu den ersten Weltkulturerbestätten in Deutschland. Der Heiland soll 1738 einer Bäuerin erschienen sein, und daraufhin wurde ab 1746 eine Wallfahrtskapelle gebaut, heute Weltkultuerbe. Für die UNESCO ist das Kirchlein „ein Meisterwerk menschlicher Schöpferkraft". Die wichtigsten Detailgründe waren die Deckenfresken, in deren Zentrum der auferstandene Jesus auf einem Regenbogen, dem Symbol der Versöhnung, thront, die vergoldeten Stuckarbeiten und die Figur des Heilands in einem vollendeten Rokoko-Bau.

Eine Million Besucher strömen jedes Jahr in den Weiler Wies. Für die Wallfahrer unter ihnen ist die Wieskirche aber nicht die kleinste der 44 deutschen Welterbestätten, sondern ein Ort, in dem es um Leid, Buße und Erlösung geht.

Unterm Zwiebelturm

In Wessobrunn ist unter der Dorflinde auf einem Stein das älteste überlieferte Gedicht in deutscher Sprache gemeißelt. Das Wessobrunner Gebet beschreibt, wie mit Weisheit und Kraft der Sündenfall vermieden werden kann. Das Kloster wurde 753 errichtet. Übrig davon blieb nur der Klosterhof; die Pfarrkirche wurde erst 1758 erbaut. Stolz trägt sie eine der typischen Zwiebelhauben. Wer fremd ist und nach Kost und Logis Ausschau hält, der sollte den nächsten Zwiebelturm anvisieren. Daneben steht meist das traditionsreichste Gasthaus, in dem man nur selten enttäuscht wird.

„Gottes eigenes Landl"

Die Einheimischen des Werdenfelser Landes wie des Wettersteingebirges nennen ihre Heimat gern „Gottes eigenes Landl". Das zog um die Wende zum 20. Jahrhundert Engländer in Scharen an. Unter ihnen war 1913 Mary Isabel Portman, Aristokratin aus einer der reichsten Familien Englands. Sie ließ sich auf der Kranzbachwiese das bis heute einzige englische Schloss in den Alpen bauen. Die Tragik: Mary sah ihr fertiges Traumschloss Kranzbach nie, denn wegen des

Kalkhaltiger Untergrund ist die Voraussetzung für die um Mittenwald und Krün teilweise noch erhaltenen und nicht zwecks einfacherer Bearbeitung eingeebneten Buckelwiesen. Bei der Verwitterung des Kalkbodens entstehen die charakteristischen Mulden.

Wie Bier, Weißwurst und Lederhose gehört die oftmals illusionistische Fassadenbemalung zu den Besonderheiten Oberbayerns und des benachbarten österreichischen Tirols. Mittenwald ist eine Hochburg dieser Lüftlmalerei.

Im Mittenwalder Leben hat jeder seinen Platz – auch hier in der in den Jahren 1734 bis 1749 von dem Wessobrunner Baumeister Joseph Schmutzer erbauten Pfarrkirche St. Peter und Paul.

Ersten Weltkriegs konnte sie nicht mehr nach Deutschland zurückkehren, und 1931 verstarb sie. Heute ist „Das Kranzbach" zu einem Spa-Hotel geworden, von dessen verglasten Räumen man auf die Karwendelspitze, die Wettersteinspitze und über die Alpspitze hinweg auf die Zugspitze blickt.

Ludwigs Hüttentraum

Die mautpflichtige Straße, die sich von Klais, Bayerns höchstgelegenem Bahnhof, über „Das Kranzbach" weiter zum „Schloss Elmau" und als Wanderweg bis auf 1866 Meter Höhe zum Jagdhaus Schachen windet, ließ Ludwig II. 1870 erbauen. Das königliche Refugium am Schachen ist von außen kaum von einer Schweizer Alpenhütte zu unterscheiden. Aber drinnen glaubt man entweder sofort an den vielbeschriebenen Wahnsinn des Königs oder an Halluzinationen, besonders im Türkischen Saal: Diwane,

Wo der Kini mal allein sein konnte

Lüster, Springbrunnen, alles aus Gold vor gold-rot-blauen Tapeten, Teppichen und der komplett verzierten Decke. Das Alleinsein gelang dem Märchenkönig hier denn auch wesentlich besser als in Neuschwanstein oder Linderhof. Die Einsamkeit auf knapp 2000 Metern Höhe ist bis heute weitgehend erhalten geblieben. Nicht einmal 7000 Besucher pro Jahr nehmen den drei- bis vierstündigen Marsch hinauf in Kauf.

Im Schatten der Zugspitze

Keine Region Deutschlands zieht so viele Pensionäre von jenseits des Weißwurst-Äquators an wie das bekannteste Doppeldorf der Republik: Garmisch-Partenkirchen, von Hitler für die Olympischen Spiele 1936 zwangsvereint, ist Weltdorf und Stadtnest im Schatten der majestätischen Zugspitze. Von der Natur wurde es reichlich garniert mit wunder-

Auch für seine kunstvollen Holzschnitzereien ist Oberammergau – Ort der weltberühmten Passionsspiele – bekannt.

Linderhof – hier mit der Südfassade im Fokus – gehört zu den Pflichtzielen vieler außereuropäischer Reisegruppen und beeindruckt die meisten außerordentlich.

Stimmungsvoll zeigt sich hier der abendliche Obermarkt: Inmitten der malerischen Voralpen gelegen, markiert Murnau das Herz des Blauen Lands.

„Je tiefer das Blau wird, desto tiefer ruft es den Menschen in das Unendliche, weckt in ihm die Sehnsucht nach Reinem und schließlich Übersinnlichem."

Wassily Kandinsky (1866–1944)

schönen Seen wie dem Eib- und Rießersee oder engen Bergschluchten wie der Partnach- oder der Höllentalklamm ganz in der Nähe. „GaPa" hat etwas Urbayerisches, weshalb aus Norddeutschland stammende Neubürger und Zweitwohnungsbesitzer es nicht einfach haben, selbst wenn sie sich bayerischer als die Hiesigen in Loden und Tracht hüllen.

Blaue Reiter im Blauen Land

Für den Staffelsee und seine umliegenden Moore interessierten sich einst die Künstler des Blauen Reiters Wassily Kandinsky und Franz Marc. Dort wurden für den deutschen Expressionismus wesentliche Weichen gestellt.

Murnau war das künstlerische Zentrum der Gegend. Die malerischen Winkel und Gässchen im alten Kern sowie das von Emanuel von Seidl im Sinne des Historismus gestaltete denkmalgeschützte Häuserensemble des Ober- und Untermarkts waren gute Motive für Kandinsky und seine Schülerin Gabriele Münter. Sie entwickelte sich zu einer der bedeutendsten expressionistischen Malerinnen, konnte sich aber in den Augen der Öffentlichkeit nur schwer aus dem Schatten ihres Lehrers lösen. Unter den Nazis hatte sie Ausstellungsverbot. Erst 1949 konnte sich die damals 72-Jährige mit der Gedächtnisausstellung „Der Blaue Reiter in München" erstmals wieder präsentieren. Mit seinem südlichen Flair, der Fußgängerzone, den Straßencafés und Wirtshäusern samt frisch gebrautem lokalen Kargbräu ist Murnau heute auch das touristische Zentrum des Blauen Landes. Sieben weitere Orte, alle im Einzugsbereich von Staffel- und Riegsee gelegen, ergänzen die Region, in deren südlicher Nachbarschaft zwei Highlights liegen.

Der König in der Venusgrotte

Gleich hinter Kloster Ettal liegt Oberammergau. Häuser mit Lüftlmalerei, hingestreut vor eine zackengekrönte Bergwand, Mädchen im Dirndl, Buben in Lederhosen und überall Amerikaner, auch ohne Passionsfestspiele. Für sie ist eben alles ein bisschen anders als zu Hause. Gleiches gilt ein paar Kilometer weiter, hinten im Graswangtal, wo der scheinbar verrückte König der Bayern ein weiteres seiner Märchenschlösser erbauen ließ: Linderhof ist das einzige der Ludwig-II.-Domizile, das der Monarch fertiggestellt erlebte. Außen Rokoko, innen ein Rausch aus Gold und Samt, Kristall und Porzellan, Lapislazuli und Malachit – und dazu im Park eine Venusgrotte. Dort ließ sich Ludwig im vergoldeten Kahn über den unterirdischen See rudern.

ANGEBOT FÜR GIPFELSTÜRMER

Ganz oben, wo die Geister toben

Deutschlands höchster Punkt ist der Ostgipfel der Zugspitze. Er misst genau 2962 Meter. Das Dach der Republik bietet auf seinem Massiv auch das höchstgelegene Haus, Postamt, Hotel, Restaurant und Skigebiet Deutschlands, vor allem aber einen 360-Grad-Panoramablick, der bei gutem Wetter die Sicht auf rund 400 Alpengipfel in vier Ländern freigibt.

Fast 500 Meter hoch und 300 Kilogramm schwer ist das bei einer Restaurierung vor einigen Jahren mit fast 150 Gramm Blattgold neu vergoldete Gipfelkreuz.

Zu Kaisers Zeiten galt die Zugspitze als kleiner Stumpen in den Alpen. Der damals höchste deutsche Gipfel hieß Kaiser-Wilhelm-Spitze, und die Schulbücher wiesen als dessen Höhe 6011 Meter aus. Um ihn zu besuchen, musste man ins ferne Afrika reisen, nach Deutsch-Ostafrika. Heute heißt das Land Tansania, und die einstige Kaiser-Wilhelm-Spitze trägt den Namen Kilimanjaro. Der „Kili" wird nun mit 5895 Metern Höhe angegeben – die Kaiser-Wilhelm-Spitze war seinerzeit bewusst falsch vermessen worden, um der höchsten Erhebung im Deutschen Reich die Sechs vor der Tausend zu schenken.

Die Bundesrepublik Deutschland bäckt in Sachen Bergspitzen deutlich kleinere Brötchen. 2962 Meter Höhe für den Zugspitz-Ostgipfel beeindrucken zwar die Deutschen, aber die europäischen Nachbarn deutlich weniger: Höchster unter den Alpengipfeln ist der Mont Blanc mit 4810 Metern.

Aber ganz unabhängig von allen Zahlen und Rekorden: Die Deutschen lieben ihre Zugspitze. Sie ist Mythos, Gipfel der Nation und Pflichtstoff für die Schüler. Wer einmal oben war, versteht das auch und vergisst Rekorde wie Fakten. Denn was gibt es schöneres als ein Gipfelerlebnis rund um den nördlichsten Alpengletscher? Höchstens zwei Zugaben: die Zugspitze während des Sonnenuntergangs oder eine Fahrt in Vollmondnächten aufs Plateau zum nicht weniger fulminanten Mondaufgang.

Der höchste Berg Deutschlands gehört zum Wettersteingebirge und liegt an der Grenze von Bayern und Tirol. Bei schönem Wetter ist eine grandiose Rundumsicht auf bis zu 400 Gipfel vom Piz Bernina über den Ortler, die Wildspitze bis zum Großglockner sowie nach München im Norden und Italien mit den Dolomiten im Süden möglich. Mehrere Bergbahnen führen nach oben. Die einfachste Route zu Fuß ist der Weg durch die Partnachklamm, wofür bis zu 14 Stunden einzuplanen sind und 2200 Höhenmeter bewältigt werden müssen.

Vom Meeresgrunde auferstanden

Der Berg ist der Überrest eines zu Kalk gewordenen Korallenriffs. Vor mehr als 200 Millionen Jahren lag an seiner jetzigen Stelle noch ein tropisch warmes Meer. Die Erstbesteigung erfolgte im Jahr 1820 durch Leutnant Joseph Naus, der topografische Aufnahmen machte. Pfarrer Christoph Ott stellte 1851 mit 28 Helfern ein erstes Gipfelkreuz auf. 1897 folgte das „Münchner Haus", heute eine Alpenvereinshütte, einst das meteorologische Observatorium. Die Kreuzeckbahn ging 1926 in Betrieb. Diese erste Seilschwebebahn in Bayern machte am 7. April 2002, nach 76 Jahren und 15 Millionen unfallfrei beförderten Fahrgästen, ihre letzte Fahrt. 1931 eröffnete das „Hotel

Im Hintergrund der Waxenstein: Bergsteiger auf dem Weg zur Zugspitze, dem „Dach der Republik".

Vor allem im Winter ist auf dem Zugspitzplatt Hochbetrieb.

„Top of Germany!" – So wird für die „Erlebniswelt Zugspitze" geworben.

Nur 300 Meter unterhalb des Zugspitzgipfels lädt der Gletscher zu Spaß und Sport im Schnee ein.

Schneefernerhaus", und 50 Jahre später wurde die Kapelle Maria Heimsuchung geweiht.

Auf dem Gipfel der Gefühle

Rund 500 000 Bergfreunde besuchen die Zugspitze im Jahr. Einige leben zeitweise dort, weil sie die „höchsten" Arbeitsplätze der Republik begleiten, etwa die in 24-Stunden-Schichten tätigen Meteorologen, die alle 60 Minuten ihre Berichte liefern, oder die Wissenschaftler des Max-Planck-Instituts für extraterrestrische Physik, die kosmischer Strahlung auf der Spur sind. Ein paar andere übernachten dort, wo der Wind pfeift (manchmal mit mehr als 200 Stunddenkilometer), wo die Temperatur schon mal auf Arktis-Niveau fällt, wo die Geister toben, wenn die letzte Bergbahn talwärts ging (in alten Zeiten galt der Berg als verhext).

Nachdem im Jahr 1992 das Aus für den Hotelbetrieb besiegelt wurde, können Touristen nun in einem Iglu-Dorf auf der Zugspitze schlafen. Es besteht von Dezember bis April aus gefrorenem Wasser – von den Betten, Wänden, Decken bis hin zur Bar. Der winterliche Sternenhimmel und das grandiose Panorama mit Natur, wohin das Auge reicht, dienen als Kulisse – auch von den beiden Whirlpools aus. Und zum Dinner geht es in das Restaurant-Iglu, in dessen Eisnischen die Besucher auf kuscheligen Fellen über diesen höchsten Berg Deutschlands sinnieren können. Der hat übrigens sogar eine eigene Postleitzahl: 82475 steht für den Gipfel der Gefühle – nicht für alberne Rekorde.

Bergbahnen

Auf die Zugspitze kommt man tgl. mit der **Zahnrad-Zugspitzbahn** (Garmisch–Zugspitzplatt), der **Zugspitz-Seilbahn** (Eibsee–Zugspitzgipfel) und der **Gletscherbahn** (Zugspitzplatt–Zugspitzgipfel) in der Kernöffnungszeit von 8.00 bis 16.45 Uhr (Bayerische Zugspitzbahn, Tel. 0 88 21/79 70, www.zugspitze.de). Mit dem im Dezember 2017 fertiggestellten Neubau der Eibsee-Seilbahn ist diese eine der höchsten Seilbahnen der Welt.
Die **Tiroler Zugspitzbahn** fährt auf österreichischer Seite tgl. von Ehrwald aus zwischen 8.40 und 16.40 Uhr (Tiroler Zugspitzbahn, Tel. 00 43/56 73/2 30 90, www.zugspitze.at).

Futuristische Anbauten ergänzen das Schneefernerhaus, das heute der Klimaforschung dient

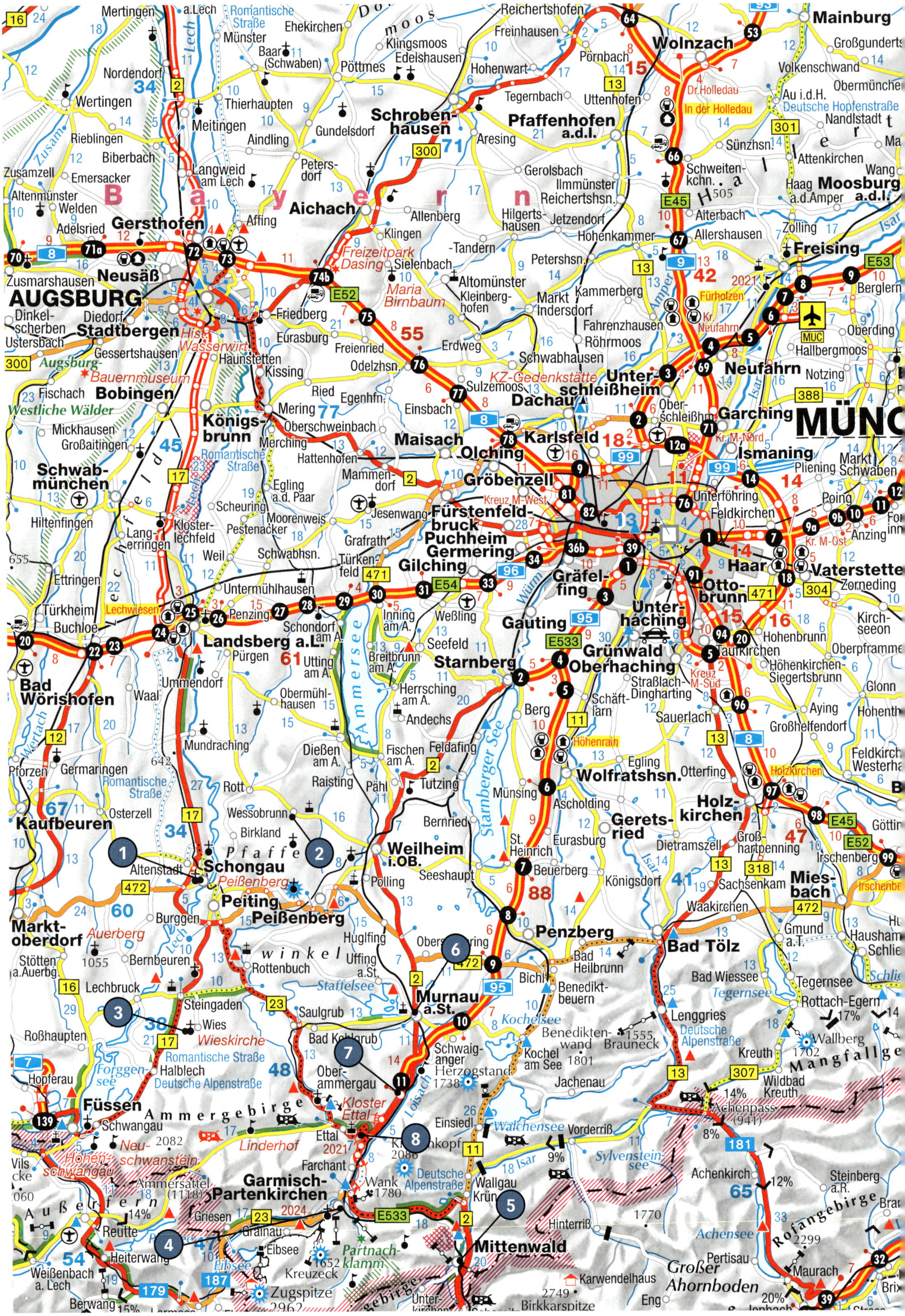
Mertingen
Wertingen
Nordendorf
Meitingen
Thierhaupten
Aindling
Pöttmes
Schrobenhausen
Reichertshofen
Wolnzach
Mainburg
Pfaffenhofen a.d.I.
Aresing
Aichach
Gersthofen
Neusäß
AUGSBURG
Stadtbergen
Friedberg
Königsbrunn
Bobingen
Schwabmünchen
Mering
Maisach
Olching
Gröbenzell
Fürstenfeldbruck
Puchheim
Germering
Gilching
Dachau
Karlsfeld
Unterschleißheim
Garching
Freising
Moosburg a.d.I.
Neufahrn
Ismaning
MÜNC
Haar
Vaterstetten
Ottobrunn
Unterhaching
Grünwald
Oberhaching
Gräfelfing
Gauting
Starnberg
Landsberg a.L.
Bad Wörishofen
Kaufbeuren
Schongau
Peiting
Peißenberg
Weilheim i.OB.
Wolfratshsn.
Geretsried
Holzkirchen
Miesbach
Penzberg
Bad Tölz
Murnau a.St.
Marktoberdorf
Füssen
Schwangau
Neuschwanstein
Oberammergau
Kloster Ettal
Linderhof
Garmisch-Partenkirchen
Mittenwald
Zugspitze 2962
Reutte
Ammersee
Starnberger See
Kochelsee
Walchensee
Sylvensteinsee
Achensee
Tegernsee
Forggensee
Ammergebirge
Mangfallgebirge
Rofangebirge
Bayern

Im richtigen Licht

Gottes liebevoller Segen muss im Spiel gewesen sein, als der Pfaffenwinkel so formvollendet geschaffen wurde. Die beeindruckendste Bergkulisse Deutschlands erlebt man im Werdenfelser Land mit Zugspitze und dem Wettersteingebirge. Und im Blauen Land zeigen sich je nach Tages- und Jahreszeit Himmel und Erde, Berge und Moor und zehn Seen in den verschiedensten Lichtstimmungen.

1 Schongau

Schongau (12 200 Ew.) wurde im 13. Jh. am Westufer des Lechs angelegt. In der Altstadt spürt man das Mittelalter.

SEHENSWERT

Das Steilufer des Lechs und die Mauern, Türme, Tore sowie der Wehrgang geben der **Altstadt** ihr ganz eigenes Flair. Etwas außerhalb in Altenstadt liegt die einzige vollständig erhaltene romanische Basilika Oberbayerns: **St. Michael** ist bekannt für das mächtige Kruzifix „Der Große Gott von Altenstadt".
Zum **Schongauer Märchenwald** gehört auch ein Tierpark (Dießener St.r 6, www.schongauer-maerchenwald.de; Kernöffnungszeiten tgl. 10.00–17.00 Uhr).

UMGEBUNG

Peiting ist bekannt für die Krypta seiner Pfarrkirche und den Blick vom Kalvarienberg auf die umgebende Moränenlandschaft. Am Schützenhaus beginnt ein Walderlebnispfad.
Auch der Blick vom **Hohen Peißenberg** (988 m) zur Alpenkette beeindruckt.

INFORMATION

Tourist-Information, Münzstr. 1
86956 Schongau, Tel. 0 88 61/21 41 81
www.schongau.de

2 Wessobrunn

Was ist bekannter? Das Kloster, die Schule, das Gebet?

SEHENSWERT

Von dem 753 gegründeten **Kloster** blieben nur die Brunnen, von der mittelalterlichen Anlage ein „Grauer Herzog" genannter, freistehender Glockenturm (um 1250), und vom barocken Neubau der Fürstentrakt mit reichlich Stuck. Tassilosaal und Treppenaufgang wurden gegen Ende des 17. Jh.s maßgeblich von Johann Schmuzer geplant. Er gilt als Gründer der Wessobrunner Schule. Das **Wessobrunner Gebet**, in einen Steinblock in der Ortsmitte gemeißelt, gilt als ältestes Sprachdenkmal in Deutschland (um 800).

INFORMATION

Gemeindeverwaltung
Zöpfstr. 1, 82405 Wessobrunn
Tel. 0 88 09/3 13 00
www.wessobrunn.de

3 Steingaden

Der Erholungsort (2750 Ew.) geht auf die Siedlung des 1147 gegründeten und 1803 aufgehobenen Prämonstratenserklosters zurück.

SEHENSWERT

Steingadens Juwel ist die **Wieskirche** (1745 bis 1754; UNESCO-Welterbestätte) im perfekten Rokoko-Gewand und nicht zuletzt bedeutende Wallfahrtsstätte: 1738 sah die Bäuerin Maria Lori Tränen in den Augen der Figur des leidenden Jesus an der Geißelsäule. Wegen der immer zahlreicher werdenden Pilger beauftragte der Steingadener Abt Hyazinth den Baumeister Dominikus Zimmermann für die Wallfahrer sein Meisterwerk zu errichten; die Fresken stammen überwiegend von seinem Bruder Johann Baptist (www.wieskirche.de; tgl. 8.00–20.00 im Sommer, im Winter nur bis 17.00 Uhr).

UMGEBUNG

Immer einen Tagesausflug wert ist 20 km südöstl. das Märchenschloss **Neuschwanstein** (s. S. 101). Im Soiener Moorsee von **Bad Bayersoien** darf gebadet, geangelt und gerudert werden. Zwischen Rottenbuch und Bayersoien überspannt seit 1929 die 183 m lange **Echelsbacher Brücke** die 76 m tiefe Ammerschlucht.

INFORMATION

Tourist-Information, Krankenhausstr. 1
86989 Steingaden, Tel. 0 88 62/91 01 13
www.steingaden.de

4 Garmisch-Partenkirchen

Garmisch wurde schon im Jahr 802 erstmals erwähnt, Partenkirchen unwesentlich später. Bekannt wurden beide Dörfer (heute 29 000 Ew.) aber erst nach Hitlers Zwangsvereinigung für die Olympischen Spiele 1936.

Bei Garmisch-Partenkirchen ist die spektakuläre Partnachklamm zu finden.

SEHENSWERT

Partenkirchens **Ludwigstraße** ist die Prachtstraße der Stadt. Viele Häuser sind reich verziert oder bemalt, zeigen Figuren und Madonnen. Garmischs **Alte Kirche** geht auf die frühe Gotik zurück (13. Jh.), für den Rokokobau **St. Martin** (um 1730) am Marienplatz zeichneten Wessobrunner Künstler verantwortlich. Der **Michael-Ende-Kurpark** ist nach dem Verfasser der „Unendlichen Geschichte" benannt, einem der prominenten Söhne der Stadt. Die **Sportanlagen** sind durch Fernseh-Übertragungen weithin bekannt: das Olympia-Eisstadion, das Zielstadion am Gudiberg, die Kandahar-Piste und die Skischanze (Führungen Sa. um 15.00, Mai–Okt. auch Mi. 18.00 Uhr, Anmeldung bei der Tourist- Information bis 24 Stunden zuvor).

MUSEEN

Das **Werdenfels Museum** ist eines der bedeutendsten in Oberbayern (Ludwigstr. 47, www.werdenfels-museum.de; Di.–So. 10.00 bis 17.00 Uhr). Auch dem berühmtesten Bürger der Stadt wurde ein Museum gewidmet: In der **Richard-Strauss-Villa** schrieb der Komponist (1864–1949) den „Rosenkavalier" (Schnitzschulstr. 19, www.richard- strauss-institut.de; Mo.–Fr. 10.00–16.00 Uhr, Fei. geschl.).

UMGEBUNG

Auf dem idyllisch gelegenen **Rießersee** trug einst der renommierte SC Riessersee seine Eishockeyspiele aus. Nicht minder romantisch gibt sich der dunkle **Pflegersee** (nördl.) zu Füßen des Königstands. Der Moorweiher hat einen Badeplatz und Bootsverleih.

Die **Partnachklamm** gehört zu den eindrucksvollsten Gebirgsschluchten Deutschlands: 700 m lang, die Wände bis zu 86 m hoch (www.partnachklamm.eu; Mai und Okt. 8.00–18.00, Juni–Sept. 6.00–22.00, Nov. bis April 9.00–18.00 Uhr). Auf die **Zugspitze** fahren Bergbahnen von deutscher und österreichischer Seite (s. DuMont-Thema S. 122). Die 2628 m hohe **Alpspitze** hat die spektakuläre Aussichtsplattform „AlpspiX". Der **Hausberg** (1327 m) bietet Wanderwege, an denen bewirtschaftete Almen liegen. Wenn an der B 2 Heustadl und Streudrischen zu sehen sind (kegelförmige Heuhaufen), sollte man rechts ins schmucke **Farchant** abbiegen, wo die Tracht noch vielfach zum Alltag gehört. Von der um 1230 gegründeten **Burg Werdenfels** sind noch Reste der Mauer und des Tors zu sehen.

Grainau nennt sich „das Zugspitzdorf" – näher dran an Deutschlands höchstem Berg ist keine andere Gemeinde. Der grünlich glitzernde **Eibsee** zählt zu den schönsten Seen der bayerischen Alpen. Die **Höllentalklamm** ist eine der wildesten Felsschluchten der Alpen, etwa 700 m lang mit Engstellen von 2 bis 5 m, Felswänden bis 150 m Höhe und dem reißenden Hammersbach. Einstieg ist im Ortsteil Hammersbach (www.hoellentalklamm-info.de; von Mai bis Okt.).

INFORMATION

Tourist-Information
Richard-Strauss-Platz 2
82467 Garmisch-Partenkirchen
Tel. 0 88 21/18 07 00, www.gapa.de

5 Mittenwald

Der Geigenbauort und höchstgelegenr Luftkurort Deutschlands (7000 Ew.) ist auch ein Zentrum der Lüftlmalerei. Goethe sprach auf seiner Italienischen Reise von einem „lebendigen Bilderbuch" – das gilt weitgehend bis heute, zumal es noch aktive Lüftlmaler gibt.

SEHENSWERT

Der Markt besitzt ein intaktes **Ortsbild** mit oberbayerischen Häusern aus dem 17. und 18. Jh. und der **Pfarrkirche St. Peter und Paul** mit ihrer Rokokoausstattung des Wessobrunner Baumeisters Josef Schmuzer. In der

Im heutigen Münter-Haus in Murnau lebten Gabriele Münter und Wassily Kandinsky.

Fußgängerzone **Obermarkt** mit freskierten Häusern und alten Torfassaden steht auch das Goethe-Haus. Das Denkmal von Matthias Klotz (1653–1743) erinnert an den Gründer des Mittenwalder Geigenbaus.

MUSEUM

Das **Geigenbau- und Heimatmuseum** zeigt. 200 Beispiele des Mittenwalder Instrumentenbaus (Ballenhausgasse 3, www.geigenbau museum-mittenwald.de; Feb.–Mitte März, Mitte Mai bis Mitte Okt., Mitte Dez.–Dreikönig Di.–So. 10.00 bis 17.00, Jan., Mitte März–Mitte Mai und Mitte Okt.–Anf. Nov. Di.–So. 11.00–16.00 Uhr).

AKTIVITÄTEN

Eine schöne **Mountainbiketour** mittleren Schwierigkeitsgrads führt von Mittenwald durchs Hinterautal zu den Isarquellen (Länge 47 km, Höhenmeter 480 m, Dauer ca. 2,5 Std.; Radverleih: Bikerbahnhof, Bahnhofplatz 10, www.bikerbahnhof.com). Das Gebiet um die Karwendelspitze (2385 m) ist eine der beliebtesten **Wanderregionen**; das Wanderwegenetz umfasst rund 500 km.

UMGEBUNG

Schönstes Naturdenkmal in der Umgebung ist die **Leutaschklamm** hinüber nach Tirol. Mit 1650 m gehört sie zu den längsten Schluchten der Nordostalpen (www.leutasch-klamm.de; von Anf. Mai bis Ende Okt.).

Die **Buckelwiesen** zwischen Krün und Mittenwald sowie rund um den Barmsee sind ein Erbe der Eiszeit. **Klais** hat die höchstgelegene Bahnstation Bayerns (993 m) und ist Ausgangspunkt für Ausflüge nach **Wamberg**, dem höchstgelegenen Dorf mit Kirche in der Bundesrepublik (1016 m), zum Schlosshotel **Kranzbach** und zum **Jagdhaus am Schachen** im Wettersteingebirge (www.schloesser.bayern.de; Juni–Sept. tgl. Führungen 11.00 bis 15.00 Uhr); wer die mindestens dreistündige Wanderung auf knapp 2000 m Höhe geschafft hat, wird im Berggasthof „Schachenhaus" mit Hausgeräuchertem und, wenn nötig, einem Matratzenlager „belohnt". Der Panoramablick auf das Wettersteingebirge und die Gipfel Dreitorspitze (2633 m) und Wettersteinwand mit ihrer Spitze auf 2488 m ist fantastisch.

INFORMATION

Tourist-Information
Dammkarstr. 3
82481 Mittenwald
Tel. 0 88 23/3 39 81
www.alpenwelt-karwendel.de/urlaub-mittenwald

6 Murnau am Staffelsee

Natur und Kunst, Kultur und Geselligkeit – der Luftkurort ist das Zentrum des Blauen Landes.

SEHENSWERT

Am schönsten ist Murnau am lang gestreckten **Obermarkt** mit einer Mariensäule. Das oft umgebaute **Schloss** geht auf einen Burgbau des 13. Jh. zurück. Das Ähndl, wie die **St.-Georg-Kirche** (Urspr. 8. Jh.) am Ende der Ramsachstraße genannt wird, ist einen Spaziergang wert, war es doch ein Motiv des „Blauen Reiters".

MUSEEN

Das **Schlossmuseum** präsentiert neben der weltweit größten Werkschau von Münter-Bildern vor allem Exponate zum Blauen Reiter und zu Ödön von Horváth (Schlosshof, www.schloss museum-murnau.de; Di.–So. 10.00–17.00 Uhr). Das **Münter-Haus**, 1909–1914 von Gabriele Münter (1877–1962) und Wassily Kandinsky (1866–1944) bewohnt, ist ein Museum mit Werken der Künstler und zugeich Erinnerungsstätte (Kottmüllerallee 6, www.muenter-stiftung.de; Di.–So. 14.00–17.00 Uhr).

AKTIVITÄTEN

Der **Staffelsee i**st der wärmste See Oberbayerns und ideal zum Baden, da er von warmen Moorbächen gespeist wird. Es gibt Badestrände, Bootsverleih, und die „MS Seehausen" bietet Rundfahrten an (www.staffelseeschifffahrt.de). Geführte **Schlauchboottouren** auf der Loisach gibt es ab Murnau bei Bavariaraft (Enzianstr. 1, 82441 Ohlstadt, www.bavariaraft.de). **Wandern** im Murnauer Moos, dem größten Moor im deutschen Alpenraum, ist auf einem 12 km langen Rundweg möglich.

UMGEBUNG

Seehausen mit seinem traditionellen Ortsbild samt Lüftlmalereien und **Uffing** mit seinen zwei Strandbädern sind einen Aufenthalt wert. **Eglfing** ist ein uriges Dorf und liegt wie **Spatzenhausen** zwischen Staffel- und Riegsee. In **Sindelsdorf** (25 km nordöstl.) lebte 1909 bis 1914 Franz Marc (1880–1916); seine Gartenlaube (Franz-Marc-Str. 1) kann besucht werden. Dort entstand 1911 das berühmte „Blaue Pferd". Nach **Großweil** (10 km östl.) fährt man vor allem wegen des **Freilichtmuseums Glentleiten** (An der Glentleiten 4, www.glentleiten.de; Mitte März–Mitte Nov. Di.–So. 9.00–18.00 Uhr).

INFORMATION
Tourist-Information, Kohlgruber Str. 1
82418 Murnau, Tel. 0 88 41/6 14 10
www.murnau.de, www.dasblaueland.de

7 Oberammergau

1634 gelobten die Oberammergauer, alle zehn Jahre Passionsspiele aufzuführen, damit das Leid von Krieg und Pest ein Ende nähme. Die nächsten Passionsspiele finden wegen der Coronakrise erst 2022 statt.

SEHENSWERT
Die **Hausfassaden mit Lüftmalerei** lassen Oberammergaus Zentrum zuweilen wie ein Freilichtmuseum wirken. Franz Seraph Zwinck, 1748 hier geboren, gilt als ihr Gründer; er wohnte im „Haus Zum Lüftl". Das **Pilatushaus** ist eines der schönsten so geschmückten Häuser Oberbayerns und gleichzeitig offene Werkstatt für Kunst und Kunsthandwerk (Ludwig-Thoma-Str. 10, Mitte Mai–Mitte Okt. Di.–So. 13.00–18.00 Uhr).

INFORMATION
Tourist-Information, Eugen-Papst-Str. 9a,
82487 Oberammergau, Tel. 0 88 22/92 27 40
www.ammergauer-alpen.de

8 Ettal

Der Wallfahrtsort (800 Ew.) ist bekannt durch seine1330 von Kaiser Ludwig dem Bayern gegründete Abtei.

SEHENSWERT
Die im 18. Jh. von Josef Schmuzer barockisierte **Klosterkirche** gehört zu den monumentalsten Gotteshäusern in Oberbayern. Das aus Carrara-Marmor gefertigte Gnadenbild der Madonna ist jedes Jahr Ziel von Wallfahrern. Seit 1609 wird in Ettal auch Bier gebraut (www.kloster-ettal.de; Kernzeiten 8.00 – 18.00 Uhr). Dazu passt die **Schaukäserei Ammergauer Alpen** (Mandlweg 1, www.schau kaeserei-ettal.de).

UMGEBUNG
20 km westl. liegt **Schloss Linderhof**, einer der Prachtbauten Ludwigs II. und der einzige größere, den der Kini vollendet erlebte. Zwischen 1869 und 1878 wandelte sich hier eine hölzerne Almhütte in ein Rokokoschloss mit prächtigem Park von Carl von Effner (1831 bis1884). Der Maurische Kiosk mit dem berühmten Pfauenthron ist das Prunkstück der Gartenlandschaft, die Venusgrotte das vielleicht märchenhafteste Beispiel für die Traumwelt Ludwigs. Den schönsten Blick auf Schloss Linderhof (www.schlosslinderhof.de; April–Mitte Okt. 9.00 bis 18.00, Mitte Okt.–März tgl. 10.00–16.30 Uhr) hat man von der Terrassenanlage.

INFORMATION
Tourist-Information, Ammergauer
Str. 8, 82488 Ettal, Tel. 0 88 22/92 27 40
www.ammergauer-alpen.de

Genießen Erleben Erfahren

DuMont Aktiv

Bilder selbst erfahren

Radeln und dabei Motive der Künstler des Blauen Reiters erahnen, manchmal sogar definitiv erkennen – von den rund 220 km Radwegen im Blauen Land können 170 km mit dem Rennrad, 100 km mit dem Mountainbike und 50 km als Kunstfreund mit jedem Drahtesel genutzt werden. Die hier vorgestellte Tour bringt Sport, Spaß und Sinneserfahrung in einem.

Wer das Foto Wassily Kandinskys mit Fahrrad kennt, möchte ihn rund 100 Jahre später vielleicht nachahmen, seine Motive für die weltberühmten Gemälde finden und sehen. Auf den Spuren des Blauen Reiters lassen sich die Stellen aufsuchen, an denen die Künstler ihre Staffeleien aufgebaut haben. Ob Kandinsky oder Münter, Marc oder Jawlensky – bislang nur auf Leinwand gesehene Bilder werden auf einmal ganz real. So erkennt man zum Beispiel Kandinskys „Murnau mit Kirche", Jawlenskys „Sommerabend in Murnau" und Münters frühe „Kahnpartie" (1910), auch die späteren Bilder „Der blaue See am Mittag" (1923) und „Staffelsee mit Nebelsonne" von 1931. Das alles in einem der intaktesten Moore Europas, das größtenteils ein Niedermoor ist, dem das Wasser sprichwörtlich bis zum Halse steht. Denn das Grundwasser reicht bis in den Wurzelbereich der Pflanzen, wie es für ein Niedermoor typisch ist.

Weitere Informationen

Die Radtour „Auf den Spuren des Blauen Reiters" führt zu einigen Plätzen, an denen Kandinsky, Marc und Münter gemalt haben. Dauer: etwa drei Stunden, inklusive einem kleinem Picknick. Informationen zu Terminen und Konditionen sowie Anmeldung unter www.radtouren-oberbayern.de/radfahren-auf-den-spuren-des-blauen-reiters. Es gibt auch eine Tour mit Radfahren und Malen.

Die Badewanne der Metropole

Zwischen dem Starnberger See mit seinen Millionärsvillen und dem bäuerlich-bürgerlichen Ammersee liegen die drei kleineren Pilsen-, Wesslinger und Wörthsee. Wobei der Name „Fünf-Seen-Land“ eine Untertreibung ist. „Fünfzig-Seen-Land“ käme der Sache schon näher. Denn zwischen all den sanften Hügeln und satten Wiesen finden sich noch zahllose Weiher – und geheimnisvolle Energieplätze.

Hier sind die Kapitäne unter sich – Segeln auf dem Starnberger See, (nicht nur) für Münchner Stadtflüchtige ein ideales Revier.

Herrschaftlich zurückgezogen geht es auf der Roseninsel und im Park des Schlosses Ammerland zu (oben). Tagsüber herrscht reger Verkehr auf dem Starnberger See, etwa am Anleger Tutzing. Stiller wird es gegen Abend – hier bei Ambach (unten).

Die Berge sind so nah. Der Duft von Blumen liegt in der Luft. Auch der Wald scheint zu atmen. Und der Starnberger See plätschert vor sich hin. Doch nur wenige Meter vom Ufer erinnert ein Holzkreuz im Wasser an den Tod Ludwigs II. Berg am Starnberger See, Geburtsort des Schriftstellers Oskar Maria Graf, war der letzte Aufenthaltsort des Märchenkönigs; am 13. Juni 1886 ging er dort, im seinerzeit noch „Würmsee" genannten Gewässer, drei Tage nach seiner Entmündigung in den Tod – wahrscheinlich, muss man betonen, denn die genauen Umstände sind bis heute nicht geklärt.

In Bayern ist vieles anders

An diesem schönen See mit Trinkwasserqualität – der Badewanne der Münchner – ist manches nicht geklärt. Wie kommt es zum Beispiel, dass ein Viertel des Ufers nicht öffentlich zugänglich ist, weil in privater Hand von Fabrikanten, Fernsehgrößen oder Fußballspielern? Steht in der Verfassung des Freistaats Bayern – Artikel 141, Absatz 3 – nicht klar und deutlich: „Staat und Gemeinde sind berechtigt und verpflichtet, der Allgemeinheit die Zugänge zu Bergen, Seen, Flüssen und sonstigen landschaftlichen Schönheiten freizuhalten"?

Der Starnberger See war halt immer ein Fürstensee. Und Fürsten wie Großkopferte hatten und haben schon immer Privilegien – nicht nur in Bayern. Neun Schlösser – in Starnberg, Possenhofen, Feldafing, Tutzing, Bernried, Münsing und drei in Berg – dokumentieren eine hohe Dichte blauen Bluts. Kaiserin Sisi fuhr immer wieder in das heimatliche Possenhofen. Auf der vor Feldafing liegenden Roseninsel, der einzigen Insel im See, traf sie sich öfter mit ihrem Cousin Ludwig II., der ihr Gedichte vortrug.

Serienkrimis und Staus

Heutzutage geht es weniger lyrisch zu. Die Seevillen dienen als Kulisse für Serienkrimis. Starnberg hat statistisch eines der höchsten Prokopfeinkommen

Auch der Fohnsee in der Nähe von Iffeldorf gehört zu den Osterseen.

Kirchturm vor Alpenkulisse: Im Hinterland des Starnberger Sees – beispielsweise hier in Münsing – geht es gleich viel ruhiger zu als an dessen Gestaden.

Laut bimmeln und still warten soll, wer zur Roseninsel im Starnberger See übersetzen will.

Die schilfigen Ufer vieler Osterseen bieten einer ruhebedürftigen Tierwelt ideale Rückzugsgebiete. Nicht umsonst tragen sie das Gütesiegel „Bayerns schönste Biotope".

Geotop

Special

Osterseen

Wenige Kilometer südlich vom Starnberger See finden sich versteckt echte Seejuwelen. Die 24 Osterseen bieten an flachen Stellen Wasserfarben von hellgrün bis türkis. Tausend Hektar, rund ein Drittel davon Wasserfläche, sind seit 1981 Naturschutzgebiet, inklusive fünf Inseln, einer urwüchsigen Moorlandschaft, dichtem Mischwald sowie vielen seltenen Pflanzen und Tieren. Baden ist streng reglementiert und nur an jeweils zwei Stellen des Großen Ostersees (Zugang über Staltach) und des Fohnsees (von Iffeldorf aus) erlaubt. Das Südufer des Fohnsees ist „geduldetes FKK-Gelände". Wenn zuweilen Kühe dort weiden, ergibt sich ein an Deix-Karikaturen erinnerndes Bild aus blanken Hintern, geflecktem Vieh und farbenfrohen Sonnenschirmchen. Der markierte, rund 13 Kilometer lange Wanderweg führt an 19 Seen entlang.

in Deutschland. Und an Spitzentagen im Sommer strömen um die 100 000 weniger Gutbetuchte an die Gestade. Sie parken jeden Zipfel der Uferstraße zu. Vorwiegendes Kfz-Kennzeichen: M für München. Es gibt Spötter, die sagen, in einem Juni des 21. Jahrhunderts hätte König Ludwig gar nicht im See ertrinken können. Denn über die vielen Surfbretter, Segelboote und Ruderkähne hinweg hätte er locker trockenen Fußes das andere Ufer bei Possenhofen erreicht …

Vom Ammersee …

Am Ammersee sind am Wochenende die M's nicht mehr so deutlich in der Überzahl. Das liegt weniger daran, dass der Ammersee „Bauernsee" genannt wird, sondern am häufig nicht einfachen Seezugang. Verschilfung und Verlandung erfreuen zwar die Vögel, nicht aber die Badegäste.

Am Ammersee gibt es keine Allüren. Die schmucken Höfe verströmen Stallgeruch; Fischer, Forstwirte oder Handwerker verrichten ihr Tagwerk, und der Arbeiterschriftsteller Bert Brecht fuhr einst mit den so genannten Badezügen von Augsburg an den Ammersee. Eine Weile wohnte er sogar in Schondorf und Utting. Dort schrieb er Szenen der „Dreigroschenoper", was den Uttingern aber ziemlich egal zu sein scheint: Es gibt kein Schild, keinen Hinweis, nichts.

… zum Wörthsee

Auch der Wörthsee ist angenehm provinziell. Breite Badestege schützen den Schilfgürtel und lassen Baderatten trotzdem nicht im Trockenen stehen. Der Paradieswinkel am Südende verdient diese Bezeichnung, und zur Mausinsel in der Seemitte kann man schwimmen.

„Wörth" bedeutete ursprünglich Insel. Aber leider: Man darf sie nicht betreten. Sie ist in Privatbesitz, was wie die Ausnahme wirkt, welche die Regel bestimmt. Denn Starnberger Verhältnisse herrschen am kleinen Wörthsee keine.

Gebündelte Energie

Ein ähnliches Bild vermittelt auch der Pilsensee – doch der hat ein Geheimnis. Er liegt auf einer imaginären Linie vom Münchner Dom zum Kloster Wessobrunn. Schloss Fürstenried am Stadtrand von München, die keltische Viereckanlage bei Buchendorf, das Grab der Seherin von Mühltal bei Starnberg und Kloster Andechs liegen ebenfalls auf dieser Linie. Alle diese Orte bilden eine Energielinie – glaubt jedenfalls Jutta Merkel, Reiki-Meisterin aus Seefeld am Pilsensee. Der Begriff „Reiki" stammt aus dem Japanischen. Rei heißt universell, Ki Lebensenergie, und zusammen steht Reiki für eine Methode des geistigen Heilens durch Energie. Jeder könne solche Ener-

Der Ammersee hält reichlich Entfaltungsmöglichkeiten bereit – für Wasserratten (ganz oben: in Utting) genauso wie für kulturell Interessierte (oben links: in Schondorf). Die wachsende Gänsepopulation entwickelt sich allerdings zum Verschmutzungs-Problem, auch in Dießen.

Kunst im öffentlichen Raum – hier in Herrsching am Ammersee.

Nach dem Seeaufenthalt gönnt man sich gern einen Steckerlfisch.

Am Abend zieht es die Wasserratten an Land, und still liegt der Ammersee.

„Europa ist zweifellos die Wiege der Kultur. Aber man kann nicht sein ganzes Leben in der Wiege verbringen."

Oskar Maria Graf (1894–1967)

gieplätze wahrnehmen, meint die Seefelderin, die dem Wasser als Urelement der Lebenskraft gewaltige Kräfte zurechnet.

Eine zweite Energielinie soll vom Münchner Dom über die Ritterburg Schwaneck bei Pullach, die Birg, eine keltische Wehranlage bei Schäftlarn, und die Maria-Dank-Kapelle bei Münsing bis zum Kloster Ettal führen. Noch ein Platz liegt genau auf dieser Linie: die Todesstelle von Ludwig II. bei Berg. Manchmal sieht man dort Menschen, die mit Wünschelruten das Zentrum dieses Kraftorts zu finden versuchen. Da überrascht es nicht, dass sich auch die Erdfunkstelle Raisting mit ihren riesigen Parabolantennen genau auf der ersten Linie zwischen Andechs und Wessobrunn befindet. Raisting lag einst an einem Knotenpunkt der Römerstraßen Kempten–Salzburg und Augsburg–Brennerpass. Heute hält es die weltweite drahtlose Kommunikation aufrecht.

„Derzeit sind sieben Großantennen im aktiven Einsatz", erklärt Diplom-Ingenieur Gerd Knauth. Sie haben Spiegeldurchmesser von sieben bis zu 50 Metern. Die Anlage, immerhin eine der größten Erdfunkstellen der Welt, wurde 1963 von der Deutschen Bundespost in Betrieb genommen. Ob die Wahl dieses Orts wohl doch eher betriebswirtschaftliche, technische und auch logistische Gründe hatte?

BAYERN IM KLEINFORMAT

Weihrauch und Bierdunst

Kloster Andechs, von weither sichtbar auf dem „Heiligen Berg" über dem Ostufer des Ammersees gelegen, ist seit mehr als einem halben Jahrtausend ein Ziel für Pilger – und noch mehr für Biergartenfreunde.

Die ehemals gotische Klosterkirche wurde in einen imposanten Rokokobau umgewandelt.

In 177 Metern Höhe über dem Ostufer des Ammersees thront das Kloster, in dem seit dem Jahr 1455 Benediktiner die Wallfahrt auf den „Heiligen Berg" betreuen. Wichtigstes Ziel der 30 000 Pilger und 900 000 Besucher jährlich ist die Klosterkirche mit dem berühmten Gnadenbild der Muttergottes, den opulenten Fresken – und natürlich das leckere Bier.

Schon lange vor der Klostergründung und dem Bau der Kirche war Andechs ein Wallfahrtsziel. Im 10. Jahrhundert brachte Graf Rasso aus dem Heiligen Land Reliquien mit, Grundstock des Andechser „Heiltumsschatzes" und Grundlage des ehrenvollen Namens „Heiliger Berg". Später beanspruchte Andechs sogar für sich, im Besitz der heiligen Vorhaut Jesu Christi zu sein. Strategisch und spirituell war dieser magisch anmutende Ort schon seit jeher von Bedeutung. Andechs gilt deshalb, neben Altötting, als bedeutendster Wallfahrtsort Bayerns.

Gastfreundschaft wird hier schon seit einem halben Jahrtausend groß geschrieben. Nach der Regel des heiligen Benedikt – „alle Fremden, die kommen, sollen aufgenommen werden wie Christus" – wurden Pilger von den Mönchen verköstigt. Heute sieht das etwas anders aus. Pilger mit religiösen Motiven scheinen besonders an heißen Sommertagen in der Unterzahl zu sein, während jene mit lukullischen Beweggründen die weitläufige Sonnenterrasse bevölkern – mit großem und lautstarkem Hallo. Zwar bleiben oktoberfestähnliche Zustände mit nackten Oberkörpern und blanken Busen auch nach mehreren Maß aus, doch von der Würde eines Klosters ist bei rappelvoller Belagerung, derben Sprüchen und vulgärer Gestik so manches Mal nur noch recht wenig übrig.

Alles, was Oberbayern ausmacht: Bier, Berge, Barock und Religion

Der traditionsreiche „Klostergasthof" gilt als genauso alt wie das Kloster selbst. Als erfolgreiches Wirtschaftsunternehmen kann das Kloster Andechs alle finanziellen Mittel für die Versorgung und den Unterhalt der Abtei St. Bonifaz in München und Andechs selbst aufbringen. Es bekommt keine Zuweisungen aus Kirchensteuermitteln. Das von Mönchen und Mitarbeitern erstellte Leitbild bringt die Unternehmenskultur des Klosterbetriebs auf den Punkt: „Unsere Tradition ist es, fortschrittlich zu sein; unseren Fortschritt verdanken wir einer großen Tradition. Daraus resultiert

Oben: Kloster Andechs ist der älteste Wallfahrtsort Bayerns und nach Altötting der zweitgrößte. Gegründet wurde das Kloster 1455 am ehemaligen Stammsitz der Grafen von Andechs.

Links: Das Ziel der Mehrzahl der „Wallfahrer" ist allerdings der Biergarten.

das Handeln der Klosterschaft, in der Gegenwart die Basis für die Zukunft zu schaffen."

Das Faszinierende an Andechs ist, dass es sich nicht nur um einen Wallfahrts- und Genussort handelt, sondern um Bayern im Kleinformat. Hier findet man alles, was das Land ausmacht: Bier, Berge, Barock und Religion. Die Gegend kommt einer Ideallandschaft gleich, mit Alpenkulisse und Hügeln, üppigem Baumbestand und satten Wiesen. Mensch und Tier fügen sich in diese wunderschöne bucklige Welt ebenso ein wie die krummen Wege und versteckten Dörfer. Über den Dingen steht nur Andechs mit seinem Berg und dem Kloster.

Adressen

Kloster Andechs, Bergstraße 2, 82346 Andechs, www.andechs.de
Andechser Bräustüberl, Bergstraße 2, Tel. 0 81 52/37 62 61, www.andechs.de/gastronomie/braeustueberl
Klostergasthof Andechs, Bergstraße 9, Tel. 0 81 52/9 30 90, www.klostergasthof.de

Maßstab 1:200.000
0
2
4km
Ammersee
Wörthsee
Starnberger See
LANDSBERG am Lech
STARNBERG
WEILHEIM in Oberbayern
WOLFRATSHAUSEN
GERETSRIED
SCHONGAU
Peißenberg
Peiting
Herrsching am Ammersee
Dießen am Ammersee
Utting am Ammersee
Schondorf am Ammersee
Andechs
Seefeld
Weßling
Gilching
Gauting
Gräfelfing
Planegg
Krailling
Pullach im Isartal
Baierbrunn
Schäftlarn
Icking
Berg
Pöcking
Feldafing
Tutzing
Münsing
Seeshaupt
Bernried
Pähl
Wielenbach
Wessobrunn
Penzing
Kaufering
Weil
Geltendorf
Türkenfeld
Eresing
Windach
Greifenberg
Finning
Pürgen
Hofstetten
Thaining
Vilgertshofen
Reichling
Denklingen
Apfeldorf
Hohenfurch
Altenstadt
Hohenpeißenberg
Polling
Eberfing
Eurasburg
Egling
Neufahrn
Königsdorf
Grafrath
Inning am Ammersee
Eching am Ammersee
Fuchstal
Pfaffenwinkel
Forst Kasten
Forstenrieder Park
Bayerdießen
Raisting
1
2
3

Beste Aussicht(en)

Schönste Gewässer und Strandbuchten genießt man im Fünf-Seen-Land, ob vom Radl, vom Ausflugsdampfer, vom Segelboot oder vom Surfbrett aus. Mondäne Villen und geranienbehangene Bauernhöfe, Stege und Biergärten geben den klaren Seen zwischen Starnberg und Dießen ein schönes Gesicht. Abseits davon lohnt ein Ausflug nach Landsberg.

1 Starnberger See

Die Lage des 56,36 km² großen „Fürstensees“ zwischen München und dem Alpenkamm ist fantastisch, der Blick gen Süden ein Traum – besonders, wenn der Föhn die Berge optisch ganz nah an den See heranrückt.

Das Buchheim-Museum schmiegt sich bei Bernried ans Westufer des Starnberger Sees. Schon von außen eine architektonische Augenweide, zeigt es innen u.a. eine Sammlung namhafter Expressionisten (oben). In Tutzing wartet der Biergarten direkt am See.

SEHENSWERT

Starnberg ist Namengeber und mit 23 000 Ew. auch Hauptort am See. Das Schloss, ab dem 16. Jh. Sommerresidenz der Bayerischen Herzöge und heute Finanzamt, steht seit dem 11. Jh. erhaben über dem Villenort. Die im Jahr 1770 geweihte Pfarrkirche St. Joseph zeigt einen Rokokoaltar von Ignaz Günther. Auch das „Undosa“ sollte man besuchen; so nennt sich die berühmteste Badeanstalt mit Restaurant am See, südlich der Dampferanlegestelle. Ein Ausflug führt nördl. nach **Mühltal** zum „Grab der Seherin“, dem größten von 29 keltischen Gräbern auf einem Hügel nahe des Bahnhofs. Ohne Ludwig II. wäre **Berg** (8200 Ew.) wohl noch ein Bauern- und Fischerdorf. Aber mit drei Schlössern, dem nach 1945 wiederhergestellten Schloss Berg (Wittelsbacherbesitz) und den heute privaten Schlössern in **Allmannshausen** und **Kempfenhausen** sowie der Votivkapelle (1900) nebst eisenumfasstem Holzkreuz an jener Stelle, an der „der Kini“ zu Tode kam, wurde aus dem Ort ein Sightseeing-Spot mit hoher Villendichte. Der legendäre Sportjournalist Harry Valérien (1923–2012) verbrachte hier seine letzten Lebensjahre. Wer zum Baden nach Berg fährt, meint Kempfenhausen mit seinem 70 000 m² großen Erholungsgelände.

Münsing (4100 Ew.) war und ist ein Magnet für Künstler: ob einst für Wilhelm Busch, Rainer Maria Rilke, Frank Wedekind oder heute für Josef Bierbichler und Patrick Süskind. Im **Schloss Ammerland** (Urspr. 17. Jh., Privatbesitz) lud Graf Pocci im 19. Jh. zur musischen Begegnung. Carl Spitzweg hat dem Ort (2900 Ew.) um 1880 mit seinem Bild „Ankunft in **Seeshaupt**“ ein Denkmal gesetzt. Die Lage am Südende des Sees ist so schön wie der Strand bei den Seeseiten.

Ob mit seinem Neorenaissanceschloss (Urspr. 12. und 18. Jh.), das seit 1949 von Benediktinern wieder als Kloster genutzt wird, der Hofmarkskirche (Urspr. 14. Jh.) oder ansehnlichen Holzhäusern: **Bernried** (2200 Ew.) „hat etwas“ – auch das schöne Strandbad „An der Mühle“.

Der Ortsname **Tutzing** (9500 Ew.) wird heutzutage fast synonym für die im barocken Schloss ansässige Evangelische Akademie verwendet, in der regelmäßig Größen aus Kirche, Politik und Wirtschaft Symposien abhalten. Auch die bundesweit bedeutende Akademie für politische Bildung hat ihren Sitz in Tutzing, in der Villa Buchensee. Es gibt zwei Strandbäder und den schönsten Seeblick von oben: von der Ilka-Höhe aus 726 m.

Feldafing (4400 Ew.) steht im Zeichen von Joseph von Lenné. Der preußische Gartenbaudirektor schuf den Landschaftspark und die Gartenanlage auf der **Roseninsel**, wo König Maximilian II. um 1850 eine Villa im pompeja-

nischen Stil erbauen ließ und sch Ludwig II. mt seiner Cousine „Sisi" traf (Fähre Stefan Seerieder und Bernhard Zillner, www.roseninsel.bayern; Mai–Mitte Okt. tgl. 10.00/11.00–18.00 Uhr). Das Strandbad liegt gleich neben dem Segelklub.
Pöcking (5700 Ew.) ist durch **Possenhofen** (mit dem Strandbad Paradies) bekannt. Im dortigen Schloss (Urspr. 16. Jh., Privatbesitz) wuchs die spätere Kaiserin Elisabeth von Österreich (1837–1898) als Tochter des Herzogs Max Joseph in Bayern auf. „Sisi"-Fans wandeln bis heute schwärmerisch auf ihren Spuren.

Oben: Bootshäuser bei Schondorf am Ammersee. Rechts oben: Die Votivkapelle in Berg am Ostufer des Starnberger Sees erinnert an Ludwig II. Darunter: Das breite Lechwehr gehört seit über 600 Jahren zum Stadtbild von Landsberg.

„Der See liegt wie ein silbernes Tablett. Kein Boot scheint darauf zu verrutschen."
Josef Bierbichler, geb. 1948 in Ambach (Münsing) am Starnberger See

Wo in den 1950er-Jahren der Verhaltensforscher Konrad Lorenz mit seinen Graugänsen spazieren ging, am Eßsee bei **Seewiesen**, hat das Max-Planck-Institut für Ornithologie noch heute seinen Sitz.

MUSEEN

Das **Buchheim Museum** trägt den Zusatz „Museum der Phantasie". In dem modernen Bau von Günter Behnisch (1999), dem weltberühmten Architekten des Münchner Olympiageländes, ist Heiteres ebenso ausgestellt wie Volkskundliches aus Afrika oder Asien; hinzu kommt die berühmte Expressionistensammlung von Lothar-Günther Buchheim (1918 bis 2007), Autor von „Das Boot" (Am Hirschgarten 1, Bernried, www.buchheimmuseum.de; April bis Okt. Di.–So. und Fei. 10.00–18.00, sonst Di. bis So. und Fei. 10.00–17.00 Uhr). Das **Museum Starnberger See** ist ländlicher Lebens- und Arbeitswelt sowie höfischer Schifffahrt gewidmet (Possenhofener Str. 5, Starnberg, www.museum-starnberger-see.de; Di.–So. 10.00–17.00 Uhr).

VERANSTALTUNGEN

Am Todestag König Ludwigs II. (13. Juni) oder dem folgenden So. wird in der Votivkapelle in Berg eine **Gedenkmesse** gehalten.

AKTIVITÄTEN

Über **Schiffsausflüge** informiert die Bayerische Seenschifffahrt (www.seenschifffahrt.de). **Bootsverleih** für Elektro-, Ruder- oder Tretboote gibt es u. a. in Starnberg, Berg, Münsing, Seeshaupt und Bernried. **Fahrradverleih** haben Starnberg, Bernried und Tutzing. Für **Golfer** ist der Golf-Club Feldafing eine der schönsten Adressen in Oberbayern (Tutzinger Straße 15, www.golfclub- feldafing.de).

INFORMATION

Tourismusverband Starnberger Fünf-Seen-Land, Hauptstr. 1
82319 Starnberg
Tel. 0 81 51/9 06 00
www.sta5.de

Tipp

Rasende Kisten

Die Petigars Voiturette, Baujahr 1898 mit 8 PS, und der Rolls Royce S-Ghost, Baujahr 1919 mit unglaublicher 7,5-l-Maschine, waren die Stars bei der letzten **Herkomer-Konkurrenz** in Landsberg. Benannt ist diese nach dem autobegeisterten Maler Sir Hubert von Herkomer (1849–1914), der in den Jahren 1905 bis 1907 mit dem Bayerischen Automobilclub die ersten Tourenwagenrallyes der Welt initiierte. Heute findet die Herkomer-Konkurrenz als Oldtimerrallye für Fahrzeuge, die vor 1930 gebaut wurden, im zweijährigen Turnus statt.

INFORMATION

Stadt Landsberg, Tel. 0 81 91/12 83 97
www.herkomer-konkurrenz.de
Nächster Start 2022

2 Ammersee

Die heutige idyllische, 46,6 km² große Sommerfrische des Münchner Ballungsraums ist schon seit jeher bei Künstlern beliebt. Im Sommer herrscht hier ein lebhafter Segel- und Surfbetrieb.

SEHENSWERT

Herrsching (10 000 Ew.) bietet einen 10 km langen Seeuferweg, Schloss Mühlfeld (Urspr. 16. Jh.), das Kurparkschlössl von 1889 sowie auf einem Hügel das Wahrzeichen, die Martinskirche (Urspr. 11. Jh.). Badegäste gehen zum **Seebad Seewinkel**, Bierpilger nehmen einen der Busse (Linien 951 und 958) oder brechen zu Fuß nach **Andechs** auf. Nach 90 Min. sind sie am berühmten Kloster, wo es Kirchen-, Brauerei-, Brennerei- und Kräutergartenführungen gibt (s. DuMont-Thema S. 138).

Dießen (10 600 Ew.) ist nur wenig kleiner als Herrsching. Als Wichtigstes gilt der „Dießener Himmel", die Deckengemälde im Marienmünster; die ehem. Stiftskirche wurde 1739 vollendet und zählt zu den eindrucksvollsten Barockkirchen Süddeutschlands. Zum Baden geht es die Jahnstraße hinunter zum Strandbad.
Utting (2200 Ew.) war wie die gesamte Region bereits frühgeschichtlicher Siedlungsraum. Daran erinnern die Wallreste einer 100 mal 150 m großen keltischen Viereckanlage in Trapezform aus dem 2. Jh.

MUSEUM

Das **Carl-Orff-Museum** in Dießen (Hofmark 3, www.orff-museum.de; Sa. und So. 14.00–17.00 Uhr) präsentiert Leben und Werk des Komponisten und Musikpädagogen. Er ist in der Klosterkirche Andechs in der „Schmerzhaften Kapelle" der beigesetzt.

AKTIVITÄTEN

Den besten und schönsten Überblick bekommt man an Bord der „Herrsching" oder „Dießen". Die beiden Schaufelraddampfer durchpflügen den 16 km langen See und bieten maximal 100 Passagieren ein historisches Ambiente (Bayerische Seenschifffahrt, www.seenschifffahrt.de). Bootsverleih für Elektro-, Ruder- oder Tretboote haben Herrsching, Dießen, Utting, Schondorf und Inning. Leihfahrräder gibt's in Herrsching, Andechs und Dießen.

INFORMATION
Tourismusverband Ammersee-Lech
Hauptplatz 152
86899 Landsberg am Lech
Tel. 0 81 91/12 82 47, www.ammersee-lech.de

3 Landsberg am Lech

Die Große Kreisstadt mit fast 28 000 Ew. beeindruckt mit ihrem Zentrum als „Bayerisches Rothenburg". Im Schatten einer von Heinrich dem Löwen gegründeten Grenzburg entstand im 13. Jh. hier an der Salzstraße die Stadt (Stadtrecht 1320). Im Stadtbild zeigt sich noch heute der dem Weißen Gold bis ins 17. Jh. zu verdankende Wohlstand. In der schlossartigen Haftnstalt verbüßten Anfang der 1920er-Jahre die Nazi-Putschisten Adolf Hitler, Rudolf Heß und Gregor Strasser ihre „Festungshaft".

SEHENSWERT
Erhalten blieben Türme, Tore und Teile der **Stadtbefestigung** (überw. 15. Jh.), darunter das 36 m hohe, besteigbare gotische **Bayertor** (1425) und der **Schmalzturm** aus dem 13. Jh. Ein schöner Blick ergibt sich auch vom **Landsberger Jungfernsprung** (14. Jh.), einem Turm der südlichen Stadtmauer. Vom dreieckigen Hauptplatz mit Altem, 1719 von Dominikus Zimmermann stuckierten **Rathaus** und Marienbrunnen (1783) ist es nur ein Katzensprung zu den **Salzstadln** am Fluss; die ehem. Lagerhäuser (14.–18. Jh.) wurden gelungen in Wohn- und Geschäftshäuser umgewandelt. Dominant erhebt sich die **Heilig-Kreuz-Kirche** über der Stadt, einst eine Jesuitenkirche (18. Jh.). Die **Stadtpfarrkirche Unserer Lieben Frau** aus dem 15. Jh. wurde um 1700 barockisiert.

MUSEEN
Die ehem. jesuitische Niederlassung (1693) auf dem Leitenberg beherbergt heute das **Stadtmuseum** (Von-Helfenstein-Gasse 426, www.museum-landsberg.de). Es wird derzeit grundlegend saniert und neu arrangiert und ist daher bis auf Weiteres geschlossen. An den britischen Porträtmaler deutscher Herkunft und Landsberger Ehernbürger, **Sir Hubert von Herkomer**, erinnert das nach ihm benannte Museum. Dazu gehört auch der extravagante Mutterturm, 1884–1888 von Herkomer im Stil des Historismus erbaut (Von-Kühlmann-Str. 2, www.herkomer.de; Mai–Okt. Di.–So. 13.00 bis 18.00, Nov.–April Sa./So. 12.00–17.00 Uhr).

VERANSTALTUNGEN
Von dem Schauspieler Heiner Lauterbach mitbegründet wurde das jährliche **Snowdance Indepent Filmfestival** (http://snowdance.net). Alle zwei Jahre startet die **Herkomer-Konkurrenz** (s. Tipp, linke Seite).

INFORMATION
Tourist-Information
Hauptplatz 152
86899 Landsberg am Lech
Tel. 0 81 91/12 82 47
www.landsberg.de/tourismus

Genießen Erleben Erfahren

DuMont Aktiv

Mit vollen Segeln

Hochseesegler rümpfen über Binnensegler gern die Nase, wenn diese auf ihrer bevorzugten „Pfütze" von einem lauen Lüftchen angeschoben werden. Doch zum Genießen ohne übermäßige sportliche Ambitionen (dafür aber mit Picknick an Bord) und vor allem auch zum Schnuppern, wie das Segeln eigentlich geht, ist der Starnberger See ein ideales Revier.

Josef ist der „Ankermann". Elisabeth holt Fender und Leinen ein, Anton hat das Kommando: „Leinen los!" Langsam füllt der Wind die Segel, die kleine Jacht durchschneidet bayerisch-blaues Wasser. Es geht gen Süden. Die Regeln an Bord sind einfach: 1. Der Kapitän hat immer recht. 2. Sollte er einmal nicht Recht haben, tritt sofort Regel eins in Kraft. Aha, alles klar ...

Auf Höhe der Roseninsel lässt Avnton ein Mann-über-Bord-Manöver fahren – das kann man nicht oft genüg üben. „Kämpfe nicht mit der Jacht", empfiehlt er. „Gehe sanft und streng zugleich mit ihr um – wie mit einer Frau." Als der Macho die strafenden Blicke von Elisabeth spürt, lenkt er schnell charmant ein: „Ich hab' doch nur Spaß gemacht! – Aber ihr wisst jetzt, was ich meine, oder?" Die leichte Brise hat etwas aufgefrischt. Anton freut sich. Auf seinem T-Shirt steht ein bedenkenswertes Motto: „Segle mehr, arbeite weniger".

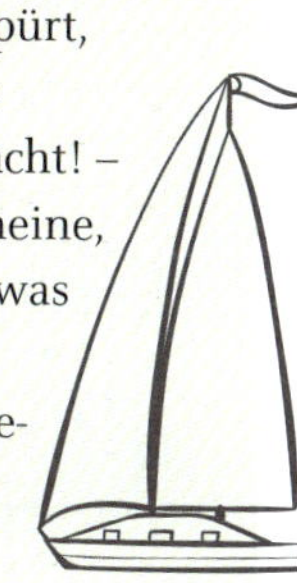

Weitere Informationen

Im Fünf-Seen-Land gibt es diverse Segelschulen, darunter die älteste Binnen-Segelschule Deutschlands, am Ammersee (Dießen und Utting) und fünf am Starnberger See (Bernried, Geretsried, Tutzing und Starnberg); vollständige Anschriften im Internet unter www.starnbergammersee.de/entdecken-erleben.

„Das Wasser blaute / mein schatten ertrank / ich hatte nur einen / du gabst mir deinen / dafür sei dir dank", wusste der in Dießen geborene Lyriker Philipp Luidl.

Raymarine
TS-242
SUZUKI

Am Bayerischen Meer

Der Chiemsee ist Bayerns größter See und im Selbstverständnis der Chiemgauer sogar ein Meer – das bayerische eben. Nicht nur Badegäste und Wassersportler lockt das Gewässer jedes Jahr an seine Ufer. Für Bergfexe und Wanderer führt in den Chiemgauer Alpen kein Weg an der Besteigung zackiger Höhen vorbei. An erster Stelle natürlich der Kampenwand – je nach persönlicher Fitness zu Fuß oder mit der Seilbahn.

Mit den letzten Sonnenstrahlen hat auch die letzte Fähre mit Tagesbesuchern die sommerliche Fraueninsel verlassen. Dann kehrt Ruhe ein am Chiemsee.

Kindheitsträume: sich im Königsschloss verstecken, um dann die Nacht heimlich im goldenen Prunkbett zu verbringen und morgens vom Tischlein-deck-dich zu schlemmen. Dass vielen Besuchern so etwas in den Sinn kommt, wenn sie durch die Gemächer von Herrenchiemsee streifen, wen wundert das, schließlich ist die Kulisse so irreal wie bombastisch: Ein fast 100 Meter langer Spiegelsaal, in dessen 17 Spiegeln sich das Licht von 1848 Kerzen auf 44 Kandelabern und 33 Lüstern widerspiegelt. Ein Paradeschlafzimmer mit golddurchwirkten Brokatvorhängen, an denen mehr als 20 Stickerinnen sieben Jahre lang gearbeitet haben, obwohl nie jemand darin schlafen sollte. Ein Tischlein-deck-dich mit unsichtbarer Mechanik, damit der König seine Mahlzeiten ohne den unschönen Anblick servierender Bediensteter einnehmen konnte.

Der einsame Mondkönig

Nur wenige Tage soll Ludwig II. kurz vor seinem mysteriösen Tod hier logiert haben. Zu diesem Zeitpunkt war der Bau geestoppt, hatte er doch schon mehr Geld verschlungen als Neuschwanstein und Linderhof zusammen. Herrenchiemsee sollte schließlich nicht nur eine Kopie von Versailles werden, Ludwig wollte dem von ihm grenzenlos verehrten Sonnenkönig Ludwig XIV. ein Denkmal setzen. „Ein ewig Rätsel will ich bleiben, mir und anderen". Und so pflegte er, sobald alle schliefen, zu Wagner-Klängen durch sein Schloss oder über die Insel zu wandeln, weshalb ihn seine Zeitgenossen auch Mondkönig nannten.

Der Chiemsee ist mit einer Fläche von gut 80 Quadratkilometern Bayerns größtes Binnengewässer. Hinter den südlichen Ufern steigt die Kampenwand unmittelbar auf, und an klaren Tagen kann man bis ins Kaisergebirge sehen. An den Ufern protzen keineswegs Angebervillen wie am Starnberger See, sondern üben sich vorwiegend Bauerngehöfte mit Geranienbalkonen in Zurückhaltung.

An barocker Prachtentfaltung sollte es nicht fehlen im und um Schloss Herrenchiemsee: Prunktreppenhaus im Südflügel (links oben), Königliches Schlafzimmer (links Mitte), Fortunabrunnen vor dem Schloss (links unten) und der gern als Konzertraum genutzte Spiegelsaal (rechts oben). Manche Besucher fahren lieber mit der Kutsche, um vom Schiff zum Schloss zu gelangen (rechts unten).

An fast 1250 Jahre kontemplatives Leben erinnern die Klosterbauten auf Frauenchiemsee.

Mitbringsel gibt es bei der Inseltöpferei Klampfleuthner (links), Brotzeiten im Biergarten des „Bräustüberl" der Inselbrauerei (rechts).

Warten auf Ausflugsgäste: Chiemseeflotte in Gstadt

Aus der Luft zeigt sich die Fraueninsel dicht bebaut. Klein, wie sie ist, lässt sie sich in nicht einmal einer halben Stunde bequem zu Fuß umrunden.

Künstlertreff und Sehnsuchtsort

Die einzigartige Lichtstimmung am See hat seit jeher auch viele Künstler angezogen. Bereits in der ersten Hälfte des 19. Jahrhunderts kamen immer mehr Maler aus München heraus aufs Land. Schon 1828 hatte Maximilian Haushofer die Fraueninsel für sich entdeckt und Künstlerfreunden begeistert von ihr berichtet. So folgten alsbald Wilhelm Leibl, Hermann Kaulbach und später Karl Raupp und Joseph Wopfner. Rasch avancierte die Fraueninsel zu einer weithin gerühmten Künstlerkolonie. In leerstehenden Klosterräumen richteten die Maler Ateliers ein, und im Gasthof „Zur Linde" fanden sie ein rustikales Quartier. Noch heute erinnert hier ein Stammtisch an die Künstlertreffen. Auf die Naturalisten und Impressionisten folgte Julius Exter, der vor allem wegen seines expressionistischen Spätwerks als der Farbenfürst vom Chiemsee galt.

Glaubt man den Anekdoten, tat sich die Landbevölkerung anfangs recht schwer mit den Kunstschaffenden. So wurde erzählt, man habe gesehen, wie sich schamlose Weiber ganz nackt malen ließen. Dass dem Friedensengel von Prien noch vor der festlichen Enthüllung eine entblößte Brust weggefeilt worden war, brachte den Prienern den deftigen Spitznamen „Duttenfeiler" ein. Aufgeschrieben hat solche Episoden Ludwig Thoma, der in Prien zur Schule ging und dessen „Lausbubengeschichten" sein populärstes Werk wurden.

Mit knapp 300 Einwohnern ist die Fraueninsel die kleinste politische Gemeinde Bayerns. Etwa ein Drittel der Gesamtfläche nimmt die Abtei Frauenwörth ein. Noch bis in die 1990er-Jahre betrieben die Benediktinerinnen hier eine Mädchenschule mit Internat, dann waren sie als Erzieherinnen nicht mehr gefragt. Es blieb noch der Verkauf klostereigener Produkte aus der Marzipanbäckerei, der Likörkellerei und dem Klostergarten, doch das alleine reichte nicht. Heute ist Frauenwörth ein gefragtes Seminar- und Tagungszentrum.

Gern wird im Chiemgau die traditionelle Tracht gezeigt – vor allem, wenn dazu der goldglänzende Priener Hut getragen werden kann. Schwarzer Filz aus Hasenhaar, handgestickte goldene Borte und goldene Quasten zeichnen diese Kopfbedeckung aus

Am Südufer des Chiemsees breitet sich das ganze Panorama der Chiemseer Alpen aus: Blick von Seebruck.

Sonnenuntergang am Hoheneck bei Samerberg. Hier soll sich Ludwig III., Bayerns letzter König, 1918 von seinem Reich verabschiedet haben.

Special

Heimatsound

Der Gipfeljodler

Beim Jodel-Dozenten Josef Ecker aus dem Chiemgau lässt sich die uralte Kunst des bayerischen Gebirgsrufs erlernen.

Wer richtig jodeln lernen will, darf sich vor allem nicht scheuen, ungewöhnliche Laute auszustoßen: „Hätt i di, hob i di, äh du li ri ja." Mehrmals in Folge intoniert, klingt das bei manchem anfangs wie eine Sketcheinlage von Loriot. Dabei gibt es für Josef Ecker nichts Schlimmeres als einen Jodler, der nach Gejaule klingt. Neben Überwindung ist deshalb auch voller Körpereinsatz gefragt, wenn Ecker die Nachwuchssänger in richtiger Atmung, Tonbildung und Stimmkraft trainiert. Jodeln ist schließlich eine Kunst für sich und eine uralte Form der Kommunikation obendrein. Wie sonst fanden zwei Menschen ohne Handyempfang früher zueinander in der unüberschaubaren Gebirgslandschaft? Per Jodelruf natürlich, der gemeinhin kilometerweit zu hören ist.

Schon vor Jahrzehnten heuerte Eckers Heimatgemeinde Bergen am Hochfelln den Musiklehrer an, um mehr Urlaubsgäste anzulocken. Inzwischen besitzen die Jodelseminare nicht nur auf dem Hochfelln Kultstatus. „Wie schallt's von der Höh'?", will der Jodelkaiser zum Abschluss von seinen Schülern wissen. Klare Antwort: „Hollereidulióööööö"! Info und Buchung: www.jodelseminar.net

Auf der Kampenwand

„Wenn i mit meiner Wampen kannt, dann gangat i gern auf die Kampenwand", lautet ein Schüttelreim über eine der imposantesten Felsformationen der Chiemgauer Alpen. Einst Zeichen von Macht und Wohlstand, erschwert so eine Wampe sicher den Kampenwandaufstieg. Dabei gibt es doch eine Seilbahn, eine nostalgische noch dazu, denn schon seit 1957 fährt die Kampenwand-Seilbahn von Aschau hinauf zur Bergstation. 850 Höhenmeter in 14 Minuten. Oben wartet sommers bei jedem Wind und Wetter um 11 Uhr eine von neun Bäuerinnen oder Landfrauen aus der Gegend auf naturinteressierte Wanderer, um auf Tour zu gehen Ein bequemer, fast ebener Panoramaweg führt hier oben an der Nordflanke der Kampenwand entlang bis zur Steinlingalm. Wer ganz hinauf bis zum Ostgipfel auf 1664 Meter will, schafft das dann doch nicht ohne Klettereinlage durch die Felsenzacken der Kaisersäle. Das Gipfelkreuz ist mit zwölf Metern das höchste in den Bayerischen Alpen.

Berg der Superlative

Im Chiemgau hat jeder Berg seine Geschichten. So war der Hochfelln durch seinen ersten Seilbahngast einst in aller Munde: einen Elefanten. Um die Sicherheit zu demonstrieren, liehen sich die Betreiber bei einem Zirkus einen Elefanten aus und transportierten ihn 1971 am Tag der Eröffnung zum Gipfel hinauf. Die Jodellaute und Jauchzer, die man dort oben manchmal hört, stammen von Josef Ecker, der auf dem Hochfelln regelmäßig seine Jodelseminare abhält.

Der Rauschberg hat dagegen eine eigene Kunstmeile mit Skulpturen. Ganz im Westen fährt die älteste noch betriebene Zahnradbahn Bayerns von 1912 hinauf auf den Wendelstein (s. S.184), der mit noch weiteren Superlativen aufwartet: eine Universitätssternwarte, die höchstgelegene Schauhöhle und die höchstgelegene Kirche Deutschlands.

Da setzt di nieder

Dann wird es auf der Kampenwand Zeit für den Abstieg nach Aschau. Gegen Ende geht er über den historischen Reitweg, einem der ältesten Wanderwege auf der Kampenwand. Den nutzten einst die Freiherren von Cramer-Klett, um zu ihrer Jagdhütte zu kommen. Sie kauften Mitte des 19. Jahrhunderts Schloss Aschau, brachten die Eisenbahn ins Tal, stifteten der Kirche einen zweiten Turm und halfen auch beim Bau der Kinderklinik. Bis heute thront Hohenaschau herrschaftlich über dem Ort, gehört aber inzwischen dem Staat, so dass es nun weitgehend gestressten Finanzbeamten als Ferien- und Erholungsheim dienen kann. In Aschau merkt man sofort den Sinn für Entschleunigungswillige. Denn die Gemeinde rühmt sich Europas größter Bankendichte. Mehr als 470. Nicht Geldinstitute, sondern Bänke zum Verweilen. Schon allein fast 200 Themenbänke haben Aschauer und Sachranger Vereine, Betriebe und Privatpersonen meist mit Witz und Ironie gestaltet: So wurde das Gesundheitsbankerl der Apotheke mit Kräuterbüscheln ausgestattet oder dient die Quadratratschn-Bank vor dem Rathaus dem Austausch der neuesten Nachrichten und Gerüchte.

Hinauf auf den Wendelstein geht es mit Bayerns ältester Zahnradbahn (links oben). Der Aufstieg zum Kampenwand-Gipfel wird mit einem phantastischen Chiemsee-Blick belohnt (rechts oben). Von der Piesenhausener Hochalm geht der Blick auf den Alpenhauptkamm und den Wilden Kaiser (links unten). Der Marktplatz von Neubeuern gibt die Kulisse für das sommerliche Lichterfest (rechts unten).

Die schönsten Seen

Paradiese für Wasserratten

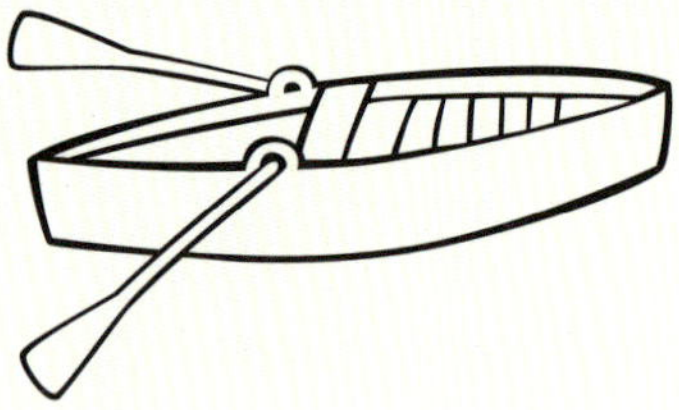

Ein erfrischendes Bad vor imposanter Bergkulisse, eine luftige Fahrt im Bötchen oder im Segelschiff, so fühlt sich ein perfekter Sommer an. Im bayerischen Voralpenland gibt es Seen satt. Von schützenswerten Naturbiotopen, Moor- und Bergseen bis zum Bayerischen Meer ist für jeden Geschmack etwas dabei.

1

1 Königssee

Er ist der wirkliche König unter den Seen. Wie aus einem Bilderbuch leuchtet der smaragdgrüne Bergsee vor dem barocken Wallfahrtskirchlein St. Bartholomä und dem dahinter aufragenden Watzmann. Während der Bootsfahrt gibt es das legendäre Echo zu hören. Mit 192 m ist er der tiefste See Bayerns mit Wassertemperaturen von selten mehr als 15 Grad im Sommer.

www.koenigssee.com

2 Chiemsee

Mit einer Fläche von gut 80 km² ist der Chiemsee Bayerns größtes Binnengewässer. Die Chiemgauer nennen ihn deshalb auch das Bayerische Meer. Hinter seinen südlichen Ufern steigen die Zackenberge der Kampenwand unmittelbar aus der Ebene auf. Die Inseln Herren- und Frauenchiemsee sind Publikumsmagnete. Die besondere Lichtstimmung des Sees zog viele Künstler an.

www.chiemsee-alpenland.de

3 Eggstätt-Hemhofer Seenplatte

Das Naturparadies aus 17 kleinen Eiszeitseen ist Bayerns ältestes Naturschutzgebiet und auf einer Gesamtfläche von etwa 3,5 km² ein Biotop für seltene Pflanzen und Tiere, darunter 50 Libellenarten. Es ist auch ein Rückzugsort für Menschen, die einen See ganz für sich allein suchen. Baden ist an ausgewiesenen Stellen (Hartsee, Langbürgner See, Pelhamer See) erlaubt. Der Eintritt ist frei.

www.eggstaett.de

4 Funtensee

Der Funtensee auf 1638 m Höhe gilt als Kältepol Deutschlands. Eine Wetterstation hat hier im Dezember 2011 die tiefste Bodentemperatur in Deutschland von -45,9 Grad Celsius gemessen. Einsam ist es auch, denn man kommt nur zu Fuß hierher (Aufstiegszeit von Sankt Bartholomä 3–4 Std.). Dafür gibt es eine Übernachtungsmöglichkeit im Kärlingerhaus mit 200 Schlafplätzen.

www.kaerlingerhaus.de

5 Höglwörther See

Das Wasser ist weich und warm, denn der Höglwörther See ist ein Moorsee (13,5 ha). Einer mit spektakulärer Kulisse noch dazu, denn direkt am See liegt die Klosteranlage des Augustiner-Chorherrenstifts Höglwörth. Das kleine Seebad ist von Mitte Mai bis Anf. Sept. geöffnet, der Eintritt frei.

www.berchtesgaden.de/hoeglwoerther-see

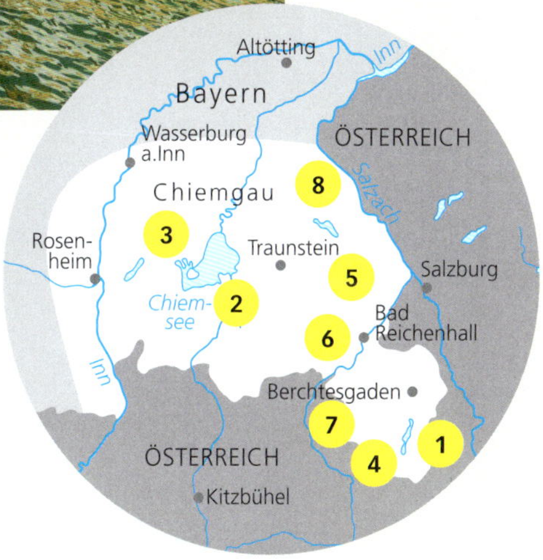

6 Thumsee

Der von steil aufragenden Felswänden umschlossene Thumsee verwandelt sich jedes Jahr im Juli in einen großen Open-Air-Konzertsaal, wenn die Reichenhaller Philharmonie auf einer See-Bühne ihr Sommernachtskonzert gibt. Dann machen es sich Tausende Besucher auf der Liegewiese mit Decken und Picknick-Körben bequem. Mit einem spektakulären Feuerwerk heißt es zum Schluss: „Der Thumsee brennt!"

https://www.bad-reichenhall.de/thumsee

7 Hintersee

Der Zugang zum Hintersee in der Ramsau führt durch eine wildromantische Landschaft mit dem geheimnisvollen Namen Zauberwald. Ein Bergsturz hatte einst dieses urige Gewirr an Felsen, die inzwischen mit üppiger Vegetation bewachsen sind, geschaffen. So entstand auch der Hintersee, der früher die dreifache Ausdehnung hatte. Landschaftsmaler fanden hier unzählige Motive.

www.berchtesgaden.de/hintersee

8 Waginger See

Der Waginger See gilt mit seinen bisweilen karibischen Wassertemperaturen von 27 Grad als wärmster See Bayerns. Baden ist kein Problem, auch wenn durch intensive Landwirtschaft bisweilen doch zu viele Nährstoffe ins Wasser gelangen. Dafür ist aber der Fischbestand besonders hoch. Die Waginger Seefischerei belieferte sogar Papst Johannes Paul II. zu Silvester mit Karpfen.

www.waginger-see.de

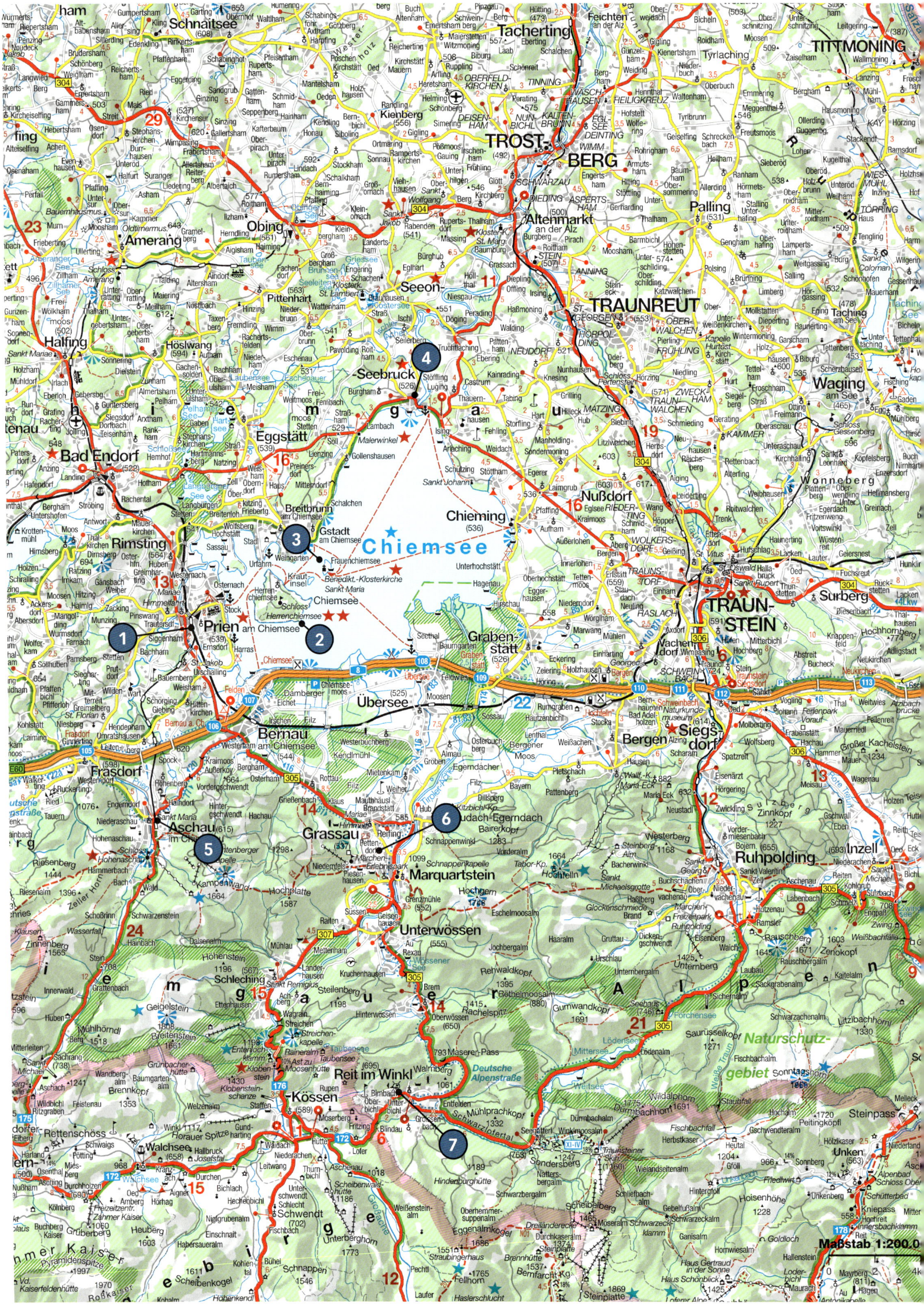
Chiemsee
Maßstab 1:200.000
1
2
3
4
5
6
7
Schnaitsee
Tacherting
TITTMONING
TROST-BERG
Altenmarkt an der Alz
Obing
Amerang
Seeon
TRAUNREUT
Palling
Halfing
Bad Endorf
Eggstätt
Seebruck
Chieming
Waging am See
Nußdorf
Rimsting
Breitbrunn am Chiemsee
Gstadt am Chiemsee
Prien am Chiemsee
Herrenchiemsee
Frauenchiemsee
TRAUN-STEIN
Siegsdorf
Bergen
Grabenstätt
Übersee
Bernau am Chiemsee
Frasdorf
Aschau im Chiemgau
Grassau
Marquartstein
Unterwössen
Ruhpolding
Inzell
Reit im Winkl
Kössen
Walchsee
Schleching
Schwendt
Chiemgauer Alpen
Deutsche Alpenstraße
Naturschutz-gebiet
Steinpass
Surberg

Zackige Kulisse für Bayerns größten See

Die ersten, die sich vom Chiemsee angezogen fühlten, waren Nonnen und Mönche. Ihnen folgten Künstler, ein Märchenkönig und Sommerfrischler. Sie alle waren und sind auf ihre Art begeistert von den Chiemgauer Alpen mit der zackigen Kampenwand, die im Süden des Sees aufragt.

1 Prien am Chiemsee

Hauptort und größte Gemeinde direkt am See ist das auf das 12. Jh. zurückgehende Prien (10 700 Einw.). Tourismus setzte nach dem Tod Ludwigs II. ein, als Schloss Herrenchiemsee ab 1886 öffentlich zugänglich wurde.

SEHENSWERT

Die barocke **Pfarrkirche Mariä Himmelfahrt** (1738) ist für ihre prächtigen Deckengemälde von Johann Baptist Zimmermann bekannt.

MUSEEN

Das **Heimatmuseum** beherbergt Sammlungen zur Geschichte und Volkskunde des westlichen Chiemgaus (Valdagnoplatz 2, April–Okt. Di. – So. u. Jan.–März jeden 2. So. 14.00–17.00 Uhr).
Die **Galerie im Alten Rathaus** widmet sich den Chiemseemalern und Künstlern des 19. und 20. Jh. (Alte Rathausstr. 22, www.galerie-prien.de; Di.–So. 10.00 bis 18.00 Uhr).

AKTIVITÄTEN

Die Fahrt mit der Chiemsee-Bahn, der letzten **Dampfstraßenbahn** der Welt (aus dem Jahr 1887), führt vom Bahnhof zur Schiffsanlegestelle Prien-Stock (2 km; Mitte Mai–Mitte Sept.).
Die Flotte der **Chiemsee-Schifffahrt** Ludwig Feßler besteht aus 14 Schiffen und bietet neben dem ganzjährigen Linienverkehr auch Sonder- und Themenfahrten an (www.chiemsee-schifffahrt.de).
Den **Spuren von Ludwig Thoma** und seinen „Lausbubengeschichten" folgt ein Stadtspaziergang (Termine über www.tourismus.prien.de).
Für Chiemsee-Umrundungen: **Chiemsee-Rundweg** (57 km) für Erholungsuchende und Radwanderer sowie **Chiemsee-Radweg** (53 km) für sportliche Radfahrer und E-Biker. Vom Tourenportal (www.chiemsee-alpenland.de) kann man sich die „ChiemseeAlpenApp" aufs Smartphone laden; dann sind Streckenangaben, Ladestationen, Einkehrmöglichkeiten auch bei schlechter Netzabdeckung verfügbar.

INFORMATION

Tourismusbüro, Alte Rathausstr. 11
83209 Prien am Chiemsee
Tel. 08051 69 05 0, www.tourismus.prien.de

Tipp

Nachts zum Mondkönig

Ludwig II. machte im fortgeschrittenen Alter gern die Nacht zum Tag. Gefrühstückt hat er am Abend, Dinner gab es in der Nacht und gegen Morgen ging der Monarch dann meist zu Bett. Auf einer zweieinhalbstündigen Vollmond-Wanderung über die nachts menschenleere Herreninsel erfahren Besucher mehr über den „Mondkönig", der gern zu Klängen von Richard Wagner im Dunkeln durchs Schloss und über seine Insel geisterte.

Termine und Anmeldung beim Priener Tourismusbüro

2 Herrenchiemsee

Herrenchiemsee, auch Herreninsel genannt, ist mit ca. 240 ha die größte Chiemseeinsel. Hauptattraktion ist Schloss Herrenchiemsee (Neues Schloss), das Versailles nachempfunden wurde. Wegen zu hoher Baukosten blieb die Schlossanlage nach dem Tod König Ludwigs II. (1845–1886) unvollendet. Auf der Insel befindet sich neben einer großen Parkanlage auch das ehem. Augustiner-Chorherrenstift (Altes Schloss), bereits 765 von Benediktinermönchen gegründet. Vom Anleger bis zum Neuen Schloss sind es etwa 15 Min. Fußweg, der sich durch eine Kutschfahrt verkürzen lässt.

SEHENSWERT

Zu den wichtigsten Räumen im **Neuen Schloss** gehören das Paradeschlafzimmer, das zu den teuersten Räumen des 19. Jh. zählt, aber nie zum Übernachten gedacht war, das eigentliche Schlafzimmer, der Spiegelsaal, das Prunktreppenhaus, das Tischlein-deck-dich und eine Badewanne mit einem Fassungsvermögen von 60 000 Liter. Die Schlossbesichtigung ist nur im Rahmen einer Führung möglich (www.herrenchiemsee.de; tgl., April–15. Okt. 9.00–17.00, sonst 9.40–15.50 Uhr).

Die Chiemsee-Bahn fährt seit 1887 zur Anlegestelle in Prien-Stock.

MUSEEN

Das **König Ludwig II. Museum** im Neuen Schloss widmet sich den Lebensstationen des Monarchen (Zeiten s. Neues Schloss). Das **Museum im Augustiner-Chorherrenstift** (Altes Schloss) zeigt die Privaträume Ludwigs II., von denen er den Bau seines Neubaus beaufsichtigte, das ehemalige Speisezimmer, in dem 1948 die Verfassung der Bundesrepublik Deutschland vorbereitet wurde, den barocken Bibliothekssaal von Johann Baptist Zimmermann (1739) und die Barocksäle Kaiser- und Gartensaal. Außerdem die Galerie der Chiemseemaler (April–Ende Okt. 9.00–18.00, sonst 10.00–16.45 Uhr) sowie nur im Sommer die Gemäldegalerie Julius Exter (1863–1939).

AKTIVITÄT

Ein **Spazierweg** führt über etwa 7 km auf größtenteils schattigen Wegen um die Insel.

VERANSTALTUNGEN

Bei den **Herrenchiemsee Festspielen** erklingt im Juli klassische Musik im Neuen Schloss (www.herrenchiemsee-festspiele.de).

INFORMATION

Schloss- und Gartenverwaltung
83209 Herrenchiemsee, Tel. 08051 68 87 0
www.herrenchiemsee.de

3 Frauenchiemsee

Frauenchiemsee, auch Fraueninsel genannt, bildet mit knapp 300 Einw. die kleinste politische Gemeinde Bayerns, ist ca. 12 ha groß und autofrei. Der Inselname verweist auf das älteste Nonnenkloster Deutschlands, in dem heute noch ca. 30 Benediktinerinnen leben. Die Insel war eine der frühesten Künstlerkolonien Europas.

SEHENSWERT

Frauenwörth, das älteste Nonnenkloster Deutschlands, wurde um 770 vom Bayernherzog Tassilo III. gegründet. Das Marienmünster (11./12.Jh.) ist wegen des Grabs der ersten Äbtissin des Klosters Wallfahrtsort; die sel. Irmengard († 866) ist Schutzpatronin des Chiemgaus, der frei stehende Zwiebelturm sein Wahrzeichen. Die karolingische Torhalle (9. Jh.) ist der älteste vollständig erhaltene Hochbau seiner Zeit in Süddeutschland; gezeigt werden hier wertvolle Wandmalereien und wechselnde Ausstellungen von Chiemseemalern (Informationen auf www.inselgaleriegailer.de). In der Inselmitte spendet ein 1000 Jahre alter Lindenhain Schatten.
Im **Klosterladen** verkaufen die Benediktinerinnen u. a. selbst gemachtes, in traditionellen Holzmodeln geformtes Marzipan, Klosterlikör und Lebkuchen (www.frauenwoerth.de/klosterladen). Die **Inseltöpferei** führt schöne Dekostücke (www.inseltoepferei.de).

VERANSTALTUNGEN

Der **Weihnachtsmarkt** an den ersten beiden Adventswochenenden gilt als einer der romantischsten Christkindlmärkte Bayerns (www.christkindlmarkt-fraueninsel.de).
Zum Saisonende des **Plättensegelns** findet am 3. Okt. der Lindchen-Cup mit Plätten und Schratzen, alten Holzbooten, statt.
Sollte es später werden: Nach Dienstschluss der Chiemseeschifffahrt kann man ein **Nachttaxi** ordern (Tel. 0170 205 35 42, www.chiemsee-schifffahrt.de).

INFORMATION

Tourismusbüro Prien, Alte Rathausstr. 11
83209 Prien am Chiemsee
Tel. 08051 69 05 0, www.tourismus.prien.de

4 Seebruck

Entstanden ist Seebruck (990 Einw.) aus der römischen Siedlung Bedaium, die ab 50 n. Chr. als Stützpunkt auf der Fernreiseroute von Salzburg nach Augsburg diente. Der Jachthafen gehört mit 500 Liegeplätzen zu den größten Bayerns.

MUSEUM

Das **Römermuseum** zeigt Stationen der römischen Besiedlung. Es ist zudem Ausgangspunkt eines archäologischen Rundwegs (Mi. bis Fr. 10.00–12.00, 14.00–16.00, Sa., So. 14.00 bis 16.00 Uhr, www.roemermuseum-bedaium.byseum.de).

Sonnenuntergang in der „Beach-Bar" in Übersee (links). Durch den „geklobenen Stein" zur Wallfahrtskirche Mariahilf (rechts oben). Hohenaschau über dem Ort Aschau (rechts unten).

AKTIVITÄTEN

Bootsverleih und **Segelkurse** bietet die Chiemsee-Segelschule Seebruck (Franz Huber, www.chiemsee-segelschule.de).

UMGEBUNG

Chieming (südl., 4900 Einw.) bestand wohl schon zu Römerzeiten und war namengebend für den Chiemsee, der hier im östlichen Teil durch ein ländliches Ortsbild, seinen 6 km langen Badestand und zahlreiche exklusive Sportangebote wie Segeln, Reiten, Polo, Golf und Heißluftballonfahren geprägt wird.

INFORMATION

Tourist-Information, Am Anger 1
83358 Seebruck
Tel. 08667 71 39
www.seeon-seebruck.de

5 Aschau im Chiemgau

Der Luftkurort (5700 Einw.) wird seit dem 12. Jh. von Burg und Schloss Hohenaschau bestimmt, das auf einem Felsenrücken liegt, und der markanten, kammförmigen Gebirgsformation der Kampenwand.

SEHENSWERT

Das im 16. und 17. Jh. umgestaltete **Schloss** (Urspr. um 1170; Bundesfinanzverwaltung) ist nur bei Führungen zu besichtigen (www.aschau.de/schlosshohenaschau; Mai–Okt. Di., Do. und So. 13.30 und 15.00., Mi. und Fr. 10.00 und 11.30 Uhr). Die Schloss-Falknerei veranstaltet auch Flugvorführungen. Die im 17. Jh. barockisierte **Pfarrkirche** (Urspr. 15. Jh.) mit ihren stattlichen Zwiebeltürmen wurde mehrfach umgebaut und verfügt über interessante Deckenfresken. Seit 2014 ist Aschau ein mit dem Deutschen Tourismuspreis prämiertes **Bankerldorf**. In Ort und Umgebung wurden ca. 200 kuriose Themen-Sitzbänke aufgestellt, die auch bei Veranstaltungen einbezogen werden (www.aschau.de/bankerl).

MUSEUM

Das **Prientalmuseum** im Schloss informiert über die Herrschaftsgeschichte der Familie Cramer-Klett und dokumentiert die Zeit der industriellen Eisenverarbeitung (Öffnungszeiten s. Schloss).

AKTIVITÄTEN

Aschau ist Talstation der **Kampenwand-Seilbahn** (www.kampenwand.de). Von der Bergstation (1467 m) mit der Sonnenalm führt ein fast ebener Panoramaweg in ca. 30 Min. zur Steinlingalm, von hier in weiteren ca. 30 Min. mit mittelschwerem Aufstieg zum Ostgipfel (1669 m).
Wanderungen mit Bäuerinnen und Landfrauen aus Aschau und Sachrang führen u. a. zu Bergblumen auf der Kampenwand (www.bauernland-und-bauersleut.de). **Gleitschirmfliegen** an der Kampenwand lernen oder in einem Tandemflug ausprobieren kann man in der Flugschule Chiemsee (www.flugschule-chiemsee.de).

UMGEBUNG

Der **Bärnsee** befindet sich ca. 4 km nordöstl.; er ist umgeben von einer wilden Hochmoorlandschaft und steht aufgrund seiner Flora und Fauna unter Naturschutz (Badeverbot).
Neubeuern (19 km westl.) wurde wegen seines malerischen Marktplatzes und seiner prächtigen Häuser 1981 zum schönsten Dorf Deutschlands gewählt.

INFORMATION

Tourist-Information, Kampenwandstr. 38
83229 Aschau im Chiemgau
Tel. 08052 90 49 0, www.aschau.de

6 Marquartstein

Der Luftkurort (3200 Einw.) liegt zwischen Hochgern (1748 m) und Hochplatte (1586 m) und direkt an der Tiroler Ache, die nur wenige Kilometer weiter nördlich in den Chiemsee mündet. Schon Richard Strauss kam mit Familie und Freunden gerne zur Sommerfrische. Von wirtschaftlicher Bedeutung ist die alteingesessene Chiemgau-Klinik im Ortsteil Geisenhausen.

SEHENSWERT
Burg Marquartstein, von Ritter Marquart II. 1075 erbaut, ist in Privatbesitz und kann nicht besichtigt werden.

MUSEUM
Das **Bayerische Moor- und Torfmuseum Rottau** am Rand des Naturschutzgebiets Kendlmühlfilzen (5 km nordw.) zeigt auch einen Torfbahnhof – ein Industriedenkmal von 1920 (www.torfbahnhof-rottau.de; Führungen Mai bis Anf. Nov. Sa. 11.00, 14.00, 16.00 Uhr, Juli bis Sept. zusätzlich Mi. u. So.).

AKTIVITÄTEN
Zum **Märchen-Erlebnispark** gehört auch eine Sommerrodelbahn (www.maerchenpark.de). Der Sommer bietet u. a. **Rafting** für Einsteiger durch die Entenlochklamm (südl.) samt Besuch der Mariahilf-Wallfahrtskirche (1707) am „geklobenen Stein" (2 Std.; Informationen bei der Tourist-Information).

UMGEBUNG
Der **Hochfelln** (1674 m) bei Bergen (13 km nordöstl.) gilt als die Aussichtsterrasse des Chiemgaus (Seilbahn; www.hochfelln.de).

INFORMATION
Tourist-Information, Rathausplatz 1
83250 Marquartstein, Tel. 08641 69 95 58
www.marquartstein.de

7 Reit im Winkl

Die Landesherren von Bayern, Tirol und Salzburg spielten Reit im Winkl (2300 Einw.) beim Schafkopfen aus. Der bayerische Kurfürst Max I. Joseph machte den Stich mit dem Schellen-Unter (bis heute Wappenbild des Unterwirts). Später machten Ski-Legende Rosi Mittermaier und die Volksmusikantinnen Maria und Margot Hellwig den Ort bekannt.

SEHENSWERT
Die neubarocke **Kirche St. Pankratius** (1913) im Ortskern umgeben stattliche Bauernhäuser.

MUSEUM
Das **Skimuseum** im Schulhaus zeigt eine Skier-Sammlung von den Anfängen bis zu Rennskiern, die dem Museum von Spitzensportlern überlassen wurden (Di., Do. 15.00–17.00 Uhr, www.reitimwinkl.de/skimuseum).

AKTIVITÄTEN
Die Winklmoosalm, für ihr **Alpinski**-Angebot bekannt, ist im Sommer idealer Ausgangspunkt für **Wanderungen und Radtouren** (www.winklmoosalm.de). Sie gehört zum **ersten Sternenpark der Alpen** (Sternenhimmel-Beobachtungen Mi./Fr., www.abenteuer-sterne.de/oeffentliche-sternfuehrungen).

INFORMATION
Tourist-Information, Dorfstr. 38
83242 Reit im Winkl
Tel. 08640 80 02 0, www.reitimwinkl.de

Genießen Erleben Erfahren

DuMont Aktiv

Segeln auf historische Art

Sie ist schlicht, elegant und von klassischer Schönheit. Der Bootstyp der Segelplätte ist so einzigartig und typisch für den Chiemsee, dass Einheimische den Oldtimer hüten wie einen kostbaren Schatz und Besucher ihn auf eigens organisierten Regatten bewundern.

Sobald eine Plätte vorüberzieht, hört man immer wieder diesen Satz: „Schau mal, was für ein schönes Boot!" Dann richten sich die Sommerfrischler vom Badesteg auf, um einer Chiemseeplätte hinterherzuschauen. Ursprünglich war die Plätte lediglich ein Flachboden-Holzboot zum Rudern. Als in der ersten Hälfte des 19. Jahrhunderts regelmäßig Maler auf die Fraueninsel übersetzten, sollen sie die Einheimischen dazu überredet haben, es zur Arbeitserleichterung und zum Vergnügen statt mit einem Ruder doch mal mit einem Segel zu versuchen. Und so ist es nicht verwunderlich, dass Segelplätten auch bald auf vielen Gemälden jener Zeit zu sehen sind.

Etwa 1935 erhielt die Plätte einen einheitlichen Riss, ein Steckschwert aus Eisen und eine festgelegte Segelfläche von 10 Quadratmetern. In dieser Bauweise bildet sie bis heute das Flaggschiff des Wassersportvereins der Fraueninsel. Nach der Kunststoffbootära der 1970er-Jahren hat die Rückbesinnung auf Holz und die einfache, aber elegante Konstruktion die Plätte längst wieder salonfähig gemacht. Inzwischen gibt es etwa 70 Plätten, die zu segeln jedoch nicht einfach ist. „Schon bei wenig Seitenneigung schwappt leicht Wasser über die schmale Bordoberkante ins Innere. Volllaufen und Kentern des Bootes droht schon bei einigermaßen kräftigem Wind, sobald dem Segler ein Fehler passiert", schreibt der Schriftsteller Sten Nadolny, der zeitweise am Chiemsee lebt und dort mit seiner Plätte segelt. Kaum ein Eigentümer verleiht seinen Oldtimer, aber es ist auch schon ein Genuss, den Chiemseeplätten bei einer Regatta zuzusehen. Und wer Glück hat, der darf vielleicht sogar mitsegeln.

Weitere Informationen
Chronik und Regattatermine zur Plätte auf der Internetseite http://chiemseeplaette.info

Geburtsort der Plätte ist die Fraueninsel, wo sich der **Wassersportverein Fraueninsel** (www.wvf-chiemsee.de) diesem Chiemseeboot besonders verbunden fühlt.
Informationen über das Segelrevier, Bootsmieten, Segelkurse und Mitsegelmöglichkeiten im Internet auf www.chiemsee-segeln.de

In Bayerns Himmel

Das Berchtesgadener Land ist eine bayerische Bilderbuchlandschaft. Die Naturlandschaft um Königssee und Watzmann gehört zum einzigen alpinen Nationalpark Deutschlands, und Städte wie Bad Reichenhall und Berchtesgaden warten mit einer jahrhundertealten Tradition auf.

Berchtesgaden mit der doppeltürmigen Stifts- und der Pfarrkirche St. Andreas vor dem gewaltigen Watzmannmassiv

Seit nahezu 400 Jahren ist die 1698 geweihte barocke Kapelle St. Bartholomä Ziel der Almer Wallfahrt. Die Wallfahrer kommen aus Maria Alm im österreichischen Pinzgau. Bartholomäus ist der traditionelle Heilige der Senner und Almbauern. Hinter dem Kirchlein ragt die Watzmann-Ostwand auf (rechts). Kaum denkbar ist eine Königssee-Schifffahrt ohne Bläsersolo vor der Echowand (unten).

Vor dem Gradierhaus in Bad Reichenhall sprudelt der Sole-Springbrunnen (links).

Nach dem Übersetzen der Kühe kommt das Aufkranzen. Derartig geschmückt, geht es dann zurück in den heimatlichen Stall.

„Wen Gott liebt, den lässt er fallen in dieses Land."

Ludwig Ganghofer, Schriftsteller

Der Himmel leuchtet in den schönsten bayerischen Nationalfarben weiß-blau über einem typisch bayerischen Postkartenmotiv: smaragdgrün glitzernde Seen, imposante Bergmassive, barocke Zwiebelturmkirchlein und hügelige, saftiggrüne Almen. Vor schönstem Alpenpanorama liegt Bad Reichenhall mit seinen Gründerzeitvillen und dem königlichen Kurgarten. Bereits 1890 verlieh Prinzregent Luitpold der Stadt das Prädikat „Bad". Lagert doch in der Gegend schon seit Jahrmillionen das Salz eines Urmeeres. Quellwasser löst es zu wertvoller Alpensole, die mächtige Wasserräder im Brunnhaus der Alten Saline fördern. Bei jeder Umdrehung ertönt ein Glockenschlag, der dem Brunnwart den korrekten Gang der Anlage signalisiert.

Schließt man vor dem hoch aufragenden Gradierhaus die Augen und atmet tief ein, glaubt man beinah am Meer zu sein. Kaum hörbar rieselt stark dosierte Sole über die 13 Meter hohe und 160 Meter lange Schwarzdornwand. Sobald die Bergluft durch die fein verästelten und mit kleinsten Soletropfen und Salzkristallen behafteten Zweige streicht, reichert sich die Luft mit Salz an. Meeresluft mitten in den Bergen. Ein perfekter Ort zum Durchatmen.

Boot fahrende Kühe

15 serpentinenreiche Kilometer windet sich Deutschlands höchstgelegene Panoramastraße hinauf zum Rossfeld mit einem der schönsten Bergfernblicke der Gegend: auf den Hohen Göll, Kehlstein, Tennen- und Dachsteingebirge und Untersberg. Die Straße endet beim Königssee.

Anfang Oktober sollte man sich jedoch sputen, um rechtzeitig dort zu sein, denn dann findet hier einer der schönsten und kuriosesten Almabtriebe der Welt statt – mit Kühen, die eine Bootsfahrt machen. Etwa 30 Tiere müssen von den Almen am Südufer des Königs- und des Obersees zurückgebracht werden. Doch es gibt keinen passablen Fußweg, denn die mächtigen Felsen der Berchtesgadener Alpen fallen fast senkrecht zum Ufer hinab. So sind die Kühe vom Königssee die einzigen im ganzen Alpenraum, die Boot fahren dürfen. Ist der Sommer auf der Alm für Mensch und Tier glücklich verlaufen, werden die Kühe geschmückt, sobald sie an der Seelände wieder festen Boden unter den Füßen haben. Bis die „Fuikl" aus mit Holzspänen gearbeiteten, üppigen bunten Blumen und Rosetten fertig sind, muss so manche Sennerin vor dem Fest ein paar Nachtschichten einlegen.

Der Aufstieg auf den Jenner wird mit diesem herrlichen Blick auf Watzmann und Königssee belohnt.

„Watzmann, Watzmann, Schicksalsberg – Du bist so groß und i nur a Zwerg!"

Wolfgang Ambros, Liedermacher

Boot fahrende Menschen

Bootfahren ist natürlich auch die hauptsächliche Freizeitbeschäftigung der täglich bis zu 5000 Königssee-Besucher. Da trifft es sich hier im Nationalpark gut, dass die 18 Schiffe bereits seit gut 100 Jahren mit leisen Elektromotoren fahren. Prinzregent Luitpold hatte das eingeführt – allerdings nur, um das Rotwild in seinem Lieblings-Jagdrevier zu halten. Schon nach zehnminütiger Fahrt stoppt das kleine Holzboot vor der legendären Echowand, und eine halbe Stunde später ist dann auch eines der meistfotografierten Motive erreicht: St. Bartholomä, die barocke Wallfahrtskirche mit ihren weinroten Zwiebeltürmen. Gleich nebenan dampft es aus der 400 Jahre alten Räucherkammer. Der einzige Fischer vom Königssee bereitet nach alter Tradition Schwarzreiter zu, kleine Seesaiblinge, die es nur hier gibt.

Das smaragdgrüne Gewässer besitzt zwar Trinkwasserqualität, doch das Baden hat sich für die meisten schnell erledigt, denn selten reicht die Wassertemperatur über 15 Grad.

Der Schicksalsberg

„Groß und mächtig, schicksalsträchtig. Um seinen Gipfel jagen Nebelschwaden!". So dramatisch beginnt das kultige Musical von Wolfgang Ambros über

Königssee: Am Malerwinkel genießen Hartgesottene gern mal eine Erfrischung.

den König der Königsseeregion, den Watzmann. Vor allem seine imposante Ostwand, mit 1800 Metern die höchste und gefährlichste Felswand der Ostalpen, hat seit ihrer Erstdurchsteigung 1881 schon mehr als 100 Todesopfer gefordert. Zum Gipfel führt keine Seilbahn, im Winter stört kein Liftbetrieb. Mit Gründung des einzigen alpinen Nationalparks in Deutschland wurden solche Pläne schon in den 1970ern vereitelt und dem König der Berge damit der Massenansturm erspart.

Abstecher in den Rupertiwinkel

Der Rupertiwinkel rund um den Waginger See liegt noch im touristischen Dornröschenschlaf. Sein Name verweist auf die Jahrhunderte der Verbundenheit mit Salzburg und dessen ersten Bischof Rupert. Viele alte Sitten und Gebräuche haben sich in den dörflichen Gemeinden erhalten. Etwa in Anger, von dem schon König Ludwig I. 1841 schwärmte: „Von nun an ist hier das schönste Dorf in meinem Königreich!" Anger kann man wirklich kaum verfehlen, überragt doch ein markanter barocker Kirchturm weithin sichtbar die Landschaft. Dass dieses Dorf etwas Besonderes ist, sieht man sofort an der Rasenfläche im Ortskern, eben dem Anger. Vielerorts sind diese Freiflächen verschwunden, auf denen Dorffeste stattfanden, die Tiere von Durchreisenden geweidet oder die eigenen über Nacht vor dem Schlachten zusammengetrieben wurden. Doch in Anger gibt es ihn noch, umreiht von Wohn- und Handwerkerhäuschen mit Schopfwalmdächern und Holzbalkonen samt üppigem Blumenschmuck. Auf dem Platz selbst darf natürlich ein Maibaum nicht fehlen, und an sonnigen Tagen strahlt auf einer hohen Mariensäule die vergoldete Patrona Bavariae mit der Sonne um die Wette.

Doch nicht nur zur Kirchweih geht es rund auf dem Dorfplatz. 2012 haben es die Anger Bürger ins Guinnessbuch der Rekorde geschafft. Als in der Nachbarschaft der Ferdinand-Porsche-Enkel

Berchtesgadener Alpen: Das Schottmalhorn spiegelt sich im Funtensee.

Hans-Peter Porsche ein großes Museum für seine historische Spielzeugsammlung bauen ließ, durchstöberten auch die Angerer ihre Keller und Speicher nach eingemotteten Spielzeugautos. Etwas Werbung für ihre Gemeinde und das neue Museum könnte nicht schaden, dachte der Bürgermeister, und als die Spielzeugautoschlange zweieinhalb Mal um den Dorfplatz reichte, war das Weltrekord: immerhin 9007 Spielzeugautos in einer 959,30 Meter langen Schlange.

Aber auch Traditionen wie das Aperschnalzen, das laute Peitschenknallen, um den Winter auszutreiben, das Schuhplattln oder das Kramperllaufen werden in der Gegend gepflegt. Filmemacher schwärmen, dass es hier noch jede Menge Plätze gibt, die nicht von Stromleitungen oder scheußlichen Wohnblöcken verunstaltet sind. Auch große Discounter findet man kaum, und es hat einen besonderen Reiz, in Hofläden oder auf einem Bauernmarkt einzukaufen. Ein Flaschlbrot zum Beispiel, eine Backmischung aus biologischen Weizenvollkornsorten zum Selberbacken, die man in eine Flasche gefüllt hat. Zehn Gemeinden haben sich zur Öko-Modellregion Rupertiwinkel-Waginger See zusammengeschlossen, denn die Nachfrage nach regionalen Lebensmitteln wächst.

Geschichtsverständnis

Special

Unselige Vergangenheit

Der Obersalzberg war Adolf Hitlers Alpenrefugium. Heute leistet ein Dokumentationszentrum Aufklärungsarbeit – und der Freistaat ließ sogar ein Luxushotel errichten.

Wer die Vergangenheit nicht kennt, kann die Gegenwart nicht verstehen und die Zukunft nicht gestalten. Im Sinne dieser Feststellung wurde 1999 das Dokumentationszentrum am Obersalzberg als Bollwerk gegen die unselige Geschichte dieses Areals errichtet. Galt es doch Assoziationen mit jenen Jahren zu vermeiden, die das gesamte Gebiet einst ideologisch verminten. In schönster Bergkulisse hatte sich die Führungsriege des Nazi-Regimes (nach Vertreibung der alteingessenen Anwohner) um Hitlers Berghof herum ihre Häuser bauen lassen. Es galt als besondere Auszeichnung, hier im „Führersperrgebiet“ von Hitler oder der inoffiziellen Hausherrin Eva Braun im privaten Rahmen empfangen zu werden.

Nach dem Krieg ließen die US-Streitkräfte den Großteil der Gebäude zerstören. Wallfahrer rechter Gesinnung wollte man auf keinen Fall hier haben, weshalb sich das Dokumentationszentrum für Zeitgeschichte in einer Dauerausstellung nicht auf die Geschichte des Orts beschränkt, sondern sich mit dem Nationalsozialismus insgesamt auseinandersetzt. 2005 ließ der Freistaat auch ein Luxusresort errichten. Es soll dazu beitragen, dass der Obersalzberg wieder wird, was er einst war – eine beliebte Fremdenverkehrsregion. Denn Tourismus ist hier keine neue Idee, ließ doch bereits in den 1870er-Jahren Mauritia Mayer hier die „Pension Moritz“ eröffnen. Vor allem Kultur- und Wirtschaftsprominenz machten seinerzeit das Gros der Gäste aus. Und so ist es nur folgerichtig, wenn auf dem Berg der einstigen Nazi-Elite nun längst wieder die Kosmopoliten eingekehrt sind.

Wanderer auf dem Weg durchs Klausbachtal (links), Blick vom Malerwinkel auf die Ramsauer Kirche St. Sebastian (rechts)

Kein Gebirge ohne Wasserfall: Almbachklamm bei Marktschellenberg (oben). Noch nicht so ganz ein Wildwasser: Rafting auf der Berchtesgadener Ache bei Marktschellenberg (unten)

Golden leuchtet die Patrona Bavariae auf dem Dorfplatz von Anger im Rupertiwinkel.

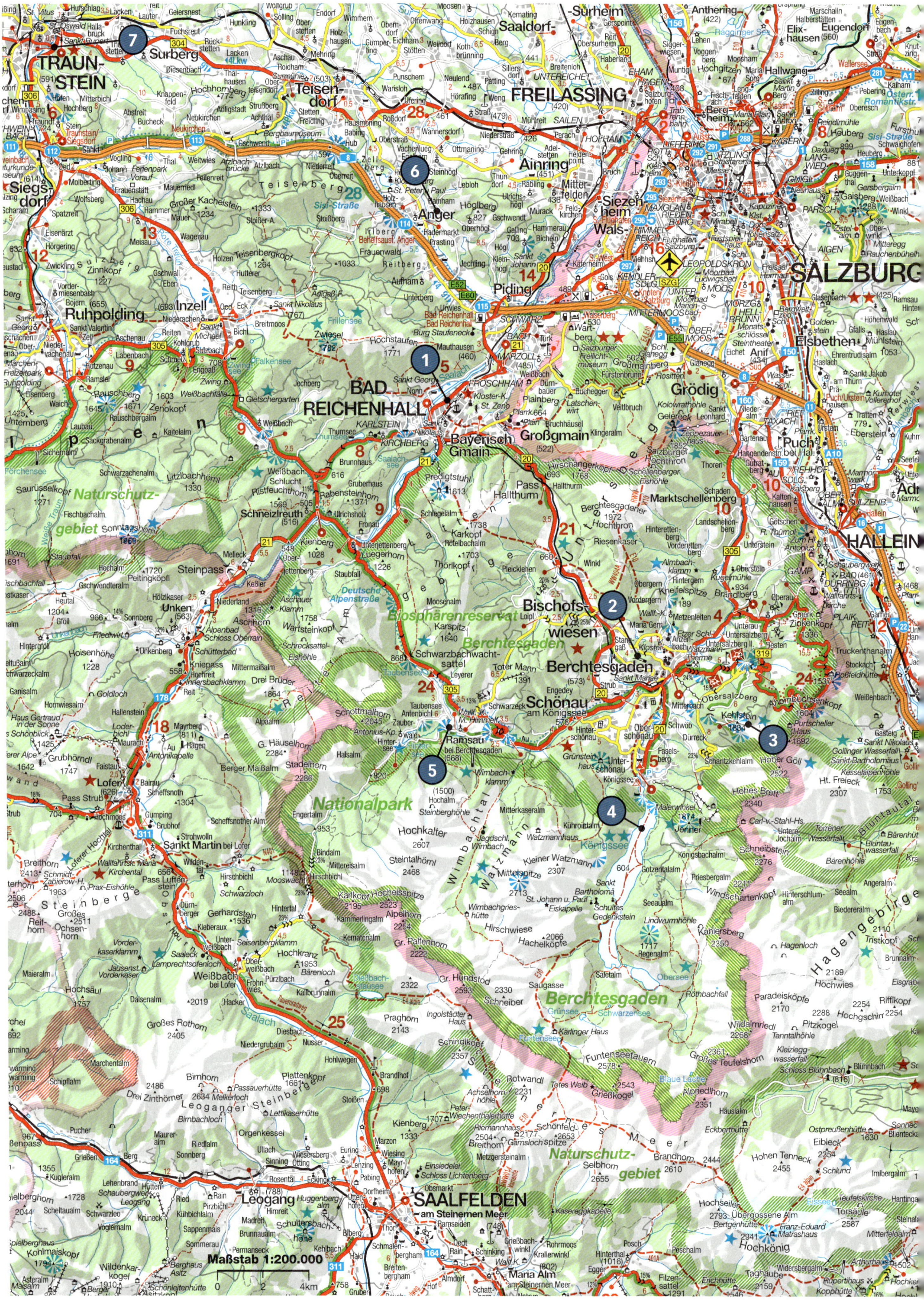

TRAUNSTEIN
Surberg
Teisendorf
Saaldorf-Surheim
FREILASSING
Ainring
Anthering
Eugendorf
Elixhausen
Hallwang
Bergheim
SALZBURG
Siegsdorf
Anger
Piding
Siezenheim
Wals-Siezenheim
Ruhpolding
Inzell
BAD REICHENHALL
Bayerisch Gmain
Großgmain
Elsbethen
Grödig
Puch bei Hallein
HALLEIN
Marktschellenberg
Schneizlreuth
Bischofswiesen
Berchtesgaden
Schönau am Königssee
Ramsau bei Berchtesgaden
Unken
Lofer
Sankt Martin bei Lofer
Weißbach bei Lofer
Naturschutzgebiet
Nationalpark Berchtesgaden
Biosphärenreservat Berchtesgaden
Deutsche Alpenstraße
Sisi-Straße
Teisenberg
Watzmann
Hochkalter
Königssee
Obersee
Hoher Göll
Kehlstein
Untersberg
Lattengebirge
Reiteralm
Steinberge
Hagengebirge
Steinernes Meer
Leoganger Steinberge
Hochkönig
Saalfelden am Steinernen Meer
Leogang
Maria Alm am Steinernen Meer
1
2
3
4
5
6
7
Maßstab 1:200.000
0
2
4km

Königlich-bajuwarisch

Im Berchtesgadener Land , wo früher bayerische Könige gern zur Jagd gingen, warten auch heute noch spektakuläre Naturerlebnisse und hochkarätige Sehenswürdigkeiten. Im malerischen Rupertiwinkel ließen sich schon Jahrhunderte vor Christi Geburt verschiedene Stämme nieder, die später zum Volk der Bajuwaren verschmolzen.

1 Bad Reichenhall

Viele historische Bauten erinnern an jene Zeit, als es in der feinen Gesellschaft schick war, in der Stadt (17 900 Einw.) zu kuren. Die einzige Großsaline Bayerns (Bad Reichenhaller Markensalz) verarbeitet im Jahr ca. 250 000 m³ Sole zu Salz. Die Salzgewinnung reicht bis in die keltische Zeit zurück.

SEHENSWERT
Mittelpunkt des **Kurviertels** sind **Kurgarten,** 1868 von Carl Effner angelegt, neubarockes **Königliches Kurhaus** (1900), das **Kurmittelhaus** (1928, Jugendstil), das sich gesundheitlichen Aspekten widmet, das **Gradierhaus** (1910), ein Freiluftinhalatorium (April bis Okt.), die neubarocke **Trinkhalle** (1912) und die Alte Saline (1840–1851). Zum **Kloster St. Zeno,** urspr. Augustiner-Chorherrenstift, gehört das Münster aus dem 12. Jh., die größte romanische Basilika im südl. Bayern.

MUSEUM
Die **Alte Saline** ermöglicht einen Gang durch das historische Stollennetz, in dem u.a. noch die riesigen Wasserräder im Brunnhaus erhalten sind (www.alte-saline.de, Ende März–Ende Okt. tgl. 10.00–16.00, sonst Di.–Sa. und jeden 1. So. im Monat 11.00–15.00 Uhr). Der **Museumsshop** führt Gourmet- und Wellness-Salze.

AKTIVITÄTEN
Die **Rupertus Therme** ist eine moderne Anlage, die sich als Wellness- und Familien-Center auf Sole und Salz spezialisiert hat (Friedrich-Ebert-Allee 21, www.rupertus therme.de; tgl. 9.00–21.00/22.00 Uhr).
Die **Predigtstuhlbahn** befördert als älteste Seilschwebebahn der Welt seit 1928 Gäste (www.predigtstuhlbahn.de).

INFORMATION
Tourist-Information Bad Reichenhall
Wittelsbacherstr. 15
83435 Bad Reichenhall
Tel. 08651 71 51 10
www.bad-reichenhall.de

Zu den Erlebnissen gehört ein Besuch im Salzbergwerk von Berchtesgaden (rechts oben). In Bad Reichenhall lockt die Rupertus Therme (rechts unten).

Tipp

Dem Salz auf der Spur

Der Salzalpensteig führt vom Chiemsee über den Königssee bis an den Hallstädter See im benachbarten Österreich. Der 233 km lange Weg folgt auf 18 Tagesetappen den Spuren des Salzes, einst eines der kostbarsten Handelsgüter der Alpenregionen. Die Streckenführung ist in moderatem Schwierigkeitsgrad gehalten; die Wege können kombiniert oder abgekürzt werden. Der Wanderer erfährt Wissenswertes über Salzvorkommen, die Geschichte der Salzgewinnung und -verarbeitung sowie über die Orte entlang der Strecke.

SalzAlpenSteig und -Touren
www.salzalpensteig.com

2 Berchtesgaden

Aus dem 1108 gegründeten Augustiner-Chorherrenstift wurde im 15. Jh. Deutschlands kleinstes Fürstentum, das dank der von Kaiser Friedrich I. Barbarossa verliehenen Forst- und Salzrechte zu Wohlstand und 1803 nach der Säkularisierung als Marktgemeinde Berchtesgaden (heute 7700 Einw.) 1810 zu Bayern kam.

SEHENSWERT
Am **Marktplatz** finden sich der **Löwenbrunnen** (1558) und das **Hirschenhaus** (16. Jh., Marktplatz 3) mit einer der ältesten Fassadenmalereien Oberbayerns, die menschliche Laster in Affengestalt zeigt.
Das **Schloss** ist von verschiedenen Stilrichtungen (Romanik, Gotik, Barock, Rokoko) geprägt. Das einstige Stift diente nach 1818 den Wittelsbachern als Jagdschloss und bis heute als Wohnsitz (www.schloss-berchtesgaden.de; Führungen Mitte Mai–Mitte Okt. So.–Fr. 10.00 bis 13.00 und 14.00–17.00, sonst Mo.–Fr. 11.00 und 14.00 Uhr).

MUSEEN
Vor 500 Jahren nahm das älteste aktive **Salzbergwerk** Deutschlands seine Arbeit auf und gewinnt bis heute jährlich 850 000 m³ Sole. Teile des Bergwerkskann man im Bergwerkszug, über Holzrutschbahnen und auf einer Bootsfahrt über einen unterirdischen Salzsee erkunden (www.salzbergwerk.de; Führungen tgl., April–Ende Okt. 9.00–17.00, Nov.–März 11.00–15.00 Uhr). Das **Nationalparkzentrum Haus der Berge** ist interaktives Informations- und Bildungszentrum rund um den Nationalpark (Hanielstr. 7, www.haus-der-berge.bayern.de; tgl. 9.00–17.00 Uhr).

AKTIVITÄTEN
Der **Salzheilstollen** innerhalb des Salzbergwerks bietet 45 Personen auf Liegen Platz für Atemgesundheit (www.salzheilstollen.com).

UMGEBUNG
Die **Schellenberger Eishöhle** am Untersberg ist von Marktschellenberg aus (10 km nördl.) in einer ca. 3-Std.-Bergtour zu erreichen (www.

eishoehle.net; Führungen Ende Mai–Ende Okt. tgl. 10.00–16.00 Uhr). Am Eingang zur Almbachklamm in Marktschellenberg arbeitet im Sommer Deutschlands älteste **Marmorkugelmühle** (1683; Kugelmühlweg 18, www.gasthaus-kugelmuehle.de).

INFORMATION
Berchtesgadener Landtourismus
Maximilianstr. 9, 83471 Berchtesgaden
Tel. 08652 65 65 00, www.berchtesgaden.de

❸ Obersalzberg

Der Obersalzberg war ab 1923 Hitlers Feriendomizil und nach 1933 neben Berlin quasi zweiter Regierungssitz (s. S.166).

SEHENSWERT
Das **Dokumentationszentrum** (www.obersalzberg.de; April–Okt. tgl. 9.00–17.00, Nov. bis März Di.–So. 10.00–15.00 Uhr) erläutert die Geschichte des Orts im Kontext des Nationalsozialismus.

UMGEBUNG
Obgleich hier keine politischen Entscheidungen fielen, galt das **Kehlsteinhaus** vielen als Gipfel der Macht. Das Gebäude wurde 1937/1938 über schroffen Steilwänden errichtet, eine Serpentinenstraße in unwegsames Gelände und ein goldglänzender Aufzug in den Berg gebaut. Das Haus, seit 1952 als Berggasthaus geführt, ist nur per Bus erreichbar (www.kehlsteinhaus.de; Mai–Okt.).
Am Obersalzberg beginnt die **Rossfeldstraße,** 15 km Serpentinen und bombastische Bergpanoramen (www.rossfeldpanoramastrasse.de).

INFORMATION
Berchtesgadener Landtourismus
s. zuvor

❹ Königssee

Der Königssee, fjordartig zwischen steilen Berghängen am östlichen Fuß des Watzmanns eingebettet, ist mit 192 m tiefster See Bayerns.

SEHENSWERT
Neben dem See selbst sind die Attraktionen die **Echowand** und die **Wallfahrtskirche St. Bartholomä** (17.Jh.). Der Röthbachfall am Obersee ist mit einer Gesamtfallhöhe von 470 m der höchste Wasserfall Deutschlands.

AKTIVITÄTEN
Elektroboote fahren von der Seelände in Schönau nach St. Bartholomä und weiter zur Saletalm. Von Mitte Okt. bis Mitte April wird nur St. Bartholomä angefahren (www.seenschifffahrt.de). Von St. Bartholomä reizt eine Wanderung zur **Eiskapelle** (1,5 Std.), einer Eishöhle im Schneefeld am Fuß der Watzmannostwand. Auf der **Bob- und Rodelbahn** am Königssee kann man im Rennbob-Taxi mit 130 km/h im original Viererbob und mit einem erfahrenen

Dokumentationszentrum auf dem Obersalzberg (rechts oben und unten). Eines der Ausflugsziele in Berchtesgaden: Kehlsteinhaus (oben links)

Piloten am Steuer durch den Eiskanal rasen (An der Seeklause 43, Schönau am Königssee, www.eisarena-königssee.de).
Mit der **Jennerbahn** geht es aufs Hochplateau (1802 m) mit herrlichem Blick auf den Königssee (www.jennerbahn.de).

VERANSTALTUNGEN
Beim **Almabtrieb** (Ende Sept.–Mitte Okt.) werden die Kühe auf Boote verladen und über den Königssee gefahren.

INFORMATION
Tourist-Information, Seestr. 3
83471 Schönau am Königssee
Tel. 08652 65 59 80, www.koenigssee.com

❺ Ramsau

Das Dorf (1700 Einw.) gilt als erstes Bergsteigerdorf Deutschlands, das sich ganz dem sanften Tourismus, Naturschutz und einer nachhaltigen Landwirtschaft verschrieben hat.

SEHENSWERT
Naturliebhaber reisen seit jeher in das kleine Dorf, um sich an Bergen, Zauberwald und Hintersee zu erfreuen. Landschaftsmaler fanden unzählige Motive. Die **Pfarrkirche St. Sebastian** (1512) erlangte so besondere Bekanntheit.

AKTIVITÄTEN
Der **Malerweg** führt durch den sagenumwobenen Zauberwald bis an den Hintersee. Auf Schautafeln kann man an bevorzugten Malerstandpunkten die Motive in natura bewundern und vor Ort mit den Gemälden vergleichen.
In Ramsau beginnt ein Aufstieg zur **Watzmannüberschreitung** über das Watzmannhaus (Übernachtungsmöglichkeit): eine hochalpine Tour (10–12 Std.) für erfahrene Bergsteiger.

INFORMATION
Tourist-Information, Im Tal 2, 83486 Ramsau
Tel. 08657 98 89 20, www.ramsau.de

❻ Anger

In Anger (heute 4500 Einw.) reihen sich kleine Wohn- und Handwerkerhäuschen um den weitläufigen, erhalten gebliebenen Rasendorfplatz.

SEHENSWERT
Die eigentlche Attraktion ist das Gesamtensemble der **Dorfanlage**. Die **Pfarrkirche Maria Himmelfahrt** (15. Jh.) ist die älteste urspr. spätgotische Landkirche der Region; augenfällig auch die Mariensäule mit der vergoldeten Patrona Bavariae (1884).

MUSEEN
Das **Hans-Peter Porsche TraumWerk** zeigt eine Privatsammlung mit historischem Blechspielzeug, Modellbahnen und Oldtimern (Zum Traumwerk 1; www.traumwerk.de; Di.–So. 9.30 bis 17.30 Uhr).

Umgebung
Das ehem. **Kloster Höglwörth** (3 km nördl.) liegt mit seiner Rokokokirche auf einer Halbinsel im Höglwörther See. Es wurde um 1125 von St. Peter in Salzburg als Mönchszelle gegründet..
Der angrenzende Moorsee (13,5 ha) ist ein wunderbarer Badesee mit weichem Wasser.
In **Freilassing,** fast schon ein Vorort von Salzburg (19 km nordöstl.), lohnt der Besuch des Eisenbahnmuseums Lokwelt. Kernstück der Anlage ist ein Rundlokschuppen (1902–1905) mit imposanter Drehscheibe (Westendstr.5 5, www.lokwelt.freilassing.de; Fr., Sa. und So. 10.00–17.00 Uhr).

INFORMATION
Tourist-Information
Dorfplatz 4, 83454 Anger
Tel. 08656 98 89 22, www.anger.de.

❼ Traunstein

Die Große Kreisstadt (20 000 Einw.;), Zentrum des Chiemgaus, ist ehem. Wirkungsstätte von Papst Benedikt XVI. Trotz großer Stadtbrände 1704 und 1851 weist das Zentrum noch stattliche Bürgerhäuser auf.

SEHENSWERT

Der **Stadtplatz** mit dem Lindlbrunnen bietet Häuser mit den prächtigsten Fassaden aus dem 19. Jh. Im Stadtteil Au sind neben der **Salinenkapelle** (1631) noch Anlagen der **Saline** (bis 1912) zu finden. In der **Pfarrkirche St. Oswald** feierte Joseph Ratzinger seine erste Messe.

MUSEUM

Das **Stadt- und Spielzeugmuseum** schlägt den Bogen von den Anfängen der Stadt bis zur Gegenwart (Stadtplatz, www.spielzeugmuseum-traunstein.de; April bis Okt. Di.–Sa. 10.00–15.00, So. bis 16.00 Uhr).

VERANSTALTUNG

Der **Georgiritt** mit Schwertertanz am Ostermontag ist eine der größten Pferdewallfahrten Bayerns.

UMGEBUNG

Hauptattraktion von **Siegsdorf** ist das Naturkunde-Museum mit dem Skelett eines 3,6 m hohen, 45 000 Jahre alten Mammuts, das man 1985 in der Gegend ausgegraben hat (Auenstr. 2, www.museum-siegsdorf.de; Ostern–Allerheiligen tgl. 10.00–18.00 Uhr).
Das benachbarte **Bad Adelholzen** war eines der ältesten Heilbäder Bayerns. Heute füllen hier die Barmherzigen Schwestern neben dem Heilwasser der Primusquelle auch verschiedene Mineralwässer und Lifestyle-Getränke ab (www.adelholzener.de).
In **Traunreut** (13 km nördl.) steht **Schloss Pertenstein** idyllisch am Ufer der Traun. Es blickt auf eine 700 Jahre alte Geschichte zurück. Heute finden hier sommerliche Veranstaltungen statt (www.schloss-pertenstein.de)
Maximal minimalistisch ist das Museum für Gegenwartskunst **Maximum**. Galerist Heiner Friedrich eröffnete in einer früheren Fabrikhalle seines Vaters das Museum mit Werken u.a. von Andy Warhol, John Chamberlain, Walter de Maria und Georg Baselitz (Fridtjof-Nansen-Str. 16, www.dasmaximum.com; April–Sept. Sa u. So. 12.00 bis 18.00, sonst bis 16.00 Uhr).
Waging (12 km nordöstl., 6900 Einw.) war schon keltischer und römischer Siedlungsplatz und gilt als die Wiege der Bayern. Der Markt und Luftkurort liegt am 6,2 km langen **Waginger See**, dem wärmsten See Bayerns. Der historische Ortskern wird durch Häuser (18./19. Jh.) in typischer Inn-Salzach-Bauweise bestimmt. Lohnend ist auch ein Spaziergang entlang der Strandpromenade. Das **Baiuwarenmuseum** zeigt Ausgrabungsfunde baiuwarischer Reihengräberfelder, die vom Leben der Bajuwaren vor 1500 Jahren zeugen (Salzburger Str. 32, www.waginger-see.de Okt.–Mai Mo.–Fr. 8.00–16.00, Juni u. Sept. bis 17.00, Sa. 9.00 bis 13.00, Juli u. Aug. 9.00 bis 18.00, Sa. 9.00 bis 13.00 Uhr).

INFORMATION

Tourist-Information, Stadtplatz 39
83278 Traunstein, Tel. 0861 65 50 0
www.traunstein.de,

Genießen Erleben Erfahren

DuMont Aktiv

Sieben auf einen Streich

Der Berchtesgadener Talkessel wird umrahmt von sieben hohen Gebirgsstöcken. Nach dem Vorbild der sieben höchsten Gipfel der Erde, den Seven Summits, lassen sich auch hier großartige Gipfelbesteigungen erleben. Man sollte sich aber auf jeden Fall einer professionell geführten Bergtour anvertrauen. Hier die leichtesten Anstiege auf die Berchtesgadener Seven Summits mit Aufstiegszeiten:
Berchtesgadener Hochthron (1973 m): über Maria Gern, Störweg zum Störhaus auf den Berchtesgadener Hochthron (etwa 3,5–4,5 Std.)
Hoher Göll (2522 m): von Parkplatz Hinterbrand durchs Alpeltal auf den Hohen Göll (etwa 5–6 Std.)
Großes Teufelshorn (2362 m): mit dem Schiff über den Königssee nach Salet, weiter über den Röthsteig Wasseralm (Übernachtungsmöglichkeit) aufs Große Teufelshorn (etwa 8–10 Std.)
Watzmann (Mittelspitze 2713 m): von der Wimbachbrücke über Mitterkaseralm aufs Watzmannhaus (Übernachtungsmöglichkeit), weiter über Hochstieg, Hocheck, zur Mittelspitze (etwa 6–8 Std.)
Hochkalter (2607 m): vom Parkplatz Hintersee über die Blaueishütte (Übernachtungsmöglichkeit) , weiter über den schönen Fleck Kleiner Kalter zum Hochkalter (etwa 6–8 Std.)
Stadelhorn (2287 m): vom Parkplatz Klausbachhaus Richtung Hirschbichl Richtung Halsalm und Böslsteig in die Mühlsturzgrube Richtung Traunsteiner Hütte (Übernachtungsmöglichkeit) zum Stadelhorn (etwa 7–8 Std.)
Karkopf (1738 m): vom Parkplatz Klausbachtal über die Bergwachthütte zum Karkopf (etwa 4–5 Std.)

Bergsteiger auf dem Watzmanngrat vom Hocheck zur Mittelspitze

Weitere Informationen

Berchtesgadener Bergführerverein: In Deutschlands ältestem Bergführerverein arbeiten ausschließlich staatlich geprüfte Berg- und Skiführer. Angeboten werden auch Tagestouren (Berchtesgadener Str. 21, 83483 Bischofswiesen, Tel. 08652 978 96 90, www.berchtesgadener-bergfuehrer.de)
Alpine Auskunft: Der Deutsche Alpenverein (DAV) informiert in Berchtesgaden von Mitte Mai bis Okt. zu Touren- und Wetterbedingungen vor Ort (DAV – Sektion Berchtesgaden, Watzmannstr. 4, 83483 Bischofswiesen, Tel. 08652 976 46 11, www.dav-berchtesgaden.de)

Mehr Bayern geht nicht

Das Tegernseer Tal und seine umliegenden Berge, der Schliersee und der Spitzingsee, Bayrischzell und der Wendelstein formen eine Art Bilderbuch-Oberbayern. In der Tegernsee-Region geht es Deutschland nicht nur gut, sondern prächtig. Aber auch im Inntal kann man nicht klagen ...

Wo die Freiheit wohl grenzenlos ist: Den Paraglidern auf dem Wallberg liegt der Tegernsee zu Füßen.

Herbstlicher Blick vom Leeberg auf Rottach-Egern, dessen westlicher Ortsteil Egern direkt am südlichen Ufer des Tegernsees liegt.

Zwei Möglichkeiten, den See zu genießen: auf einem der Ausflugsschiffe oder auf der Terrasse des „Herzoglichen Brauhauses" im Ort Tegernsee.

See-Idyll und Malerwinkel: die Egerner Kirche überm See, vor Wallberg und Bodenschneid

Eigentlich geht es immer am Ufer entlang: Radler in Bad Wiessee, das bereits seit dem Jahr 1922 ein anerkannter Kurort ist.

„Mach nur die Augen auf, alles ist schön."

Ludwig Thoma, geb. 1867 in Oberammergau, gest. 1921 in Rottach-Egern

Lago di Bonzen ist kein schöner Begriff. Der Tegernsee wird trotzdem so genannt. Mal hämisch, mal neidisch, mal despektierlich. Lago di Bonzen ist eine Reaktion in Worten. Auf Ruhe und Reichtum. Auf Gelassenheit und Gemütlichkeit. Auf Schönheit und Sauberkeit. Auf Perfektion. Alles ist genau dort, wo es hingehört: Papierschnipsel sind im Mülleimer, Geldscheine bei der Dorfbank. Der Wohlstandsbauch steckt in der Lederhose. Der Hut nebst Gamsbart liegt in der Ablage des BMW-SUV.

Eine der besten Adressen Deutschlands

Wie der Herr so's G'scherr, sagt man in Bayern. Also gibt sich der Tegernsee wie aus dem Bilderbuch. Als seien die umgebenden Berge, Wälder und Wiesen eigens für ihn nach Maß angefertigt und bemalt worden. Selbstredend zählt er zu den saubersten Seen Europas, denn schon vor mehr als 50 Jahren wurde eine Ringkanalisation geschaffen – die erste dieser Art weltweit übrigens.

Daher ist es nicht verwunderlich, dass der Tegernsee als eine der besten Adressen Deutschlands gilt, für viele bekannte und noch mehr unbekannte Reiche – Marke Goldrandbrille mit Vorstandsblond in teurem Loden. Unter den wohlhabendsten Gemeinden der Republik rangiert Rottach-Egern auf dem siebten Platz. Neben Prominenten wohnen Ärzte und Zahnärzte, Geschäftsführer und Vorstände, Millionäre und Milliardäre im Tegernseer Tal. Keiner von ihnen ist daran interessiert, einen Promi-Treff daraus zu machen. Anders als auf Sylt oder im nahen tirolerischen Kitzbühel ist man am Tegernsee gern unter sich. Immobilien mit Seeblick kosten um die 5000 Euro pro Quadratmeter. Für exponierte Lagen direkt am See gibt es unter sieben Millionen Euro kaum einen Besitzerwechsel mehr. Immobilien-Fachleute sehen denn auch Wirtschafts- und Finanzkrisen am Tegernsee vorbeiziehen wie ein Gewitter, das sich hinter den Bergen entlädt.

Vergoldete Orte

Der Ort Tegernsee trägt nicht nur den Namen des Sees, weil er als Erster besiedelt wurde, er ist auch in Sachen Glamour gut dabei. Aber im Tegernseer Tal steht vor allem Rottach-Egern für Society. Als der deutsche Papst Benedikt XVI. noch im Amt war, wurde er am Münchner Flughafen von den Tegernseer Gebirgsschützen begrüßt – Benedikt ist ihr Ehrenmitglied. Selbst auf dem Flohmarkt kann es schon mal hochkarätig zur Sache gehen, wenn etwa Herzogin Elisabeth in Bayern ihren Speicher

„Goaßlschnalzer" lassen es auch am Rottach-Egerner Rosstag Ende August schnalzen.

Die ehemaligen Tegernseer Klosterbauten dienen heute als Wittelsbacherschloss, als Gymnasium, als Pfarrkirche und einer ausgedehnten Gastlichkeit (hier der Freisitz vom „Bräustüberl").

Wer gern eine Tegernseer Tracht hätte, geht in Rottach-Egern zu „Greif".

Natürlich gehört zum „Gasthaus Altes Bad" in Kreuth auch ein zünftiger Biergarten, in dem Herzoglich Bayerisches ausgeschänkt wird.

Wildbad Kreuth, ein an einem Hang des Hohlensteins südlich vom Tegernsee gelegenes ehemaliges Kurbad, wurde vier Jahrzehnte lang als Bildungszentrum der Hanns-Seidel-Stiftung genutzt.

Special

Seesauna

Die heiße Irmi

Auch im schönen Bayern gibt es mal dunkle Wolken und Schlechtwettertage. Dann käme eine Sauna gerade recht, denn Saunieren bedeutet ja Entspannung, was jeder Sommerfrischler bei Regen sehr gut gebrauchen kann.

Natürlich nicht irgendeine, sondern am besten die heiße Irmi: Das Saunaschiff „Irmingard" liegt im Ort Tegernsee, und dort kann man nach dem 95-Grad-Schwitzgenuss direkt in den erfrischenden Tegernsee hüpfen und finnische Gefühle erleben. In der Monte-Mare-Seesauna (www.monte-mare.de) stehen außerdem noch weitere fünf Dampf- und Schwitzbäder zur Auswahl, ein herrlicher Sole-Pool, eine mit bequemen Liegen und Strandkörben bestückte Wiese sowie ein privater Kieselstrand mit Blick auf die „Irmi" und das gegenüberliegende Bad Wiessee. Denn: Es kann ja nicht den ganzen Tag lang regnen …

aufräumt und Kurioses oder Wertvolles für einen guten Zweck verkauft. Bad Wiessee hingegen ist ein Platz für Best und Golden Ager. Manche drehen den Spieß um und sagen: Wiessee leidet unter diesem Image, hat der Ort doch heilende Quellen vorzuweisen, darunter Deutschlands stärkste Jodschwefelquelle. Ab dem Jahr 1904 wurde hier zunächst nach Erdöl gesucht. Gefunden und bis zu einer Million Liter pro Jahr gefördert hat man dann Petroleum. Erst 1909 brachte Bohrloch III unerwartet die Jod- und Schwefelquelle zum Sprudeln.

Gewinn und Verlust

Wo modernste Kur- und Wellness-Einrichtungen für Wohlergehen sorgen, ist in der Regel ein Casino nicht weit. Zwar schreibt die Kleiderordnung in Bad Wiessee für den Herrn nur Sakko und Hemd vor, doch der architektonisch recht ansprechende Bau verspricht in seinem Herzen exklusive Unterhaltung: an grünen Roulettetischen mit stilvoll im Smoking gewandeten Croupiers. *Faites vos jeux:* Beim Roulette, Black Jack oder Baccara freuen sich ältere Herrschaften über 20 Euro Gewinn, ärgern sich nach 40 Euro Verlust. Aber manchmal hängt beim Großen Spiel am Plus oder Minus auch noch die eine oder andere Null dran …

Doch halt! Nicht nur am Casino in Wiessee oder an der Seepromenade von Rottach parkt zwischen all den teuren SUV's schon mal ein Skoda-Kombi oder Elektroauto. Neben dem Lodengeschäft gibt es mittlerweile einen Bioladen, neben dem Banker in Rente den Studenten mit Visionen, und beim Seefest in Rottach-Egern kommen der VIP (in Edel-) wie der Bauer in (traditioneller) Tracht. Die Leute legen schließlich Wert aufs Brauchtum.

Tourismus gibt es am Tegernsee schon seit 1817, als die Wittelsbacher erstmals zur Jagd und Erholung kamen. Zwischen all den Show-, Wirtschafts- und Politgrößen tummeln sich jahrein, jahraus auch „normale" Familien beim Schwimmen oder Skifahren. Längst stellen die Urlauber zumindest temporär die Mehrheit. Ein paar Kilometer südlich tagte lange Zeit die CSU. Durch ihre jährlichen Klausurtagungen, den einst von Franz Josef Strauß betriebenen Kreuther Trennungsbeschluss und gern etwas lauter formulierte poltische Statements der CSU-Oberen kam Wildbad Kreuth mit seinem Tagungszentrum zu bundesweiter Bekanntheit.

Bäuerliche Traditionen

Der Schliersee ist ebenfalls deutschlandweit bekannt. Doch wie im 300 Meter höher gelegenen, nahezu unberührten Spitzingsee scheinen die Uhren hier gemächlicher als am aufgetakelten Tegern-

Vorbei an der kleinen Kapelle am Grat geht es hinauf zum Gipfel der Brecherspitze (rechts). Am Weg bietet die Ehard-Alm Gelegenheit zur Rast (ganz rechts). Nur über die Rote Brücke und durch das Brucktor gelangte man früher nach Wasserburg am Inn hinein (unten rechts). Der beste Platz zum Gucken in Wasserburg ist unter den Arkaden am Marienplatz (unten links).

see zu gehen. Die Rotwand, der Rosskopf und weiter östlich der Wendelstein, Bayrischzell sowie das gern von Münchnern frequentierte Sudelfeld gelten als wunderbare Wander- und Wintersportgebiete. Der aus Schliersee stammende Doppel-Skiolympiasieger Markus Wasmeier hatte die schöne Idee, in seinem Heimatdorf ein Bauerndorf mit seinen mehrere Jahrhunderte alten Höfen zum Leben zu erwecken. Sie werden heute traditionell bewirtschaftet.

Vom Inn umschlungen

Wer glaubt, Tradition und junges Leben passen nicht zusammen und kulturelle Integration sei etwas für hoffnungslose Träumer, kann sich in Wasserburg vom Gegenteil überraschen lassen. Diese mittelalterliche Puppenstubenstadt mit ihren vielen alten Geschichten und der inselgleichen, fast vollständig vom Inn umflossenen Altstadt wirkt jung. 16 Schulen und Bildungseinrichtungen gibt es, und so tummeln sich inmitten der etwa 12 700 Einwohner alltäglich auch knapp 6000 Schüler. Werden Besucher und Bewohner Wasserburgs gefragt, was sie an der Stadt schätzen, dann geraten sie meist ins Schwärmen: Südländisch, weltoffen, lebendig, kulturbegeistert und multikulturell sei es hier.

„Von Wasserburg aus glaubte ich in der Tat, meinen Hintern nicht ganz nach München bringen zu können!“

Wolfgang Amadeus Mozart, 1780

Wasserburg ist aber auch voller alter Geschichten. Viele haben natürlich mit den Salzhandelswegen zu tun, die auch diesen Ort einst wohlhabend gemacht hatten. Als Schiffer waren zu jener Zeit allerdings nur Nichtschwimmer gefragt,

In der Kirche von Kloster Seeon soll Mozart mehr als 14 Jahre regelmäßig auf der Orgel gespielt haben.
Heute ist hier eine Bildungsstätte untergebracht.

Am Simssee bei Bad Endorf finden
Sommerurlauber vier kostenlose Badeplätze.

Über Rosenheims Max-Josefs-Platz ragt der Turm der Stadtpfarrkirche St. Nikolaus auf.

Wer bayerische Trachten und Blasmusik liebt, kommt um das Gaufest in Rosenheim nicht herum.

In Rosenheim waren schon viele Häuser in einen TV-Krimi der »Rosenheim Cops« verwickelt, u.a. das Rathaus als Polizeistation.

weil die notgedrungen nicht gleich von Bord sprangen und die kostbare Fracht im Stich ließen, wenn es galt, Räuber oder Stromschnellen zu überstehen.

Fuhr man seinerzeit durch die Region, waren kleine Adelssitze und Landschlösschen typische Landmarken für die Gegend. So wie Schloss Weikertsham. Versteckt zwischen Feldern und Bauernhöfen liegt das im späten Mittelalter als Patrizierhaus erbaute Kleinod auf dem östlichen Innhochufer in der Nähe von Wasserburg. Das turmartige Schlösschen mit seinen Fresken an der Giebelfront ist umgeben von Bäumen und einem Garten mit Seeteich. Das Anwesen war im späten 18. Jahrhundert in bäuerliche Nutzung übergegangen, wurde als Unterstand fürs Vieh genutzt, und alle Fresken wurden übertüncht. Es waren zähe Verhandlungen, bis Martina Pfeiffer den Eigentümer zum Abschluss eines Erbpachtvertrags auf 60 Jahre bewegen konnte. Die Raumausstatterin ließ sich von einem Architekten und Denkmalpfleger beraten. Ihren neuen Wohnsitz hat die Schlossbesitzerin mit französischen und englischen Antiquitäten ausgestattet. Zwei Zimmer vermietet sie inzwischen an Urlauber. Und so kann man sich auf Schloss Weikertsham als Gast – zumindest vorübergehend – wie eine Landlady oder wie ein Landlord fühlen.

Mittelalter in Rosenheim

Von so einem mittelalterlichen Anwesen träumte auch Mario Mattera. Der Einwanderer italienischer Eltern kam vor mehr als 30 Jahren nach Rosenheim, in eine Stadt, die man schon wegen der schweren Kriegszerstörungen und wegen des Aufbaus nach 1945 als Gegenpol zu Wasserburg betrachten kann – wobei sich dennoch einige stimmungsvolle Ecken erhalten haben. Mattera hat inzwischen eine Ausnahmekarriere vom Tellerwäscher, Kellner, Pizzeria-Besitzer zum Hotelier gemacht. Bis ein Architektenfreund ihm eine neue Idee in den Kopf setzte. Er wollte ihm sein Hotel so umbauen, dass es nicht mehr altern kann, weil es schon alt ist. So entstand im Rosenheimer Stadtteil Heilig Blut das „San Gabriele“. Es gleicht nun einer mittelalterlichen Klosteranlage mit Fresken und Kreuzgewölben, ohne dass es historisch je ein solches Gemäuer an dieser Stelle gegeben hätte. Bei Einsetzen der Dunkelheit flackern in den vielen Nischen dann sogar Kerzen, und im Restaurant servieren als Mägde und Mönche Gewandete italienische Speisen. Ein älteres Ehepaar fragt den Kellner in der Mönchskutte ganz pietätvoll nach der Tischreservierung. Manchmal scheint eben eine perfekt inszenierte Kopie größere Wirkung zu haben als manches Original.

EBERSBERG
WASSERBURG am Inn
Zorneding
Putzbrunn
Grasbrunn
Kirchseeon
Edling
Pfaffing
GRAFING bei München
Höhenkirchen-Siegertsbrunn
Moosach
Oberpframmern
Aßling
Emmering
Griesstätt
Rott am Inn
Egmating
Glonn
Aying
Vogtareuth
Tuntenhausen
Schechen
Söchtering
Valley
Feldkirchen-Westerham
Bruckmühl
Prutting
Groß
Karolinenfeld
BAD AIBLING
KOLBERMOOR
ROSENHEIM
Stephanskirchen
Weyarn
Warngau
Irschenberg
Riedering
Rohrdorf
Raubling
MIESBACH
Bad Feilnbach
Neubeuern
Samerberg
Gmund am Tegernsee
Hausham
Schliersee
Fischbachau
Brannenburg
Nußdorf am Inn
Flintsbach am Inn
Bad Wiessee
TEGERNSEE
Rottach-Egern
Kreuth
Bayrischzell
Oberaudorf
Kiefersfelden
Ursprungpass
Deutsche Alpenstraße
Maßstab 1:200.000
0
2
4km
1
2
3
4
5
6

Ganz schön prächtig

Wenn die Natur zaubert, kann eine Prachtregion wie das Tegernseer Tal dabei herauskommen. Der See mit seinen Ortschaften und umliegenden Bergen ist einer der Hauptanziehungspunkte in Oberbayern. Neben Ausflügen dort lohnt auch eine Fahrt entlang der Mangfall nach Rosenheim und weiter am Inn über Rott bis Wasserburg.

1 Wasserburg am Inn

Die inselähnliche 1000-jährige Altstadt Wasserburgs (12 700 Einw.) wird beinah vollständig vom Inn umflossen. Mittelalterlich geprägt, wechseln in ihren engen Gassen alte Handwerkshäuser mit saalartigen Plätzen und gewölbten Laubengängen ab. Der auf Salzhandel basierende Wohlstand endete, als 1504 die Salzstapelrechte an Rosenheim gingen.

Die Herrengasse in Wasserburg am Inn säumt ein schmuckes Häuserensemble.

SEHENSWERT

Durch das massive **Brucktor** (1470) führte die Salzstraße in die Stadt. Mittelpunkt der In der **Altstadt** ist der Marienplatz. An die ehem. Kornschranne erinnern die Eingangshalle des **Rathauses** (15. und 19. Jh.) und das Brothaus, in dem bis in die 1970er- Jahre die Backwaren der ortsansässigen Bäcker angeboten wurden. Das **Kernhaus** besitzt eine der schönsten Rokoko-Fassaden Süddeutschlands von Johann Baptist Zimmermann. Spätgotisch ist die dominierende Hallenkirche **St. Jakob** (1410–1478), ausgestattet mit einer prachtvollen Renaissancekanzel (1635) der Brüder Zürn sowie einem „Lebensbaum" (1460) an der südöstlichen Chorwand. In der **Frauenkirche** (um 1325) ist am Hochaltar die „Schöne Madonna" (1430) zu sehen, eine liebliche Madonnen-Darstellung. Ihr Turm war einst Stadtturm mit der Wohnung des Stadtwächters.

MUSEEN

Das **Museum Wasserburg** zeigt Exponate aus der Stadtgeschichte, darunter Werkstätten lokaler Handwerker. Es ist ein typisches Altstadthaus der Inn-Salzach-Bauweise mit Grabendach, einer gotischen Wohnhalle, Lagerräumen und einem von Arkaden gesäumten Innenhof (Herrengasse 15; www.wasserburg.de/museum; Mai–Sept. Di.–So. 13.00–17.00, sonst Di.–So. 13.00–16.00 Uhr).
Die **Bierkatakomben** dienten vor 200 Jahren der Lagerung des im Winter gebrauten Biers (www.wasserburg.de/bierkatakomben).

VERANSTALTUNGEN

Das **Nationenfest** in der Altstadt bietet Tanz, Musik und internationale Gastronomie www.rio-konkret.de; Sa. Mitte Juni). Bei **Wasserburg leuchtet** werden historische Hausfassaden ab 20.00 Uhr mit Lichteffekten illuminiert (erster Fr. nach den bayerischen Sommerferien).

UMGEBUNG

Die im Ursprung mittelalterliche Rundburg von **Amerang**(12 km südl.) besitzt einen geradezu italienisch anmutenden dreistöckigen Renaissance-Arkadenhof (16. Jh.; Führungen Ostern bis Mitte Okt. Fr.–So. 11.00, 12.00, 14.00, 15.00 und 16.00 Uhr; www.schlossamerang.de). Das **EFA Mobile Zeiten** zeigt von seinen 250 Oldtimern 70 Exemplare von 1886 bis heute und eine der weltweit größten Modelleisenbahn-Anlagen der Spur II (www.efa-mobile-zeiten.de; März bis Nov. Do.–So. und Fei. 10.00–18.00 Uhr). Das **Bauernhausmuseum** veranschaulicht ländliche Alltagsgeschichte (www.bhm-amerang.de; Ende März–Anf. Nov. Di.–So. 9.00–18.00 Uhr). **Kloster Seeon** (15 km östl. von Amerang) war als ehem. Benediktinerkloster (994–1803) ein kultureller Mittelpunkt des Chiemgaus. In der Klosterkirche soll Mozart mehr als 14 Jahre regelmäßig auf der Orgel gespielt haben.

INFORMATION

Gäste-Information,
Marienplatz 2, 83512 Wasserburg am Inn
Tel. 08071 1 05 22
www.wasserburg.de

2 Rosenheim

Die kreisfreie Stadt (63 000 Einw.) erlangte ab dem 13. Jh. als Umschlagplatz für Güter, die auf dem Inn transportiert wurden, wirtschaftliche Bedeutung. 1810 wurde die Stadt nach Reichenhall und Traunstein zum Standort der dritten bayerischen Saline (bis 1958). Stadtrechte erhielt Rosenheim 1864. Im Zweiten Weltkrieg wurde Rosenheim schwer bombardiert.

SEHENSWERT

Von früher fünf Markttoren ist noch das **Mittertor** erhalten, vor 1350 das Osttor des Marktes; als Zollstation trennte es ab dem 15. Jh. den Inneren vom Äußeren Markt. Den **Gillitzerblock,** ein geschlossenes Gründerzeit-Ensemble, ließ der Unternehmer Thomas Gillitzer Ende des 19. Jh. erbauen; nach Um- und Neubauten ab den 1960er-Jahren blieben lediglich die Fassaden in der Münchener Straße erhalten. Am **Max-Josefs-Platz** sind noch Bürgerhäuser mit Laubengängen des Inn-Salzach-Stils zu sehen. Die neugotisch umgestaltete **Stadtpfarrkirche St. Nikolaus** mit Zwiebelturm ist das Wahrzeichen der Stadt (Urspr. 15. Jh.). Das **Rathaus** wurde 1858 als erster Bahnhofsbau der Stadt errichtet und später als Polizeistation der Fernsehserie „Die Rosenheim-Cops" bekannt.

MUSEUM

Das **Ausstellungszentrum Lokschuppen** befindet sich im halbkreisförmigen Backsteinbau einer ehem. Eisenbahnremise (1858; Rathausstr./Loziseplatz, www.lokschuppen.de; Mo.–Fr. 9.00–18.00, Sa., So., Fei. 10.00–18.00 Uhr). Das **Inn-Museum** widmet sich dem Fluss Inn als Lebensader und Wirtschaftsraum (Innstr. 74, www.wwa-ro.bayern.de; April bis Okt. Sa. und So. 10.00–16.00 Uhr).

AKTIVITÄT
Der **Riedergarten,** heute ein kleiner Stadtpark, entstand 1729 als privater Kräutergarten des Stadtapothekers Johann Rieder. Seone Nachfolger verkaufen in der **Riederschen Alten Apotheke** (1742) etwa 450 getrocknete Heilkräuter und Tees verkauft (Ludwigsplatz 21, www.kraeuterkammerl.eu).

VERANSTALTUNG
Das **Herbstfest** auf der Loretowiese, Rosenheims „Fünfte Jahreszeit“, ist mit seinen mehr als 1 Mio. Besuchern das größte Volksfest Südostoberbayerns; es beginnt am letzten Sa. im Aug. und dauert 16 Tage.

UMGEBUNG
Bad Aibling (12 km westl.) ist Bayerns ältestes Moorbad. Touristisches Zentrum ist die Therme (Lindenstr. 32, Bad Aibling, www.therme-bad-aibling.de; tgl. 10.00–22.00 Uhr).

INFORMATION
Touristinformation
Hammerweg 1, 83022 Rosenheim
Tel. 08031 365 90 61
www.touristinfo-rosenheim.de

3 Bayrischzell

Eine Wintersportgemeinde wie sie im Buche steht: gemütlich, überschaubar. Aber auch im Sommer hat der im 11. Jh. aus einer Klostersiedlung entstandene Luftkurort (1600 Ew.) bei Wanderern und Motorradfahrern beste Referenzen.

SEHENSWERT
Der Ferienort um seine barocke Pfarrkirche aus dem 18. Jh. liegt im Schatten des **Wendelsteins** (1838 m; Wendelsteinbahn, www.wendelsteinbahn.de); rundum gibt es etwa 50 bewirtschaftete Almen. Die **Sudelfeldstraße** lieben Biker mit und ohne Motor, während das Obere Sudelfeld mit 16 Liften und 32 km Pisten ein gutes Skigebiet ist. 95 m stürzt der **Tatzelwurm-Wasserfall** des Auerbachs in die Tiefe.

INFORMATION
Tourist-Information
Kirchplatz 2, 83735 Bayrischzell
Tel. 0 80 23/6 48,
www.bayrischzell.de

4 Schliersee

785 m hoch gelegen, gilt das gut 2 km² große Gewässer als Badesee mit bester Wasserqualität. Die gleichnamige Marktgemeinde ist ein bekannter, aber ruhiger Urlaubsort.

SEHENSWERT
Einen schönen **Blick** auf den Ort mit seiner barocken Pfarrkirche und den See hat man von der **St.-Georgs-Kirche** (14. Jh.) auf dem Weinberg und vom 1256 m hohen **Schliersberg** mit seinem Hotel, das per Seilbahn zu erreichen ist. Sehr beliebt ist die knapp 1 km lange Sommerrodelbahn hinunter nach Schliersee. Das Inselchen Wörth ist in privater Hand. Es lohnt aber eine Umrundung mit dem Ruderboot.

MUSEUM
Bäuerliches Leben zeigt Markus Wasmeiers **Freilichtmuseum Schliersee** in Neuhaus (Brunnbichl 5 , www.wasmeier.de; April–Nov. Di.–So. 10.00–17.00 Uhr). Ebenfalls in Neuhaus hat die **SLYRS Whisky Destillerie** ihren Sitz (tgl. 10.00–18.00 Uhr, Führungen n. Vereinb., www.slyrs.de).

UMGEBUNG
Über 1000 m hoch gelegen, knapp 34 ha groß und selbst im Hochsommer kühl, dafür mit Trinkwasserqualität: der **Spitzingsee**. Schöne Aussichten genießt man vom 1128 m hohen Spitzingsattel und von der Rotwand mit 1884 m, erreichbar mit der Taubenstein-Seilbahn.

INFORMATION
Gäste-Information
Perfallstr. 4
83727 Schliersee
Tel. 0 80 26/6 06 50
www.schliersee.de

Tipp

Kaiser-Reich

Mutige Ritter und leidgeprüfte Jungfrauen widerstehen infamen Erzschurken und überstehen grausame Schicksale – seit Jahrhunderten schon gelangen in Kiefersfelden herzanrührende Themen auf die Bühne. Passend dazu nennt sich der südbayerische Zipfel am Fuß des Kaisergebirges um die Luftkurorte Oberaudorf und Kiefersfelden „Kaiser-Reich“; eine Ferienregion, die sich in erster Linie an Naturliebhaber wendet.

INFORMATION
Kaiser-Reich Information, Rathausplatz 5, 83088 Kiefersfelden, Tel. 0 80 33/97 65 27, www.kaiser-reich.com; www.ritterschauspiele-kiefersfelden.de

Bauernhausmuseum von Amerang (links). Bergstation der Wendelsteinbahn (rechts oben). Ruderfähre vor Rottach-Egern (rechts unten)

5 Tegernsee

Die reizvolle Lage mit zum Süden hin aufragenden Bergen, seine überschaubare Größe von knapp 9 km², liebenswerte Ortschaften sowie die vielen schönen Wander-, Wasser- und Wintersportmöglichkeiten machen die Region zu einem idealen Platz, um abzuschalten und zu genießen, Kraft zu tanken oder aktiv zu sein.

SEHENSWERT
Trotz des einzigen Segelklubs am See blieb **Gmund** (6100 Ew.) bodenständig. Altbundeskanzler Ludwig Erhard (1897–1977) war hier zu Hause und liegt auf dem Bergfriedhof begraben. Das ehem. Benediktinerkloster **Tegernsee** (1803 säkularisiert) markiert den Siedlungsbeginn 746 am See; es wurde zur königlich-bayerischen Sommerresidenz umgebaut. Die urspr. Klosterkirche stammt im Kern aus dem 11. Jh.; sehenswert sind die Fresken von Johann Georg Asam (dem Vater des in Tegernsee getauften Egid Quirin Asam) sowie Leo von Klenzes Fassade. Im Nordtrakt braut das **Herzoglich Bayerische Brauhaus**; die Ergebnisse probiert man im Bräustüberl im Westflügel.
Das Südostufer des Sees ist besonders sonnenreich – die Sonnenterrasse des Tals. Die Häuser von **Tegernsee** (4000 Ew.) sind fein herausgeputzt, das Rathaus ist repräsentativ, die Geschäfte sind ansprechend. Das schmale Südufer dominiert **Rottach-Egern** (5500 Ew.) mit Stil und Eleganz. Maler, Dichter und Komponisten ließen sich von dem heutigen Doppelort inspirieren. Auf dem Friedhof von St. Laurentius (15. Jh.) liegen u.a. Ludwig Thoma und Ludwig Ganghofer. Im „Malerwinkel“, der Egerner Bucht, saßen Künstler am Seeufer und zeichneten die Rottacher Kirche.

Bad Wiessee am Westufer (4600 Ew.) ist seit 1922 der Kurort am See. Schon seit 1411 suchen hier Menschen Hilfe und Heilung, besonders in Deutschlands stärksten Jodschwefelquellen. Im Casino wird gespielt, der Blick vom 8. Loch des Golfplatzes auf das Tegernseer Tal mit dem Wallberg ist besonders schön.

MUSEEN

Wie Papier hergestellt wird, erfährt man in der **Büttenpapierfabrik** von Gmund. Seit 1829 besteht das Familienunternehmen. Leonardo di Caprio bekam seine Oscar-Urkunde auf Gmunder Papier (Mangfallstr. 5, www.gmund.com; 1. und 3. Do. im Monat 15.30 Uhr). Im **Museum Tegernseer Tal** sind volkskundliche Exponate und Trachten zu sehen (Seestr. 17, Tegernsee, www.museumtegernseertal.de; Mai–Okt. Di., Do.–Sa. 10.00 bis 13.00, Mi. 10.00–16.00, So. 13.00–16.00 Uhr).

AKTIVITÄT

Einen **Spaziergang** auf der Bad Wiesseer Seepromenade zum Ortsteil Abwinkl sollte man ebenso wenig versäumen wie den Blick vom dortigen **Aussichtspunkt Prinzenruhe.** Den besten Talblick hat man auf einem **Ausflugsdampfer** (Schifffahrt Tegernsee, Seestr. 70, 83684 Tegernsee, www.seenschifffahrt.de). Oder man mietet sich ein Ruder- oder Tretboot (u. a. Christoph Rixner, Seestr. 12 a, Tegernsee, www.bootsverleih-rixner.de). Einzige **Segel- und Surfschule** ist Stickl (Seeglas 2, Gmund, www.segelschule-stickl.de).

VERANSTALTUNGEN

Die **Waldfest-Saison** im Sommer gehört zur Tradition. Ob Fußballverein oder Skiclub, jeder stellt etwas auf die Beine mit Tegernseer Bier und Blasmusik (Termine beim Fremdenverkehrsamt).

INFORMATION

Fremdenverkehrsamt Tegernseer Tal
Hauptstr. 2
83684 Tegernsee
Tel. 80 22/92 73 80
www.tegernsee.com

6 Kreuth

Der heilklimatische Kurort (3700 Ew.) bietet im Naturschutzgebiet der Weißach-Auen seltene Tiere und Pflanzen und gilt als ein im Winter schneesicheres Gebiet.

SEHENSWERT

Die **Pfarrkirche** aus dem 12. Jh. ist ältestes Leonhardi-Heiligtum Bayerns (Leonhardifahrt am 6. Nov.). Die ehem. **Kurgebäude** wurden durch die Klausurtagungen der CSU bekannt, die dort von 1975 bis 2016 stattfanden.

INFORMATION

Tourist-Information
Nördliche Hauptstr 3
83708 Kreuth
Tel. 0 80 29/9 97 90 80
www.kreuth.de

Genießen Erleben Erfahren

DuMont Aktiv

Frei wie ein Vogel

Himmlische Aussichten verspricht ein Flug vom Gipfel des Wallbergs. Wer es nicht allein kann oder will, möchte sich vielleicht beim Tandemflug huckepack einem erfahrenen Könner anvertrauen. Oder man setzt sich ins 1623 m hoch gelegene Panoramarestaurant und schaut den bunten Vögeln einfach zu – Liegestühle stehen bereit.

In zehn Minuten werden mit der Bergbahngondel 830 Höhenmeter überwunden, um auf den 1722 m hohen Wallberg zu kommen. Im Winter lockt die mit 6,5 km längste Naturrodelbahn Deutschland, während der Berg im Sommer einen der schönsten Startplätze für Paraglider bietet: die Wiese an der von Wind und Wetter gezeichneten Wallberg-Kapelle, hoch über dem Tegernsee. Wenn die aufsteigenden Winde stimmen, die hier aus Sicht der Gleitschirmflieger erfreulich häufig zu verzeichnen sind, heben die Paraglider ab und schrauben sich nach oben, um den Wallberggipfel zu überhöhen.

Viele fliegen nicht ins Tal, sondern kehren nach einer Weile, wie nach einem Weltraumausflug, zur Bodenstation Wallberg zurück. Gängige Abstecher führen zum Setzberg, zur Bodenschneid, zum Ringberg oder nach Norden zum südöstlichen Eck des Tegernsees.

Weitere Informationen

Die Wallberg-Bahn ist ganzjährig von 8.45 bis 17.00 Uhr in Betrieb (www.wallbergbahn.de). Die Gleitschirm-Flugschule bietet auch Tandemflüge an. Mitzubringen sind dafür eine bequeme lange Hose, ein Pulli, Bergschuhe. Overall und Flugausrüstung werden gestellt Info: www.paraglidingtegernsee.info
Unter Tel. 0160/96 64 38 91 ist die Flugwetteransage zu erreichen.
Alles zum Panoramarestaurant erfährt man auf www.wallberg-restaurant.de.

Zurück zum Gleichgewicht

Im Oktober 1970 gegründet, ist der Nationalpark Bayerischer Wald der älteste Nationalpark Deutschlands, mit 24 200 Hektar Fläche zählt er zu einem der größten. Vieles, was auf seinem Gebiet erstmalig stattfand, gehört inzwischen zum Standard – vor allem das Prinzip „Natur Natur sein lassen". Eine Wanderung zu den Wurzeln des Nationalparks.

Um den Rachelsee – in einem Gelände, das seit jeher keine Nutzung zuließ – finden sich letzte Urwaldrelikte.

Ein schönes Ausflugsziel vom Nationalpark aus sind der Große Arbersee und das Arberseehaus.

„Ich sah den Wald im Sonnenglanz / Vom Abendrot beleuchtet / Belebt von düstrer Nebel Tanz / Vom Morgentau befeuchtet …"

Emerenz Meier

Es rieselt, raschelt, trieft. Von Blatt zu Blatt fallen Tropfen, rinnen von Stämmen. Nebelschwaden dimmen das Licht und schlucken die Geräusche; im Regen wirkt der Nationalpark wie verzaubert. Der Wald am „Buntspechtweg" Richtung Felsenkanzel und Rachelkapelle sieht alle 50 Meter anders aus – mal steht er in Reih und Glied, als sei er noch Forst, dann stürzt alles in ein einziges Durcheinander: Dicke Stämme in allen Stadien des Verrottens liegen übereinander, manche hängen noch am Wurzelballen. Dazwischen lugt frisches Grün hervor, Buchen, Ebereschen, Fichten, Tannen. Auf den Stämmen wachsen Pilze, ein Bach gluckert unter morschem Holz. Im ehemaligen Staatsforst am Rachel wächst der Wald, ohne dass der Mensch eingreift. Nur wenn sterbende Bäume auf Pfade und Wanderer zu kippen drohen, kommt die Säge zum Einsatz. Schieben sich vor Panoramapunkten wie der Felsenkanzel Bäume in den Blick, dann ist das eben so und kein Grund für Parkkosmetik.

Urwald im Nebel

An der Rachelkapelle schluckt Nebel die Aussicht. Unmittelbar unter dem Felsabsatz fällt das Gelände steil ab. Genauso dicht müssen die Wolken gewesen sein, als Ludwig Leythäuser 1885 hier durch den Wald ritt. Sein Pferd scheute und bewahrte den Forstmeister vor dem Absturz. Als sich der Nebel verzog, erkannte der Gerettete sein Glück und ließ später die kleine Holzkapelle errichten.

An klaren Tagen geht hier der Blick auf den einzigen natürlichen See im Nationalpark, den Rachelsee. Im Karsee sammelte sich nach der letzten Eiszeit das Schmelzwasser des Rachelgletschers. Urwaldrelikte, wie sie hier noch zu finden sind, haben sich auch im Hans-Watzlik-Hain, am Höllbachgspreng und im Gebiet Mittelsteighütte (nahe Zwieslerwaldhaus) erhalten.

Stille Helfer im Wald

Das Wegenetz durch den Nationalpark misst über 350 Kilometer, allein zwischen Falkenstein und Lusen ist die Auswahl enorm. Es bestehen Rundwanderwege, gekennzeichnet durch Tiersymbole auf gelbem Grund, es gibt den Goldsteig und Wanderlinien, die mit Pflanzensymbolen markiert sind. In der Kernzone des Nationalparks herrscht ein strenges Wegegebot, wer sich hier ins Dickicht schlägt, ist doppelt schlecht beraten: wegen der Möglichkeit, seltene Tier- und Pflanzenarten zu (zer-)stören oder/und erwischt zu werden. Derzeit arbeiten 26 Ranger und Rangerinnen als Ansprechpartner im Park und nehmen

Das Gebiet um den Großen Rachel, den zweithöchsten Berg des Bayerischen Waldes, lässt sich wandernd wunderbar erschließen, …

… unterhalb des Berges bietet das Waldschmidthaus genaue Infos und stärkt mit deftiger Brotzeit.

Baden im Großen Arbersee ist nicht gestattet – aber auf den sonnengewärmten Planken des Holzstegs am Arberseehaus lässt es sich gut etwas verweilen.

Der Natur kommt man beim Radfahren am Großen Filz bei Sankt Oswald nahe wie auch im Haus zur Wildnis bei Ludwigsthal.

Das mächtige Baum-Ei ist Teil des Baumwipfelpfades im Naturparkzentrum Lusen, der unmittelbar durch Buchen, Tannen und Fichten führt.

Eher mühsam, aber spektakulär ist der Weg über die Himmelsleiter zum Lusen hinauf. Sie führt durch den nachwachsenden jungen Wald bis zum Gipfel.

Unterhalb der Rachelkapelle fällt das Gelände jäh zum Rachelsee hin ab.

„Wandrer, steh' und bet' für mich – ich glaub', wir brauchen's, du und ich; zum Dank dafür tu ich dir kund, zum Rachel sind's dreiviertel Stund'."

Text auf einem Totenbrett

pädagogische Aufgaben wahr. Außerdem unterstützen sie die Arbeit der Forscher, etwa indem sie lauschen, wo noch die Ringdrossel singt, wenn sie das Mulmhöhlensubstrat aus Spechthöhlen untersuchen oder dabei helfen, junge Habichtskäuze zu beringen. Die puscheligen Eulen brauchen tote Bäume zum Nestbau. Nach ihrer Wiederansiedlung nahmen sie zuerst mit Nistkästen vorlieb, doch seit 2011 brüten sie auch wieder in Stämmen. Wenn die Vögel zwei Mal wiederkommen, gilt die Ansiedlung als geglückt.

Wildtiere, bedingt willkommen

Beim Luchs, dem „Wappentier" des Bayerischen Waldes, stagnierte der Bestand über Jahre, derzeit scheint es mit 29 erwachsenen frei lebenden Tieren im gesamten Grenzgebiet langsam bergauf zu gehen. Wie der Wolf hat er skrupellose Feinde. Vor einigen Jahren legte ein Luchs-Gegner die abgeschnittenen Pfoten eines Tiers nahe der Fotofalle eines Luchs-Forschungsprojekts ab. Im großen Freigelände am Lusen leben und vermehren sich Arten, die früher durch den Böhmerwald streiften: Wisente, Elche und Bären. Mehr als 50 Jungtiere kamen 2018 im Tiergehege zur Welt.

Die Ankunft der Zitronengelben Tramete bejubeln natürlich nur Experten. Der grelle Pilz, ein Porling, gilt als Gradmesser der Verwilderung. Ideale Bedingungen findet er erst ab 144 Kubikmetern Totholz pro Hektar. Reichlichen Nachschub hat ihm über Jahre der Borkenkäfer verschafft.

Nur etwa fünf Millimeter groß, vernichtet der Käfer im Wirtschaftswald Holzwerte in Millionenhöhe. Wo sich der Buchdrucker, wie er wegen seiner Larvengänge in der Rinde auch genannt wird, durch geschwächte Monokulturen frisst, bleiben kahle Fichtenstämme zurück. Rings um den regennassen Zauberwald, im Falkenstein-Rachel-Gebiet, waren die Verluste erheblich, 2010 lag der Käferholzanfall bei 150 000 Festmetern, 2018 schrumpfte der Wert auf ein Fünftel. Vor allem unterhalb der Himmelsleiter am Lusen, die schnurgerade zum Gipfel auf 1373 Meter führt, zeigt sich das Ausmaß der Zerstörung – und auch die Kraft des Neubeginns der nachwachsenden Natur.

50 Jahre und einige Phasen

Schädlingskalamitäten begleiten die bewegte Geschichte des Nationalparks durch mehrere Phasen (s DuMont Thema S. 196). Bis zur Eröffnung 1970 dauerte die euphorische Gründungszeit; im nächsten Abschnitt, den Aufbaujahren, reduzierte man den Holzeinschlag, regulierte den Wildbestand und weckte erste Widerstände. Ein Paradigmenwechsel bestimmte die 1980er-Jahre, man unternahm wichtige Schritte zum Prozessschutz, also dem Konzept des Nichteingreifens in die natürlichen Abläufe im Wald. Ende der 1990er-Jahre erreichte das Absterben der Fichten in den Hochlagen von Rachel und Lusen einen Höhepunkt, der Protest auch. Kompromisse verschafften beiden Lagern Entlastung, wie etwa der Plan, erst 2027 auf 75 Prozent der Parkfläche den Prozessschutz zu etablieren. Die Konsolidierungsphase kennzeichnet eine wachsende Annäherung: Ein neues Besucherzentrum in Ludwigsthal entsteht, der Baumwipfelpfad von Neuschönau lockt Besucher an, nachwachsender Wald überzieht die Hänge und scheint das Konzept der Nichteinmischung zu bestätigen: 2018 galt das Prinzip für 69 Prozent der Nationalparkfläche in der 16 000 Hektar großen Naturzone.

Der Blick nach vorn

Für die Ranger der jungen Generation wie Kristin Biebl steht dieses Konzept außer Frage. Sie hat in München Sprachen studiert, doch stärker als die Lust auf die Fremde war die Sehnsucht nach der Natur ihrer Heimat. Sie arbeitet von der Rangerstation am Bahnhof von Spiegelau aus, begleitet Forschergruppen vieler Nationen und unternimmt regelmäßige Kontrollgänge im Wald. Immer mit dabei ist ein langer Holzstecken mit Metallspitze, mit der sie vereinzelten Müll aufsammelt. Es fasziniert sie die Vielfalt der Lebensräume: Bergfichtenwälder stehen in Hochlagen, Bergmischwald bedeckt die sonnigeren Hänge, es gibt Hochmoore und waldfreie Schachten und den Aufichtenwald in feucht-kühlen Tallagen.

Nachwachsender Wald überzieht die Hänge mit frischem Grün.

Eine ausgedehnte Fahrradtour kann vom Großen Falkenstein (oben) im Norden des Nationalparks aus das Tierfreigelände Neuschönau am Nationalparkzentrum Lusen im Süden (Mitte, unten) zum Ziel haben. Lohn der Mühe sind mit etwas Glück dort Begegnungen mit Haselhuhn und Rotwild.

In dem recht unwegsamen Gelände des Höllbachgsprengs ist eine Hütte wie diese am ehemaligen Triftteich für eine Brotzeit sehr willkommen.

Rechts: Glas und seine Herstellung ist das große Thema in der Region um Frauenau. Die Glasmanufaktur Freiherr von Poschinger ist spezialisiert auf Sonderanfertigungen nach Kundenwunsch.

Die lange Tradition der Glaskultur auf internationaler wie regionaler Ebene und bis in die heutige Zeit hinein hat das Glasmuseum in Frauenau (links, unten) im Blick.

Die „Glasarche II“ von Ronald Fischer erinnert in Frauenau an das Kunstprojekt „Glasarche“: Ein Schiff aus Glas sorgte einst in der Grenzregion zu Tschechien für Diskussion und Begegnung.

Totenbretter

Special

Rustikaler Respekt

Ein besonderer Bayerwaldbrauch: das Gedenken an die Verstorbenen auf Totenbrettern. Manche Inschriften fallen erstaunlich heiter aus.

Das Leben im Bayerwald war in vergangenen Jahrhunderten oft kein Vergnügen, das Sterben auch nicht. Wer arm verschied, wurde statt im Sarg auf einem Brett aufgebahrt und nach der dreitägigen Totenwache auf dieser schmalen Unterlage zum Friedhof gebracht. Dort ließ man den Toten „vom Brettl“ in die Grube rutschen, legte manchmal das Brett darüber, nahm es aber zumeist mit und übergab es dem Schreiner.

Der setzte Namen, Lebensdaten und den Beruf darauf und vielleicht, wenn eine Frau starb, eine Blume oder, bei Kindern, Engel – zuweilen aber auch herzhafte Sprüche auf Kosten des werten Verstorbenen. Mal ging es um Trinkgewohnheiten, mal um Arbeitsscheu oder die Leibesfülle: „Hier ruht Theres Gschwendtner, sie wog zweieinhalb Zentner. Gott gebe ihr in der Ewigkeit nach ihrem G'wicht die Seligkeit.“

Auf Holz bewahrte Erinnerung in Bodenmais

Im Umkreis von rund 100 Kilometern finden sich die Bretter im nördlichen Bayerischen Wald, gewissermaßen als endemische Kulturdenkmäler. Sie stehen etwa in Arrach, in langer Reihe bei der Liebfrauenkapelle von Arnbruck, in Sankt Englmar oder bei Brennes. Familien schmücken noch heute ihre Höfe mit den Brettern.

Die Frage, ob der Wald heute gesünder ist als vor 50 Jahren, bejaht Nationalparkleiter Dr. Franz Leibl: „Der Weg vom Kulturwald zum Naturwald ist deutlich erkennbar.“ Rund um die Urwaldrelikte im Park weiten sich immer mehr Flächen zur Wildnis aus, den Wert von Totholz, unter dem junger Wald heranwächst, habe man viel zu lange unterschätzt. „Der Rest Europas blickt anerkennend auf die Struktur unseres Waldes, auf sein Alter und die Urwaldentwicklung“, sagt Leibl.

Vom Wert des Waldes

Auch der Ausgleich mit den touristischen Interessen gelinge: „Die Kunst liegt darin, die störsensible Natur zu erhalten und zugleich den Menschen ein maximales Naturerleben zu geben“ – das, wonach sich ein Großteil der Gäste sehnt. 95 Prozent der Besucher kommen, um in der Natur Kraft zu schöpfen; jeder zweite ist ein typischer Nationalparktourist, und 22 Prozent würden gar nicht erst anreisen, wenn es den Park nicht gäbe.

Doch so wichtig die Wertschöpfung durch den Fremdenverkehr ist, auf Wanderungen im Nationalpark wird eines überdeutlich, vielleicht besonders an den regenverhangenen Tagen: Wir atmen durch im Wald und finden Ruhe; der Wald aber braucht uns nicht.

NATIONALPARK

Der harte Weg zum Vorbild

Das muss man erst mal schaffen: 50 Jahre alt sein und immer noch Kontroversen auslösen. Denn auch wenn die Zustimmung heute überwiegt, sorgt der Nationalpark in der Region nach wie vor für Diskussionen. Andernorts hat er längst Vorbildcharakter.

Im Nationalpark darf die Natur Natur sein.

Im Bayerischen Wald gibt es einen Punkt, zu dem wirklich jeder eine Meinung hat – ob die Einrichtung des Nationalparks eine gute Idee war oder eher nicht. Egal, wen man fragt, den Forstbesitzer wie die Erzieherin, die nebenher als Fremdenführerin arbeitet, den pensionierten Gemeindemitarbeiter oder den Hotelier – die Überzeugungen sprudeln nur so hervor. Ob sich das die Gründerväter des Parks, denn es waren ausschließlich Männer, Ende der 1960er-Jahre hätten träumen lassen?

Eine Idee wächst mit

Hubert Weinzierl, Vorsitzender des BUND, der bayerische Landwirtschaftsminister Hans Eisenmann und der Gründungsdirektor Hans Bibelriether haben damals Großes gewagt – im wörtlichen wie im übertragenen Sinne. Kein deutscher Nationalpark bedeckt mehr Landfläche, und kein Park hat eine derart weitreichende Wirkung auf nachfolgende Projekte in Deutschland wie international. Sein im Laufe der frühen Jahre entwickeltes Prinzip „Natur Natur sein lassen" ist inzwischen Goldstandard, und wer heute wissen will, wie ein noch junger Park in ein paar Jahrzehnten aussehen könnte, der findet im Bayerischen Wald (standortbedingte) Antworten.

Eine Wanderung durch die Kernzone macht staunen: Hier wächst, reift und stirbt ein freier Wald. Die wenigsten dürften diesen natürlichen Prozess in seiner vollen Bandbreite zwischen Werden und Vergehen zuvor je so unmittelbar neben-, über- und durcheinander gesehen haben, wie er sich in der Kernzone zeigt – vielleicht sind es also eher unsere Sehgewohnheiten, ausgerichtet an „aufgeräumten" Wäldern, die man hinterfragen muss, wenn einen dieser Anblick verstört.

Viele Menschen im Bayerwald, die vermutlich alle ein wenig Borke und Harz in ihrer DNA haben, konnten anfangs diese als Tatenlosigkeit missverstandene Nichteinmischung nur schwer nachvollziehen. Und: Es hat ihnen vor 50, 35 und auch noch vor 20 Jahren wohl keiner hinreichend Gründe und Konsequenzen klargemacht.

Oben: Die stärksten Emotionen verknüpfen sich seit jeher mit dem Buchdrucker. Der gefräßige Schädling darf sich ungehindert in der Naturzone tummeln.

Links: Ranger und Rangerinnen teilen ihre Beobachtungen bei Führungen mit den Gästen.

Zauberwort Kommunikation

Aus jenen Fehlern hat man gelernt. An der von Franz Leibl, Leiter der Nationalparkverwaltung in Grafenau, beschworenen Transparenz habe es lange gehapert, beklagen Kritiker, die sich vor der Parkerweiterung 1997 zu einer lautstarken Lobby formierten.

Ohne heute noch einen künstlichen Gegensatz zwischen Nationalpark und Wirtschaftswald aufbauen zu wollen, meint Frank von Schnurbein, Besitzer des Forstguts in Schlossau bei Regen, dass vielen Forstwirten das Herz blute, wenn sie zusehen müssen, wie der Rohstoff

„Es werden ja Entwicklungen in Gang gesetzt, die wir selbst nicht kennen. (…) Da ist Transparenz unabdingbar."

Franz Leibl

Die Sorge, Touristen würden durch die Baumskelette abgeschreckt, bewahrheitete sich nicht. Und sie finden schon wieder junges Grün an den toten Stämmen.

ihrer Existenz im Kerngebiet ungenutzt verrottet. Schließlich hätten vor allem Waldbauern die Kulturlandschaft Bayerischer Wald geprägt. Außer um die Tradition gehe es auch um die langfristige Perspektive, denn wer heute eine neue Waldgeneration begründe, sichere damit das Auskommen seiner Enkel.

Im ehemaligen Staatsforst wiegen Rentabilitätsargumente naturgemäß weniger schwer. „Wer den Wald nur ökonomisch sieht, kommt mit den Entwicklungen im Nationalpark nicht so gut klar", sagt Franz Leibl. Statt von Borkenkäferplage spricht er von „Borkenkäferaktivität", die den Wald nicht zerstöre, sondern gestalte. Wald ist eben nicht gleich Wald.

Kleiner Käfer, große Aufregung

Die Stürme Vivian und Wiebke 1990, Kyrill 2007 und Mikel 2011 mähten hektarweise Bäume um und sorgten beim Borkenkäfer für Nahrungsnachschub – ein Schneeballsystem. Scheinbar. Denn es hat sich herausgestellt, dass die Käferplage in Wellen kommt. Selbst in den jüngsten Hitzesommern gab es im sich selbst überlassenen Kerngebiet des Nationalparks keine so weite Ausbreitung der Borkenkäfer wie in den Wirtschaftswäldern. Nachdem die Welle vom Nationalpark auf die Forste herübergeschwappt war, verläuft es zumindest jetzt oft andersherum – auch weil es den privaten Waldbesitzern zuletzt kaum gelang, das befallene Holz schnell genug aus dem Wald zu holen. Manche leiten daraus den Vorwurf ab, die Nationalparkverwaltung kümmere sich zu wenig um den Schutz der umliegenden Privatwälder. An diesem Grundkonflikt reiben sich die Parteien bis heute, schlagen aber längst versöhnlichere Töne an.

Frank von Schnurbein stellt etwa fest, dass es sich um eine „Blickwinkeldiskussion" handelt: „Man sollte die Seiten nicht gegeneinander ausspielen." Natürlich ließe sich der Prozess nicht zurückdrehen, aber vor Glorifizierungen der neuen Wildnis wie vor einfachen Feindbildern sollte man absehen.

Es bleibt spannend

Nach vielen Gesprächen mit Einheimischen zeichnen sich drei Linien ab: Wer beruflich im Forst zu tun hat, steht der Einrichtung oft kritisch gegenüber. Ältere haben eher Vorbehalte als jüngere Menschen. Und auch die Bildung spielt eine Rolle beziehungsweise die Neigung, zweifelhaften Informationen zu glauben.

Fakten & Informationen

Stimmung in Zahlen

Das wichtigste Ergebnis einer Akzeptanzstudie der Universität Würzburg von 2018: Die Zustimmungsquote zum Nationalpark unter den Einheimischen wächst. Lag die Akzeptanz 2007 noch bei 76,5 Prozent, betrug sie 2018 fast 86 Prozent.

Nationalparkzentren

Nationalparkzentrum Lusen: Hans-Eisenmann-Haus,
Böhmstraße 39, 94556 Neuschönau, s. S. 37
Nationalparkzentrum Falkenstein: Haus zur Wildnis,
Eisensteiner Straße 20, 94227 Ludwigsthal

www.nationalpark-bayerischer-wald.bayern.de

Seit 2015 wurden im Nationalpark durchschnittlich 1,3 Mio. Besuche pro Jahr gezählt. Das ist gerade noch so viel, wie der Wald verkraftet, meint Franz Leibl, Leiter der Nationalparkverwaltung.

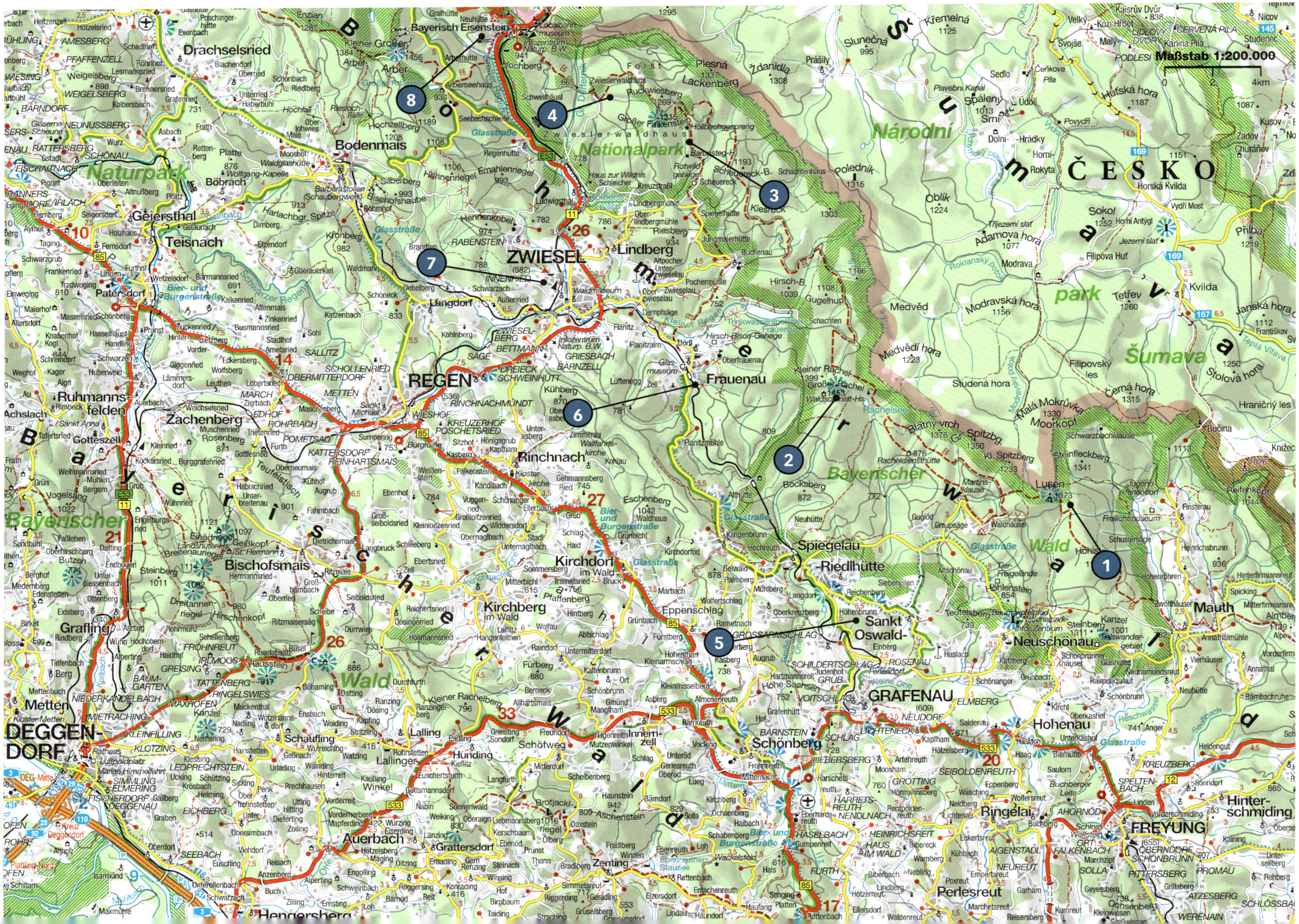

Maßstab 1:200.000
0 2 4km
ČESKO
Národní park Šumava
Bayerischer Wald
Nationalpark
Naturpark
ZWIESEL
REGEN
GRAFENAU
FREYUNG
DEGGENDORF
Bayerisch Eisenstein
Drachselsried
Bodenmais
Geiersthal
Teisnach
Patersdorf
Ruhmannsfelden
Zachenberg
Gotteszell
Bischofsmais
Grafling
Metten
Lindberg
Frauenau
Rinchnach
Kirchdorf im Wald
Kirchberg im Wald
Eppenschlag
Spiegelau
Riedlhütte
Sankt Oswald
Neuschönau
Mauth
Hohenau
Schönberg
Innernzell
Schöfweg
Lalling
Hunding
Lallinger Winkel
Auerbach
Grattersdorf
Ringelai
Perlesreut
Hinterschmiding
Hengersberg
Langdorf
Kvilda
Lusen
Lackenberg
1
2
3
4
5
6
7
8

Von Natur aus schön

Der möglichst wenig angetastete Wald ist die größte Attraktion im Nationalpark, der vom Tierfreigelände bis zum Baumwipfelpfad viele zusätzliche Besuchsziele geschaffen hat. Doch auch die Orte ringsum, allen voran Zwiesel und Frauenau, haben einiges zu bieten – wie die lange Glashüttentradition.

1 – 4 Nationalpark

Am 7. Oktober 1970 begann ein Experiment, das bis heute anhält: Der Nationalpark wurde gegründet. Nach einer Erweiterung nimmt er nun über 24 000 ha Fläche ein. Ein knappes Viertel aller in Deutschland vorkommenden Baumarten findet sich auch im Nationalpark.

SEHENSWERT
Am höchsten ragt der 2 **Rachel** mit 1453 m auf, gefolgt vom 1 **Lusen** und dem 3 **Großen Falkenstein** (1315 m). Der **Lusen** (1373 m) hebt sich aus mehreren Gründen ab: Auf dem Gipfel des Grenzbergs findet sich ein Blockmeer, auf dem Weg zur Himmelsleiter lassen sich die Veränderungen nach dem Borkenkäferbefall gut beobachten. An seiner östlichen Flanke erstreckt sich das zauberhafte **Lusenbachtal** (Luzenské údolí). Zu den tiefer gelegenen Attraktionen des Parks gehören die Filze und Schachten, besonders schön sind das Hochmoor Schluttergasse bei Frauenau, auch **Latschenfilz** genannt; zudem die älteste und größte Alm, der 4 **Ruckowitzschachten** bei Zwieslerwaldhaus, sowie das Urwaldgebiet um das **Höllbachgspreng** am Großen Falkenstein. Der älteste Baum im Park, eine 1000-jährige Eibe, wächst am **Falkenstein.**

ERLEBEN
Das **Hans-Eisenmann-Haus** im **Nationalparkzentrum Lusen** (s. DuMont Thema Nationalpark) zeigt die Dauerausstellung „Wege in die Natur". Vor seiner Tür wird die Theorie im **Tierfreigelände** Praxis: Auf über 400 ha leben ursprünglich heimische Wildtiere wie Luchs, Wolf, Wisent, Habichtskauz und Bär; ein ganzjährig zugänglicher, 7 km langer Rundweg erschließt das Areal. Der **Baumwipfelpfad** in der Nähe bricht Rekorde: 1300 m lang, 44 m hoch, besucht von knapp 200 000 Menschen im Jahr. Bis zum Baum-Ei führt der barrierefreie Bohlenweg über den Bergmischwald (Neuschönau, www.baumwipfelpfade.de, Mai bis Sept. 9.30–19.00, April/Okt. bis 18.00, Nov. bis März bis 16.00 Uhr). Ein Netz von so viel wie nötig und so wenig wie möglich geräumten **Wanderwegen** durchzieht das Kerngebiet und die Randzone des Nationalparks, etliche sind zertifiziert, die Kennzeichnung über Tier- und Pflanzensymbole ist schnell zu erfassen.

Kristallklares Wasser im Höllbachgspreng (o.), scheuer Schwarzstorch in Neuschönau (re. o.), Stille im Hochmoor Latschenfilz (u.)

Das Wegegebot des Nationalparks gilt auch für Radfahrer auf rund 200 km ausgewiesenen Strecken.

INFORMATION
Nationalparkverwaltung Bayerischer Wald
Freyunger Str. 2, 94481 Grafenau
Tel. 08552 9 60 00
www.nationalpark-bayerischer-wald.de

5 Sankt Oswald-Riedlhütte

Weil hier Wasser aus dem Fels entsprang, ließ Landgraf Johann von Hals-Leuchtenberg 1389 eine Kapelle und später ein Kloster errichten, das dem heiligen Oswald geweiht war – die Keimzelle der heutigen Ortschaft mit knapp 3000 Einwohnern. In Riedlhütte entstand 1450 eine der ersten Glashütten der Region.

SEHENSWERT
Erst lebten Pauliner im neu gegründeten Kloster (15. Jh.), dann zogen Augustiner-Chorherren ein und ab 1567 Benediktiner: Hinter dem **Kloster Sankt Oswald** liegt eine bewegte Geschichte. Nach einem Brand 1876 blieben nur Kapelle, Sakristei und der untere Teil des Kirchturms erhalten, die neubarocke Saalkirche von 1882 bezog diese Teile mit ein. Die Ohe durchfließt das **Klosterfilz,** das mit dem **Großen Filz** ein weites Moorgebiet am Ort bildet. An ihren Ufern siebten einst Goldwäscher den Flusssand aus. Die nachgebaute Goldwaschstelle ist Station auf einem 17 km langen Themenwanderweg.

MUSEUM
Das **Waldgeschichtliche Museum St. Oswald** zeichnet die Entstehung des Mittelgebirges und der Wälder nach – zum Beispiel in einem Wald-Fahrstuhl, der 14 000 Jahre

zurückreist. Seit der Neugestaltung gibt es multimediale Stationen, auch zur Kulturgeschichte (Klosterallee 4, Di.–So. 9.00–17.00 Uhr, Eintritt frei).

INFORMATION
Tourist-Service & Marketing St. Oswald-Riedlhütte
Schulplatz 2, 94566 Riedlhütte
Tel. 08553 60 83
www.sankt-oswald-riedlhuette.com

6 Frauenau

Unterhalb des Rachels und unmittelbar an der Glasstraße gelegen – die räumliche Zuordnung sagt viel über das 1324 gegründete Frauenau. Ab 1420 siedelten sich die Glashütten an. Seit 2015 zählt die Produktion von Hohl- und Flachglas zum Immateriellen Kulturerbe.

MUSEUM
Der Untertitel „Staatliches Museum zur Geschichte der Glaskultur" ordnet das **Glasmuseum** ein: Es spannt den Bogen von den Anfängen der Glasherstellung bis ins 21. Jh., mit Akzent auf der bayerisch-böhmischen Geschichte und einem Blick auf die Studioglasbewegung (Am Museumspark 1, http://glasmuseum-frauenau.de, Di.–So. 9.00–17.00 Uhr).

Tipp

Urwalderlebnisweg

Der Urwalderlebnisweg ist gar keiner – zumindest nicht im herkömmlichen Sinn, denn keine eigene Markierung macht die Strecke durch diesen Teil des Nationalparks kenntlich, der bereits seit 1950 unter Naturschutz steht. Verlaufen wird sich auf dem 500 m langen Pfad durch den Hans-Watzlik-Hain trotzdem niemand, denn zu den mächtigsten Exemplaren von Fichte, Tanne und Buche zieht es viele Wanderer. Star im Baum-Ensemble ist die Dicke Tanne: Ihr Stammumfang beträgt 6,65 Meter bei fast 54 Meter Höhe. Sie ist der mächtigste Baum im Nationalpark.

13 km nördl. von Zwiesel, www.arberland-bayerischer-wald.de

Farbenfrohe Gläser bei Poschinger (o.), knorrige Bäume auf dem Hochschachten (o. r.); urig die Trifterklause bei Bayerisch Eisenstein (u.)

ERLEBEN
Die Glasmanufaktur der Familie von **Poschinger** besteht seit 1568 – in der 15. Generation, das ist Weltrekord (Moosauhütte 14, www.poschinger.de, Führungen durch die Ofenhalle: Mo.–Fr. 11.00–14.00 Uhr stdl., Sa. 11.00–13.00 Uhr). Auch die Glashütte Valentin **Eisch** verkauft ab Werk (Althüttenstr. 28, http://eisch.de, Mo.–Fr. 10.00–17.00 Uhr, Sa., So., Fei. kürzer).

INFORMATION
Touristinformation im Glasmuseum Frauenau
Am Museumspark 1, 94258 Frauenau
Tel. 09926 7 97 90-01
www.frauenau.de

7 Zwiesel

Bereits 1313 mit dem Marktrecht ausgestattet, sind in Zwiesel die beiden wesentlichen Wirtschaftszweige über Jahrhunderte gleich geblieben: Holz und Glas. Einerseits begünstigten die reichen Quarzvorkommen die Entwicklung, andererseits sorgte die Lage am „Zwisl", der Gabelung von Großem und Kleinem Regen, für den Holztransport per Trift – noch heute ist dies am Schwemmkanal der Weikl-Säge zu sehen, mitten in Zwiesel.
In der Stadt (9500 Einw.) hat die Naturparkverwaltung Bayerischer Wald ihren Sitz. Der **Naturpark Bayerischer Wald** erstreckt sich vom Donautal über den Vorderen Bayerischen Wald und die Flusstäler von Regen und Ilz bis zur Grenze nach Tschechien. Während im Nationalpark die Natur Priorität genießt, geht es im Naturpark auch um die Kulturlandschaft.

SEHENSWERT
In Waldkirchen (Kapitel Der Süden) steht der eine Bayerwald-Dom, in Zwiesel der andere: **St. Nikolaus** ist ein neugotischer Backstein-Riese mit 86 m hohem Turm. Das älteste Stück unter dem schönen Kreuzgratgewölbe ist eine Pietà von 1550.

Leicht zerbrechlich und schwer symbolträchtig: Die 8 m hohe **Glaspyramide** der Zwieseler Kristallglas AG türmt mehr als 93 000 Weingläser aufeinander. Die höchste Kristallglas-Pyramide der Welt steht im Innenhof des Werksverkaufs (Dr.-Schott-Str. 25, Mo.–Fr. 9.00 bis 18.00, Sa. bis 16.00 Uhr).

MUSEUM
Im **Waldmuseum** geht es nicht nur um Fauna und Flora, sondern auch um die Menschen und die Kultur der Region. In Ton- und Filmdokumenten ersteht eine verlorene Welt, deren dingliche Zeugnisse anrühren: hauchzartes Kristall oder die winzigen Holzschuhe eines Kindes (Kirchplatz 3, www.waldmuseum.zwiesel.de, Do.–Mo. 10.00 bis 16.00 Uhr).

ERLEBEN
Rohstoffmangel macht erfinderisch – zumindest trifft das auf Wolfgang Pfeffer zu, der Ende des 19. Jh. ein obergäriges Bier brauen wollte, aber weder ausreichend Weizen noch teuren Hopfen zur Hand hatte. Also verwendete er Gerstenmalz und ließ den Sud mit obergäriger Hefe bei relativ hohen Temperaturen in Bottichen gären. Dadurch enstand reichlich Kohlensäure, die in großen Blasen aufstieg und platzten – das Bier „dampfte" in der **Ersten Dampfbierbrauerei**. Die wird heuet in

„Waldwoge steht hinter Waldwoge, bis eine die letzte ist und den Himmel schneidet."
Adalbert Stifter

der fünften Generation betrieben; außer Dampfbier gibt es noch eine Menge andere Sorten, etwa die Schmelzer Hoibe – Glasblasen macht durstig (Regener Str. 9, Tel. 09922 84 66 15, www.dampfbier.de, Di.–Fr. 13.00–16.00, Führungen Di., Do., Fr. 14.00 Uhr).

UMGEBUNG
Das 4 km entfernte **Museumsschlösschen Theresienthal** wirkt außen wie innen putzig. Erbaut als Wirtschaftshaus, erhielt es seinen dicken Turm um 1881. Heute stellt die Firma Gangkofner Glaskunst aus (Theresienthal 15, www.zwiesel.de, Mo.–Fr. 10.00–14.00 Uhr).

INFORMATION
Tourist-Information Zwiesel
Stadtplatz 27, 94227 Zwiesel
Tel. 09922 84 05-160, www.zwiesel.de

8 Bayerisch Eisenstein

Eisenerz wurde hier vermutlich schon abgebaut, bevor es jemand aufschrieb. Zur eigentlichen Gründung als Luftkurort (1000 Einw.) dauerte es bis 1877. Von Niederbayerns nördlichster Gemeinde aus sind der Nationalpark, Arbergebiet und Tschechien schnell erreicht.

SEHENSWERT
Der **Große Arber,** höchster Gipfel des Bayerischen bzw. Böhmischen Waldes, ragt außerhalb des Nationalparks 1456 m hoch über die Baumgrenze. Auf seinen vier Gipfeln gibt es Radaranlage und Sendemasten, zwei Sechser-Sessel- und eine Sechser-Gondelbahn, Schlepplifte, Berghütten und ein weites Wegenetz. Eine halbe Million Menschen besucht jedes Jahr den Gipfel, besonders viele im August zur Arber-Kirchweih. Sie kommen an den Großen Arbersee und ins Arberseehaus
Zur einen Hälfte in Böhmen, zur anderen in Bayern: Der **Bahnhof** von Bayerisch Eisenstein entstand 1877 genau auf der Grenze. Nach 1945 trennte eine Mauer den Zwillingsbahnhof, seit 1991 funktioniert der Grenzverkehr wieder nahtlos.
Der Naturpark betreibt mehrere Museen im Bahnhof, u. a. ein **Fledermausmuseum** (Bahnhofstr. 54, www.naturparkwelten.de, Mi.–So. 9.30–16.30 Uhr, in den Ferien Bayerns, Juli–Okt. tgl.).

MUSEUM
Dem wichtigsten Verkehrsmittel zur Erschließung der entlegenen Ortschaften im Wald huldigt das **Localbahnmuseum,** untergebracht im Lokschuppen. Auf stillgelegten Gleisen parken Dampf- und Dieselloks, Draisinen und historische Wagen (Bahnhofstr. 44, www.localbahnverein.de, Ostern–Nov. Mi.–So. ab 10.00 Uhr).

INFORMATION
Tourist-Info
Schulbergstr. 1, 94252 Bayerisch Eisenstein
Tel. 09925 94 03 16,
www.bayerisch-eisenstein.de

Genießen Erleben Erfahren

DuMont Aktiv

Gipfelsause am Falkenstein

Der Große Falkenstein ist der einzige Berg im Nationalpark, den man mit dem Rad erreicht. Und auch unterhalb seiner 1315 Meter führen schöne Routen durch den Wald. Selbst das Absteigen lohnt – mehrere Schachten und das Höllbachgspreng liegen am Weg.

Wald, mal dicht, mal weniger dicht; Bäume, teils in Reihe, teils so, wie Wind- und Schneebruch sie hinterließen; hin und wieder eine Lichtung, die den Blick auf den Arber und über den Lamer Winkel eröffnet – die Fahrradtour unterhalb des Falkensteins ist nichts für Biker, die der Anblick von Grün langweilt. Alle anderen entdecken in der scheinbaren Monochromie die Farbkleckse von weißem und violettem Fingerhut, von Lerchensporn, Hahnenfuß und vielen anderen Blumen, deren Namen einem im Vorbeiziehen nicht einfallen.

Über Kilometer zieht sich der breite Weg durch den Wald, dicht am Rand der Kernzone entlang. Am Lindberger Schachten und dem Jährlingsschachten bieten sich erste Möglichkeiten, das Bike abzustellen und zu Fuß die alten Hochalmen zu entdecken. An der Abzweigung auf den Iron Curtain Trail liegt der Rindelschachten und nur wenige Kilometer entfernt lohnt ein Abstecher in die wilde Schlucht des Höllbachgsprengs – Achtung: nur für geübte Wanderer geeignet. Kurz darauf erstreckt sich mit dem Ruckowitzschachten die größte Hochweide des Bayerischen Waldes. Der Gipfel des Großen Falkensteins mit der frisch umgebauten Schutzhütte und eine lange Abfahrt krönen – je nach Kondition – die Tour.

Weitere Informationen

Tourverlauf: Ab dem Parkplatz Buchenau geht es über 600 Höhenmeter bis zum Iron Curtain Trail. Weitere 250 Höhenmeter oberhalb liegt der Falkenstein-Gipfel. Gesamtrunde über Ludwigsthal: ca. 35 km

Einkehrmöglichkeit: Schutzhaus, Tel. 09925 90 33 66, www.schutzhaus-falkenstein.de, im Sommer tgl. 10.00–17.00 Uhr

Im eigenen Tempo und mit gleichmäßigem Tritt führt die Tour um den Großen Falkenstein, Unterwegs beeindrucken die alten Waldwiesen wie der Ruckowitzschachten (rechts).

Register

Impressum

1. Auflage 2020

Verlag: DuMont Reiseverlag, Postfach 3151, 73751 Ostfildern, Tel. 0711/4502-0, Fax 0711/4502-135, www.dumontreise.de
Geschäftsführer: Dr. Stephanie Mair-Huydts
Programmleitung: Birgit Borowski
Texte: Margit Kohl, Britta Mentzel, Jochen Müssig, Daniela Schetar-Köthe, Cornelia Tomaschko
Redaktion: Rainer Eisenschmid
Titelbild: lookphotos/Ehn, Wolfgang
Fotografie: ©Bayerische Schlösserverwaltung www.schloesser.bayern.de 2019 4 re.o., 14/15, 144–149, 150 u., 154, 155 o.re., 158 li., 159 u., 162 o. (2x), 163 –165,; Corbis/Bilger 40 re.; DBA/Christian Bäck 16/17, 151, 152 u., 153, 155 o.li., 155 u.re., 158 re. (2x), 160/161, 162 u., 166 –171, 178 u., 178/179, 180, 181, 184 o. (2x); DBA/Reinhard Eisele 4 re.u., 114–128, 129 u., 130–135, 136 Mi.li., 136 u.,137 –142, 143 u., 152 o., 158 o., 172 –177, 178 o., 179 o., 182, 184 u., 185; DBA/Ralf Freyer 49; DBA/Rainer Kiedrowski 80 li.; DBA/Markus Kirchgessner 6/7, 22–29, 32–35; DBA/Martin KIrchner 4 li., 36–47, 50, 51; DAB/Katja Kreder 80 o.re., 98/99; DBA/Sylvia Pollex u. Thomas Rötting 10/11, 82–95, 96 u., 100–107, 108, li., 109, 110–112; DBA/Johann Scheibner 5, 8/9, 52–54, 55 u., 68–78 li, 80 u.re., 81 u.; DBA/Ernst Wrba 18/19, 186 –202, 203 u. (2x); Erlebnis Akademie AG 31 u.; istock 55 o., 81 o., 97 o., 203 o.; laif/Brummer 40 li.; laif/Emmler 41 o.li.; laif/Tobias Gerber 20/21; laif/Standl 136 Mi.re.; lookphotos/age fotostock 79 re.; lookphotos/Wilfried Feder 12/13; lookphotos/Jan Greuer 136 o.; lookphotos/Heinz Wohner 41 o.li.; Markus Kirchgessner 30 und 31 o. (2x); Schwarzwaldcamp 41 u.; shutterstock 108 re., 129 o., 143 o.
Grafische Konzeption, Art Direktion: fpm factor product münchen
Kartografie: © MAIRDUMONT GmbH & Co. KG, Ostfildern
Kartografie Lawall (Karten für „Unsere Favoriten")
DuMont Bildarchiv: Marco-Polo-Straße 1, 73760 Ostfildern, Tel. 0711/4502-266, Fax 0711/4502-1006, bildarchiv@mairdumont.com

Anzeigenvermarktung: MAIRDUMONT MEDIA, Tel. 0711/4502-0, Fax 0711/4502-1012, media@mairdumont.com, http://media.mairdumont.com
Vertrieb Zeitschriftenhandel: PARTNER Medienservices GmbH, Postfach 810420, 70521 Stuttgart, Tel. 0711/7252-212, Fax 0711/7252-320
Vertrieb Abonnement: Leserservice DuMont Bildatlas, Zenit Pressevertrieb GmbH, Postfach 810640, 70523 Stuttgart, Tel. 0711/7252-265, Fax 0711/7252-333, dumontreise@zenit-presse.de
Vertrieb Buchhandel und Einzelhefte: MAIRDUMONT GmbH & Co KG, Marco-Polo-Straße 1, 73760 Ostfildern, Tel. 0711/4502-0, Fax 0711/4502-340
Reproduktionen: PPP Pre Print Partner GmbH & Co. KG, Köln
Druck und buchbinderische Verarbeitung: NEEF + STUMME GmbH, Wittingen, Printed in Germany

FSC
www.fsc.org
MIX
Papier aus verantwortungsvollen Quellen
FSC® C001857

Positano ist mit kubistisch über den Hang gewürfelten Häusern ein Sehnsuchtsziel.

Entspannen mit Blick auf die Kettenbrücke, die Buda und Pest miteinander verbindet.

Golf von Neapel

Bella Napoli
Für die einen ist Neapel der Nabel der Welt, für die anderen Chaos pur. Wir zeigen Ihnen tolle Wege durch das Chaos.

Drei Perlen im Golf
Auf Capri fühlt sich wohl, wer es gerne etwas luxuriöser hat, auf Ischia wird gut gekurt und gewandert, und auf Procida glaubt man in einem Film zu sein.

Auf der Sonnenseite
Bei aller Kunst sollten Kampaniens Strände nicht vernachlässigt werden. Wir präsentieren unsere acht Lieblingsstrände.

Donau

Der große Strom
Wir beschreiben die Donau in ihrer gesamten Länge – von der Quelle bis zur Mündung ins Schwarze Meer. Folgen Sie uns nach Wien, Budapest, Bratislava, Belgrad oder Bukarest.

Per Rad oder Schiff?
Egal, wie Sie unterwegs sind, Pausen müssen sein: die besten Cafés am Fluss und die schönsten Parks zum Entspannen.

Menschen auf der Brücke
Was sind das für Menschen, die täglich auf der Donau unterwegs sind?

Lieferbare Ausgaben

Deutschland
207 Allgäu
216 Altmühltal
220 Bayerischer Wald
180 Berlin
162 Bodensee
217 Brandenburg
175 Chiemgau, Berchtesgadener Land
013 Dresden, Sächsische Schweiz
152 Eifel, Aachen
157 Elbe und Weser, Bremen
168 Franken
020 Frankfurt, Rhein-Main
112 Freiburg, Basel, Colmar
028 Hamburg
026 Hannover zwischen Harz und Heide
042 Harz
023 Leipzig, Halle, Magdeburg
210 Lüneburger Heide, Wendland
188 Mecklenburgische Seen
038 Mecklenburg-Vorpommern
033 Mosel
190 München
047 Münsterland
223 Nordseeküste Schleswig-Holstein
006 Oberbayern
161 Odenwald, Heidelberg
035 Osnabrücker Land, Emsland
002 Ostfriesland, Oldenburger Land
164 Ostseeküste Mecklenburg-Vorpommern
154 Ostseeküste Schleswig-Holstein
201 Pfalz
040 Rhein zw. Köln und Mainz
185 Rhön
186 Rügen, Usedom, Hiddensee
206 Ruhrgebiet
149 Saarland
182 Sachsen
081 Sachsen-Anhalt
159 Schwarzwald Norden
045 Schwarzwald Süden
018 Spreewald, Lausitz
008 Stuttgart, Schwäbische Alb
141 Sylt, Amrum, Föhr
204 Teutoburger Wald
170 Thüringen
037 Weserbergland
173 Wiesbaden, Rheingau

Benelux
156 Amsterdam
011 Flandern, Brüssel
179 Niederlande

Frankreich
177 Bretagne
021 Côte d'Azur
032 Elsass
009 Frankreich Süden Okzitanien
019 Korsika
213 Normandie
001 Paris
198 Provence

Großbritannien/Irland
187 Irland
202 London
189 Schottland
030 Südengland

Italien/Malta/Kroatien
181 Apulien, Kalabrien
211 Gardasee
222 Golf von Neapel, Kampanien
163 Istrien, Kvarner Bucht
215 Italien, Norden
005 Kroatische Adriaküste
167 Malta
155 Oberitalienische Seen
158 Piemont, Turin
014 Rom
165 Sardinien
003 Sizilien
203 Südtirol
039 Toskana
091 Venedig, Venetien

Griechenland/Zypern/Türkei
034 Istanbul
016 Kreta
176 Türkische Südküste, Antalya
148 Zypern

Mittel- und Osteuropa
104 Baltikum
208 Danzig, Ostsee, Masuren
169 Krakau, Breslau, Polen Süden
044 Prag
193 St. Petersburg

Österreich/Schweiz
192 Kärnten
004 Salzburger Land
196 Schweiz
144 Tirol
197 Wien

Spanien/Portugal
043 Algarve
214 Andalusien
150 Barcelona
025 Gran Canaria, Fuerteventura, Lanzarote
172 Kanarische Inseln
199 Lissabon
209 Madeira
174 Mallorca
007 Spanien Norden, Jakobsweg
219 Teneriffa, La Palma, La Gomera , El Hierro

Skandinavien/Nordeuropa
166 Dänemark
212 Finnland
153 Hurtigruten
029 Island
200 Norwegen Norden
178 Norwegen Süden
151 Schweden Süden, Stockholm

Länderübergreifende Bände
224 Donau – Von der Quelle bis zur Mündung
112 Freiburg, Basel, Colmar
221 Kreuzfahrt in der Ostsee

Außereuropäische Ziele
183 Australien Osten, Sydney
109 Australien Süden, Westen
218 Bali, Lombok
195 Costa Rica
024 Dubai, Abu Dhabi, VAE
160 Florida
036 Indien
205 Iran
027 Israel, Palästina
111 Kalifornien
031 Kanada Osten
191 Kanada Westen
171 Kuba
022 Namibia
194 Neuseeland
041 New York
184 Sri Lanka
048 Südafrika
012 Thailand
046 Vietnam